陈武 著

晶都人

古吴轩出版社
中国·苏州

图书在版编目（CIP）数据

晶都人 / 陈武著. —苏州：古吴轩出版社，2017.10（2021.3重印）
ISBN 978-7-5546-1011-4

Ⅰ. ①晶… Ⅱ. ①陈… Ⅲ. ①长篇小说－中国－当代 Ⅳ. ① I247.5

中国版本图书馆 CIP 数据核字（2017）第 241156 号

责任编辑：王　琦
见习编辑：顾　熙
装帧设计：鸿儒文轩·书心瞬意

书　　名：	晶都人
著　　者：	陈　武
出版发行：	古吴轩出版社

地址：苏州市八达街118号苏州新闻大厦30F　　邮编：215123
电话：0512-65233679　　传真：0512-65220750

出 版 人：	尹剑峰
印　　刷：	天津兴湘印务有限公司
开　　本：	880×1230　1/32
印　　张：	10.5
版　　次：	2017 年 10 月第 1 版
印　　次：	2021 年 3 月第 3 次印刷
书　　号：	ISBN 978-7-5546-1011-4
定　　价：	48.00 元

如有印装质量问题，请与印刷厂联系。022-68855116

目　录

第一部　借贷　/ 001

第二部　加减　/ 117

第三部　收付　/ 221

跋：识破人心法则　绘制世相风云（李惊涛）　/ 324

第一部 借贷

01

史丽娟在玩手机。

朋友圈已经没有什么新鲜事了,除了晒晒饭店的精致大菜或自己烧的风味小炒,就是玩玩自拍。自拍有两种,一种是拍自己(标准的自拍),不分场合,各种造型,各种美颜,还有各种PS,这种自拍照片,看起来很美、很假、很让人惊叹,惊叹到连自己都认不出自己了;另一种自拍是拍风景,一年四季,季季都有美景可拍,而且风景最能迷惑人,就算一棵树,随便变换几个角度,就能制造出一片森林,难怪有人说,摄影成为艺术,本身就很滑稽(因为能制造虚假)。史丽娟懂得一些文艺(比如会写诗),她开始也迷恋、沉浸在各种自拍中,还会把自拍美图配上自己创作的抒情短诗一起发布,这样的发布,多少表现出和别人的区别。几年玩下来,也腻了,微信越发越少。到后来,她自己也奇怪地发现,一旦她少玩微信,别人也不大玩了,朋友圈瞬

第一部 借贷

间变得冷清,从前一天要发好几波,点赞无数,现在是几天发一波,几乎无人点赞。就算发一波,也似乎只是刷刷存在感,全没了当初的激情。到现在,翻看朋友圈,成为可有可无的鸡肋。

"低头一族"的手机控,显著的征兆就是脖子酸、手腕累,史丽娟也害了同样的病,正索然无味时,一条消息提醒跳了出来:"您有现金红包未入账!请立即存入账户。"史丽娟想都没想,随手按了删除键。与此同时,手机铃声响起来。史丽娟看是陌生号码,犹豫片刻,还是接了,对方是好听的女声:"您好,请问您需要贷款吗?"她未应答,果断按断。

这几天,每天都会收到几个推广电话或诈骗短信,还有就是这种放贷的诱惑,好像她有多么好骗似的,好像她多么缺钱似的,好像她一说要钱,那边的钱就到账似的,弄得她看到陌生电话号码,都要紧张一下。

当又一个电话打进来时,史丽娟感觉这个铃声特别,比先前的诈骗电话更加甜蜜,莫非是更高端的骗局?看一眼来电显示,是葛萍萍,葛萍萍打来的,史丽娟这才放松下来,甚至来了一点小情绪,学着刚才放贷小姐的声音说:"您好,请问您需要贷款吗?"

"喂……啊?"葛萍萍明显有点晕圈,随即又反应过来,惊讶地说,"我个神啊!"

"嘻嘻嘻嘻,我像不像骗子?今天接到好几个这样的电话了,吓吓你,哈哈,吓着了吧?跌了个屁后坐吧?屁股跌两瓣了吧?别骂我啊,我耳朵要是发热,准打到你家门上!"

"天啦,吓死宝宝了……丽娟,不开玩笑啊,正要问你这个事呢。真是奇了怪了,你怎么知道我要贷款?"

"贷款？"

"是啊……你这个骗子——我宁愿上你的当。"

"别神叨叨的了，说真话！"

"这个……"葛萍萍说贷款的事就是真话，但临说时却岔开了话题，"江大海……我是说江大海的工作室……经营得怎么样？"

"怎么又扯江大海啦？他的工作室，我怎么知道？你应该知道啊。"

"我不知道……"

"真的假的呀，萍萍，你们啥关系？还来问我？"史丽娟不放过任何一个调侃的机会，她觉得这些年了，江大海和葛萍萍总该有点苗头了。

"别闹了丽娟，我有事要找你。"葛萍萍说，"你把他约出来。"

"求我做媒的吧？先拿红包来，我要一个大大的红包！"

"哈哈哈，故意惹我啊，丽娟？我没戏的，早就死那个心了。你才是他的菜呢。"葛萍萍的反击毫无力量，最后一句更让她五味杂陈——她知道江大海至今还深爱着史丽娟，还对史丽娟贼心不死。

史丽娟想起朋友圈流行的那句话："不是你的菜，不要揭锅盖。"觉得开这个玩笑也没劲的，这相当于揭葛萍萍的短，而且这个玩笑开了这么多年，也没有弄假成真，江大海还是王老五，葛萍萍也待字闺中，史丽娟便说："江大海的工作室叫什么来着？"

"乐晶轩。乐晶轩连牌子都没挂，也没有正式开业，这家伙天天憋在屋里，憋呀憋呀，谁知道他想下什么蛋。估计没有经营吧。"

"那他怎么生活？"

"吃老本啊——我猜的。"

"这样啊？"史丽娟说，"他不是把厂子卖啦，应该不差钱吧？"

"那好吧，晚上我想请你们吃饭，你帮我打个电话，约一下大海。"

"嗨嗨嗨，说清楚啊，你请江大海还是请我啊？你要请他，你亲自打，我才不打这个电话了，还以为是我要请他似的！"

"丽娟你太敏感了，你不知道我请不动他啊？我要能请得动他还求你帮忙啊？他最听你的话，你是他的红颜知己，我晓得的。"

"什么意思呀？嘻嘻……"史丽娟想责怪葛萍萍，结果却忍不住乐了——她喜欢葛萍萍这样说，被一个男人喜欢了十多年，心里还是挺美气的。

"你就帮我一次吧，算我求你行了吧？等会给你发红包。"

"这还差不多，不过我要纠正一下你的话，我可不是他的菜啊……今晚吗？在哪？请动请不动还不好说。"

"你大胆请，请不来不怪你，红包照发——在罗马假日。"

"这是咖啡店啊，好浪漫的地方，要告诉他什么事吗？"

"先不讲，到时再说。"

"我帮你请他，我就不去了，我可不想做你们的电灯泡。"史丽娟一说完就后悔了。

"别乱讲。我找他真有事。你也要来的，都是好同学，很久没见了嘛，聚聚，说定啦！"

结束了和葛萍萍的通话，史丽娟没有马上打江大海的手机，而是走到书橱边，拿出一件水晶雕件。这是一件未完成而胜于完成的作品，是一块巧石头，带皮的水晶巧料，上半部分是纯度很透的白色晶体，向下逐渐过渡成橘红色，这种过渡色，在水晶家族中非常罕见，属于水晶中的极品。由于惟妙惟肖像极了少女的人体，被雕成一个亭亭玉立、眺望远方的女神，除了脸部做了简单的处理，其他部分原封未动。这是江大海送她的。江大海说只能做成这样，不能做太多的修饰，更不能加工太多，否则就没有那种特有的自然的神韵了。史丽娟喜欢这尊水晶少女的雕像，形、神真的像极了她高一时在操场上掠头发的一张侧身照片。这张照片是江大海偷拍的，他从他母亲那里借了相机，天天带在书包里，没有别的目的，就是想拍史丽娟的一张照片。他不敢明目张胆地争取，只能把相机藏在口袋里，在课间时，或上学路上，寻机拍摄，由于行为诡秘，并没有人注意到他那一段时间的鬼鬼祟祟，就连冰雪聪明的史丽娟都没有发现。那天是个好天气，大课间时，江大海发现史丽娟独自向操场走去。在操场另一边的花坛里，有一大丛白色的蔷薇花正在开放，不大的花朵像点点星辰一样密集，散发出迷人的芳香。江大海估计她是冲着白色蔷薇花去的，便若无其事地尾随。史丽娟并没有去采摘蔷薇花，只不过是在花丛边上认真端详了一会儿，江大海抓住机会拍了几张。他害怕距离太远，不太清楚，便在树下等候。江大海正是在史丽娟快速穿过操场时，偷拍到这张照片的。江大海对这张照片非常满意，五寸洗了两张，当宝贝一样珍藏着，经常半夜从抽屉取出，躲在被窝里看。直到学校拍毕业照那天，在操场的单杠下

第一部 借贷

边,江大海趁四周无人,才脸红脖子粗地把照片往史丽娟手里一送,惊慌失措地跑了。史丽娟看到这张照片,顿时明白了江大海的心思,既惊喜又幸福。她望着江大海奔跑的身影,惊讶于江大海的偷拍技巧,也惊讶于江大海的煞费苦心。多少年后,江大海再送她雕像时,已经没有当初的惊慌,但依然红了脸,还一往情深地说:"多美啊,知道是谁吗?"史丽娟看着造型,马上就想到那张照片了,也知道江大海还念念不忘他的初恋,心里有点小小的感动,但开口说出的话,却有点不近人情的不客气:"一般般——我收藏了。"

史丽娟审视一番雕像,又小心地把雕像放回到书橱里。在雕像旁边,就是那幅已经配上精致相框的照片。雕像和照片,两相映照,给书房增添了文艺的气氛。

书房里的空调让人不是很舒服——可能开得太久了。史丽娟穿居家的黄色小T恤和绸布大裤衩,头发也有些乱,松松垮垮又清清爽爽,一副小女人的懒散和波俏。葛萍萍的电话和托她邀请江大海晚上的小聚,让她心里产生小小的涟漪,她是江大海的初恋,直到现在江大海还心有戚戚。江大海又是葛萍萍的初恋,葛萍萍至今对江大海更是蠢蠢欲动、贼心不死。而葛萍萍和江大海又双双未婚。这几个元素叠加在一起,史丽娟有一点无可名状的担忧和莫名其妙的忌妒,这种怪异的情绪萦绕在心,纠缠她心情不定——这次聚会有可能不是什么好兆头。

帮不帮葛萍萍打这个电话呢?史丽娟犹豫了。

02

江大海正在雕一头大象。

大象的屁股像宽阔的广场。广场中央是一个短小的尾巴。表现大象行走的动感,只需把小尾巴向左偏一点点,就是那种不经意的一甩,有一点调皮,也有一点幽默,憨态可掬的欢乐形象就表现出来了——江大海屏住呼吸,眼睛盯着刀尖,一刀一刀修饰手里的这件圆雕作品。

神态专注的江大海,思想会短暂地开小差,会把大象的屁股想象成一个人的屁股。每个人都有各自独有的特征。江大海想象的这个人的特征就是屁股,宽广而肥大的屁股。如果从后面看,这个屁股就是一幅辽阔的平原,突起和凹陷部位都因"大"而忽略了。从侧面看,这个屁股才算得上气势磅礴、气吞山河。但江大海无法在大象的身上展现屁股的豪迈,因为那种细腰对屁股造成的视角差,在大象身上无法体现,这不能不说是江大海的

第一部 借贷

遗憾。

自从厂子盘给了死对头葛萍萍，江大海就安心做他的雕刻师了。江大海是个崇尚艺术的人，特别是各种雕刻艺术，又特别是水晶雕刻。这一方面是他生活在晶都，另一方面和他从小受到的熏陶有关。他母亲是晶都小有名气的版画家，而他母亲的同事苗运涛，是群艺馆创作员，后来又成为水晶艺术品收藏大师。江大海从小生活在浓郁的艺术氛围中，耳闻目染都和文艺有关，自然也就对各类艺术"心向往之"了。在众多的艺术门类中，他最为迷恋的就是雕刻艺术。但是阴错阳差地，江大海搞了十年工厂，也和葛萍萍斗了十年。头几年是明争暗斗，后几年就不分明暗，全摆到桌面上了。最后的结果出人意料，既没有出现两败俱伤的局面，也没有出现共同繁荣的局面。最后的局面，让晶都水晶圈的人大为惊讶——江大海转让了工厂，完败。

许多人都同情江大海，就连葛萍萍也托他们共同的好同学史丽娟带话给他，如果落拓了，过不下去了，到厂里来，收留他，给口饭吃。史丽娟带这个话时，也不知哪来的酸，江大海被瞧不起了，自己似乎也被株连一样，总觉得不是滋味，口述完了，还不忘说，好歹只是收了你那几间破工厂，要是连人一起收了，她葛萍萍就圆满了——你何尝又不去遂她的愿呢。江大海早就领教过葛萍萍的狂妄了，但他心里有数，这种狂妄，其实很虚，其实是缺少底气，就像小孩子对比他强壮的对手说，来呀，有本事来呀。待对方真要动手了，又吓得跑了。江大海听了史丽娟的话之后，大度地一笑了之，那笑里颇有点轻蔑的意味。说实话，关于厂子的转让，本身就是半推半就，一个想要，一个想让，一拍即合。对于做企业，如果说江大海一开始还兴致勃勃、满身干劲的话，渐渐地，他就讨厌做企业了，讨厌做企业时的那种交往和应酬，讨厌那种疲倦和辛苦。一旦对某种事情失去兴致，唯一的办法就是逃离。虽然，他知道做一个水晶艺术品雕刻师也绝非易事，好在他学版画时用过刻刀，上大学时，又在水晶加工方面实习过，搞企业时又一直琢磨、研究各种雕刻技艺，心里还是有些底，加上他彻底要换一种活法，做一回自己，就毅然决然地放手了。大半年来，他也确实一头扎了进来，搞了几十件作品，虽有这样那样的缺陷，毕竟已经摸索出一点门道来了。就说这件大象的造型吧，完全是他自己设计的。为了让大象既栩栩如生，又有艺术表现力，他还专门到海州的孔望山，反复揣摩东海庙遗址上那尊三十余吨重的举世闻名的汉代圆雕大象。有意思的是，在他草拟画稿时，就想到了葛萍萍，想到她的屁股，而且毫无预兆就想到了，像有某种暗示。在接下来的创作过程中，每当他拿起刻刀，葛萍萍的屁股就在他眼前晃动，而且会不时地变换，一会儿是学生时代的，一会儿是搞企业时的，江大海时常停下来，定定神，感受这种怪异的现象，自己会深感奇怪，厂子都成人家的了，自己也重新创业（相当于），和葛萍萍再也没有瓜葛了，为什么她还如影相随呢？或许是她故意要走进他的记忆里，搅和他不得安宁吧。

放在工作台上的手机，时不时地发出响声，不是微信，就是短信，或是QQ，就连QQ空间的更新，都有提示声了。江大海已经习惯各种提示声，不影响他的创作。但手机铃声突然响起时，他只好擦擦手，一边看来电显示，一边快速接通了手机："史丽娟，你好！"

"好什么呀？你才好了，微信不回，QQ也不回，有什么好骄傲的？"史丽娟口气有些刁蛮,有些任性,但刁蛮和任性里透露出别样的温和和亲切,仿佛她对面的人是她的宠物,是她的学生,就是抱怨,也是充满甜蜜和爱意的。

"哪敢骄傲啊,腾不出手。"

"忙什么啊？连看个 QQ、微信都腾不出手？"

"雕件作品,一头大象。"

"大象有什么好雕的,笨笨的,一点不可爱。"史丽娟说,"你不是连厂子都不要了吗？不是想过轻闲日子吗？怎么又忙起来啦？好了,不跟你多说啦,晚上一起吃饭啊！"

江大海高兴了,满口答应道:"好啊,你请我？就咱们俩？"

"看把你美的！我请你？我凭什么要请你？"

"我请我请,行了吧？我请你！"

"你以为你是谁啊？你请我我也不去——我是受人之托,请你吃大餐。"

江大海警觉了。根据他的经验,没有无缘无故的爱,没有无缘无故的恨,也没有无缘无故的饭局。许多饭局都是陷阱,特别是这种受人之托的饭局。

"吃大餐？什么事要吃大餐？"

"没有事,小聚聚,别疑神疑鬼的呀,人不多,在罗马假日咖啡店。大餐就是简餐,牛排比萨什么的。六点,咱们早点到啊,掼一局。"

"掼一局",就是打一种叫"掼蛋"的扑克牌,史丽娟刚学会,瘾很大。而江大海对打牌毫无兴致,水平也差,只能撑个场子,人称"牌架子"。就这点水平,还是做企业时,被动应酬下学会的。这大半年来，因为牌技差，他再也不上场了，实在被强迫着披挂上阵，谁都不愿和他配对。就算有人和他配对，打牌过程中，也常常被对方抱怨。史丽娟又要吃饭又要打牌，江大海知道这个小聚不仅仅是随意小聚，说不定会有什么事情。

"谁啊？"江大海警觉之后，又有些纳闷了，"谁托你请我？怎么会托到你？"

"你想呢？谁有资格托我？"

"想不出来。"

"哈哈，你最想见谁啊？"史丽娟说，"给你个提示，是你最想见的人。"

"除了你，我谁都不想见。"

"嘻嘻嘻……大海，我就爱听你这样说话。哈哈哈……我算哪根葱啊，你再这样虚情假意，我就不理你了——是葛萍萍，葛萍萍要见你，晓得了吧？葛萍萍是不是大餐？她那身肉，又肥又嫩，够你吃一辈子的。"史丽娟不放过任何一个调侃、贬损葛萍萍的机会。

江大海愣了会神。葛萍萍？掐指算下来，厂子转让已经快九个月了，听说一直闲置，而她原有的厂子却运转不错，岂止是不错啊，简直就是风生水起，每天都有成车的石英粉运往火车站，运往码头，钱也像流水一样流进腰包吧。莫非要在他面前摆显摆显？女人就是格局小，有一点成绩就沾沾自喜。听话听音，江大海从史丽娟欢乐的口气中，感觉到这场聚会并不可怕，就说："打把掼蛋也搞成个事一样，对你说啊丽娟，我可以去——给你个面子。"

"又来了，给我面子不是这样的吧？那是你专门请我才算

第一部 借贷

数,别哄我啊,我不领情。"

"真的……"

"好啦,"史丽娟怕他又要肉麻,赶紧说,"领你的情好了吧?一会去接你。"

"不用,罗马假日咖啡店我找得到。"

"知道你找得到,我是让你别开车——你要开车去就没人喝酒啦。再说也是萍萍让我接你的,你也给我个机会啊,做一回你的驾驶员,也是我的骄傲呢。"

江大海想说,做一回驾驶员算什么?有胆量做一辈子驾驶员啊。还轮不到他出口,手机里就响起"嘟嘟"声了。

江大海放下手机,再准备修饰这件水晶雕件时,心就静不下来,拿刻刀的手更是不听使唤,拿不稳,还有些抖。说来真是有意思,他在雕刻时,正想到葛萍萍,史丽娟就约他晚上和葛萍萍吃饭打牌了。这两个女人,就像他的左膀右臂,想到一个,另一个也不安分。

说起来,自从厂子在几个月前转给了葛萍萍,至今还真没有见到她。江大海和葛萍萍不仅是高中同学,还同在海州的矿院读书,江大海读地质物理系,葛萍萍读中文系。二人的理想也不一样,可以说大相径庭,江大海最初的理想就是毕业后献身采矿业,做不成地质学家,退而求其次,做和矿产有关的工作也可以,特别是,他想探明晶都地下的水晶构造,摸清水晶脉络,为开采水晶探明一条捷径之道。而对他树立这个理想起到决定性作用的是他的老师徐习军。徐教授的主业是学校校办宝石加工厂的老总,业余才兼学校那几门无人问津的选修课。宝石加工厂生产的"宝石"原料只有一种,就是水晶——属于就地取材,方便。

013

产品也以中低档消费品为主，手串啊，项链啊，吊坠啊，戒指啊，工艺一般的把玩件什么的。徐教授活学活用，会在课堂上举他加工厂的例子，还把水晶原石和水晶制品当成教具，允许优秀学生直接到厂里参观、实习、动手制作。江大海就是这些优秀学生的其中之一。在参观学习中，江大海渐渐成为徐教授喜欢和欣赏的学生之一了，可以随时到宝石加工厂观摩学习。就是在宝石加工厂的小院里，他和葛萍萍邂逅了。江大海知道这种"邂逅"是葛萍萍故意创造的，他也无可奈何。江大海不喜欢葛萍萍，高中三年，几乎没说过话。高考后的暑假里，也只在同学聚会上相互打听高考成绩，当得知江大海考上矿院后，葛萍萍惊讶得张圆了嘴："啊，天啦，有缘啊江大海，我也读海州矿院！"此后，直到开学前的一段时间里，江大海每天都会接到葛萍萍的电话，不是要请他吃肯德基，就是吃冷饮，要么去咖啡店品咖啡。江大海像是料到葛萍萍的电话一样，早已经准备好说辞，总有这样那样的借口拒绝她。江大海知道葛萍萍的意思，拒绝她，不是因为她胖，不是因为她脸大，也不是因为她屁股大。因为什么呢？江大海也想过，想不出来，说不上是因为什么，总之，他对葛萍萍没有好印象，擦不出半点火花，如此捉迷藏捉了两三个月，从晶都，一直捉到学校，他们都没有在一起吃过冷饮，直到期末时，才出人意料地有宝石加工厂的这次"邂逅"。邂逅并没有产生惊喜，而是分外的尴尬。倒是葛萍萍，她一点也没有隐瞒地说："江大海，没想到吧？哈哈，世界很大，也很小哦？有本事你再躲啊？躲啊？躲啊躲啊，喵——我是猫，小猫咪的猫，专抓小老鼠。你还不知道吧？徐老师是作家，写微型小说，全国有名，我写了好多首诗，请徐老师给指点指点。我还要成立文学社,名字都起好了,紫水晶文学社,请徐老师担任顾问。社长当然是我了,怎么样大海,加入我的文学社吧,我让你当副社长,分管发展男社员。"江大海"嘿嘿"笑笑,不知所措地朝车间的窗户望去,他看到有三四个工人也正朝他俩望。江大海知道自己的尴尬和"嘿嘿"相当于不打自招,还不如干脆和葛萍萍讨论文学社了。"紫水晶文学社,好啊,紫水晶是水晶中的上品,和矿院合得上,决定了,我参加……不过,我要分管发展女社员,还要当社长!"江大海的意思是不言而喻的,他不是要把她的文学社搅黄了,而是要把她的意图搅黄了。没想到,葛萍萍一口答应了,拍手道:"哈哈哈,好,就让你分管女社员,就让你当社长,我当执行社长!"后来,文学社成立时,江大海并没有参加,打拦头坝的,竟然是徐老师,是徐老师把他从名单上勾下去的,可能是觉得他不是一个写作的料吧。葛萍萍看了名单,也不好意思明目张胆地问徐老师。没有了江大海的紫水晶文学社,葛萍萍也觉得没劲,直到毕业,紫水晶文学社都一直不温不火,和其他系的文学社相比,活动基本处于停滞状态。而葛萍萍和同班一个爱好老庄哲学的同学也迅速进入了热恋期,她的诗人梦当然没有做成,只是在恋爱初期写的几首情诗成为她诗人经历的最大收获。更为可惜的是,随着她和爱好老庄的同学的爱情夭折,她从此就没有再作一首诗。江大海呢,把宝石加工厂当成他的学习基地,学习了水晶鉴别、切割、雕刻、打磨、抛光等技术,对葛萍萍和她的紫水晶文学社早已经没了印象,只是偶尔中,厂里的工人会拿江大海开涮:"猜猜,在校门口看到谁啦?你的大象脸!""大象脸"是工人给葛萍萍起的外号。葛萍萍还有一个外号叫"广场"。"广场"和"大象脸"都是指她的屁股,说她的屁股像广场,而"大象脸"就是大象屁股的意思。工厂的工人大多是老师家的亲戚,他们文化不高,却有空前的想象力。江大海觉得这些外号都还贴切,都很形象,简直就是为葛萍萍量身定做。但江大海不叫她外号,不仅在饭堂里偶尔见面时不叫,背地里也不叫,这些外号毕竟带有些贬义,还有些低俗,又是同学,万一传到她的耳朵里就不好了。时间如流水,没流几个弯就毕业了。又一晃,他们在晶都东海都有了自己的事业。就在这三晃两晃中,他们经历了人生都会经历的许多波波折折、酸酸甜甜、苦苦乐乐和爱爱恨恨,两人之间则是若即若离明争暗斗持续了几年,最终是他放弃了生产经营,变卖了厂子,变成了现在的局面。江大海以为他和葛萍萍的故事就此结束了,没想到几个月的音讯全无,突然就是请酒吃饭打掼蛋,还不是直接请,而是委托史丽娟,什么意思?什么目的?管她呢,不就是吃个饭吗?鸿门宴都有人去,美人计都有人上钩,谅她也没有过人的幺蛾子。

江大海把手里的大象放下来,害怕它要跑似的,又从工作台一侧拿一张报纸盖上了。

史丽娟的微信也适时地到了:"出来吧!"

江大海的情绪迅速调整了过来,觉得和葛萍萍见一面,也不是什么可怕的事,何况还有史丽娟打打岔呢。史丽娟的活泼和任性,无论在什么时候、什么场合都是中心,在哪里都是一道风景。有她在,再严肃的话题,也能变成一场笑话;有她在,江大海会觉得,他身边多了个自己人。

史丽娟今天特别漂亮,大夏天的,又是三十四五岁的年龄,很少有人敢涂口红,敢描眼影,敢涂指甲,史丽娟不但涂了,还特别夸张,眼影是玫瑰色的,口红是血红色的,指甲居然是从未见过的黑色,这哪里是化妆啊,简直就是施暴,就是玩酷啊,她自己都受不了了,估计江大海的小心脏也承受不了。可隔着车门打了招呼后,史丽娟睁大眼睛,等着江大海赞她或喷她。江大海却视而不见,不动声色,从从容容地从车头绕到另一侧上了车,轻轻带上车门,在副驾驶的位置上坐好了。史丽娟瞟他一眼,说:"怎么不开心啦?"江大海其实并没有不开心,他是差点被车上的异香味熏晕了,他喜欢史丽娟浓烈的妆容,也喜欢她身上散发的香水味,他要先矜持一下,免得升发她的娇气。而史丽娟却把他的矜持看成了心事,又一想,这个心事原本是葛萍萍引起的——史丽娟也感同身受,对于葛萍萍的邀宴也很不快乐——所以才过度化妆。但江大海的不快乐,给了史丽娟启示,原来他也不愿意赴宴,史丽娟心里的不快顿时消失殆尽。江大海说:"神人啊?怎么知道我不开心?"史丽娟说:"切,你那点小心思,装的吧?要见葛萍萍了,心里一定在偷着乐,是不是?精神点,别给她吓着了。"江大海说:"吓着?我怕她?"史丽娟说:"我怕她,行了吧?"江大海说:"我就知道,我在你面前,没有一句话是对的。"史丽娟心里偷着乐。接下来便没话了。车子快速行驶,不时有小的颠簸,但江大海的心里却十分平稳,甚至有些小小的惬意和温馨——史丽娟的话给了他许多暗示,至少让他觉得,他们是两人去对付葛萍萍的。

03

葛萍萍早早就到罗马假日咖啡店了,她要了一杯咖啡,找一本杂志闲翻几页,了无趣味,就扔了杂志,看微信了。她微信圈朋友众多,但真正热衷于每天发几条微信的人就那几个,就连史丽娟的微信也越发越少了。史丽娟发的最后一条微信还是两天前的凌晨六点,内容是三幅照片,一幅是阳光照射的窗户,一幅是床的一角(不知表达什么意思),另一幅最为重要,是她丈夫和儿子的两个大光背,五岁的儿子,白白胖胖的,后背上肉嘟嘟的,另一个大光背黑不溜秋,又干又瘦。还有一段文字:"今天说了个愿望:不用起床就可以吃到午餐。话音一落,两个大光背一唱一和:好吧,我们跪等。"这一家子不管什么时候给人的感觉都是喜庆和幸福,甚至带着幽默。葛萍萍每次看到史丽娟晒全家福,心里就不是滋味,不是妒忌,也不是羡慕,就是那么一点点难受,说不明白的难受,连带着会想到,自己要是肯结婚,孩

第一部 借贷

子应该和史丽娟的孩子差不多大了。当然,这种感觉很短暂,一瞬就消逝了,有更多的事等着她去思考,去运筹。就说在史丽娟发微信的那个时间段里吧,她正想着厂里困难的资金周转,拆东墙、补西墙,能挪的都挪了,能借的都借了,几张大额信用卡,也都刷到饱和了,如果再没有资金注入,几天后,危机就真正降临了,首先是信用卡,几张凑在一起,欠了一百五十多万,再也挪不出钱来还了,还有工人工资要发,为充大方凑钱给江大海而借的六十万高利贷也快到期了。还有别的民间借贷更急——对,更要命的就是这些民间借贷,逼债的手段可是比黄世仁厉害多啦。而那些欠她钱的客户,最快的几笔商业承兑汇票,也是三个月后到期(到期也未必有钱),在如此危急关头,她想到了江大海。江大海手里有钱是肯定的。但江大海能借给她吗?或许能,或许不能。凭感觉,不借的可能性更大。怎么能把江大海的钱借出来呢?葛萍萍想到了史丽娟,这是最最下策的方案了。江大海暗恋史丽娟三十年了(传说三四岁上幼儿时就喜欢上了),如果史丽娟帮她说话,也许能起到一句顶一万句的作用。如果不帮她说话,反之的效果同样一句顶一万句——虽然史丽娟和她是闺蜜,是高中同学,是多年好朋友,但在她和江大海之间,史丽娟未必会帮她。那还有什么招呢?俗话说,有集没集赶一集,死马也当活马医,所以她小心谨慎地打电话给史丽娟,请她出面,邀江大海到咖啡馆小聚。没想到史丽娟真给面子,爽快答应了。

她订的包间叫双子座——这家咖啡店的包间正好十二个,用十二星座来命名,也算是一大特色吧。包间的墙面上,有一个电子屏幕,上面的内容是双子座客人的"今日运势",一看就是网上下载的。葛萍萍正好是双子座,太巧了,冥冥之中似乎已经安排好了。葛萍萍好奇地看看这段文字:"工作上,面试之时,你的口才是否配得上你的才华,是录取的关键;感情上,会变得富有感性、浪漫并且充满诗意;健康上,年轻人为了尽早完成各项任务,许多时候会变成拼命三郎;财运上,可能呈现由下到上的趋势。"对于这段云散雾罩的文字,葛萍萍仔细地琢磨一番:"面试之时"?难道委托史丽娟约见江大海是面试?那就算吧。其他都还好,特别是财运上,"呈现由下到上的趋势",预示着今天的约会和要谈的事有可能成功。不过,她在"感情"那段文字上费了些心思,什么叫"变得富有感性"?怎样才是"浪漫并且充满诗意"?这次约会是浪漫的?充满诗意的?葛萍萍连自己都不相信,她甚至听到内心里发出的讪笑声。不过,说葛萍萍对这次约会没有一点准备也不对,比如她自己的形象,还是特别注意了一下,除了素颜外,还进行了装扮——她高度近视,平时戴一副超大的黑框眼镜——黑框,加上大镜片,会使她的大脸显小一些。今天因为要见江大海,换了一副白边的无框眼镜——故意暴露自己的弱点,把大圆脸展示出来,意思是,见你江大海,没有别的意思,就是工作,就是借钱。另外呢,她还穿一身深色衣服,宽松的黑色休闲长裤,长袖的黑色休闲衬衫,这样一袭黑的装束会掩盖她引以为傲的丰胸肥臀。

离约定时间还有十来分钟,江大海和史丽娟就到了。

进了包间的史丽娟和葛萍萍一照面,史丽娟就立即后悔了,仿佛某一个断裂已久的感应点突然接通启动一样,她后悔联络了这次聚会,她觉得葛萍萍决不仅仅是一次简单的吃请,她是蓄谋已久要借这次吃请,达到某种目的的,是要修复旧情吗?他们有旧情吗?还是要重新开始?他们有开始吗?但事已至此,只好配合着葛萍萍了，她拉过江大海，对葛萍萍说："你们这是要相亲啊？戴这么漂亮的眼镜，啧啧啧，这一袭黑衣……萍萍你不要太漂亮啊，哈哈，我说话不是吹的吧？把大海给你约出来了，看看，是不是你要见的——江，大，海！"

"丽娟，你这小嘴巴真欠，我打你呀！"

葛萍萍还没有要抬手的意思，史丽娟就往江大海身后躲了下——这个动作，明显是暗示葛萍萍，江大海不会喜欢你的，你能跟江大海做出这种亲昵的动作？但史丽娟的嘴巴里却说："你们俩聊啊，我走啦！"

心里最打鼓的是江大海，本来挺寻常的小聚，在两位女同学的鬼惊鬼诈中，显得另有图谋似的。江大海假装没听明白她俩的话，嘴角牵过一丝微笑，不吭声地坐下了，随手捏起桌子上的瓜子，送到嘴里嗑起来，故意把瓜子嗑出响响的声音，眼睛还盯着一盆绿植，心里却茫茫然定不下来，甚至还有些欢跳——他不知道接下来，这二位会玩出什么花招来。

"呵呵，此地无银三百两吧？看你们这劲道，倒像是约会刚回呀。"葛萍萍也被史丽娟带到她的语境中了，跟着她"不正经"起来。

史丽娟只顾乐，嘴都合不上了，想说什么，却被自己的笑淹没了。她的笑不能自控，像是承认她和江大海约会刚回来似的，满脸都是羞涩的红晕。

"看你得意的，笑什么呀坑得啦！"葛萍萍撇开普通话，操一口地道的东海方言。

"笑你瞎说呗——我们这叫心底无私天地宽。"

葛萍萍扭动一下肥硕的腰肢，对史丽娟的话特别不屑，还心底无私呢，切！

史丽娟看她笨拙的扭腰动作，突然想起不知谁说过，葛萍萍像只大哑铃，中间细两头粗。中间细是指她的腰，两头粗是指她的胸和屁股。看来这话已经过时了，现在的葛萍萍不是大哑铃，而是一只巨型的啤酒桶了，不是上下一样粗，是中间粗两头细了。

"看你小腰扭的，哈哈哈……"史丽娟说完，也扭几下腰。史丽娟的腰细长而柔韧，扭起来真好看。

葛萍萍被她笑得不知所措，知道再这样说下去，对自己不利不说，还走偏了话题，影响大事。她便努力克制着情绪，神色庄重起来，下意识地摸一下腰上的肥肉，想着要把话往正题上引。

正巧有一位服务员进来了，给她的庄重带来了很好的发挥，她对服务员说："上两杯咖啡，加糖的。"

"一杯加糖——给大海。另外再带两副牌来。"史丽娟补充说，她的笑还遗留在脸上，像是自己藏着秘密一样，但又恍然地说，"啊？三缺一啊，萍萍？你还叫了谁？"

"谁也没叫——指望你带人来的啊。"

"你只让我喊大海啊——还以为你拉起牌局了呢，晕死了。"

三缺一，打什么牌啊？江大海更纳闷了，不知道葛萍萍的葫芦里卖的什么药。

"要不要再喊个人来？"史丽娟对江大海说。

但江大海感觉到，葛萍萍不应该只是为了打牌才请客的，他看看史丽娟，又看看葛萍萍，说："我无所谓。"

牌最终没有打起来，三缺一是一个方面，主要是江大海看葛萍萍的情绪不对。葛萍萍言语中涌动着的不安定因素，江大海感觉到了，又从她闪烁的眼神中，看出来，她有比打牌更重要的事。

"不打牌有什么劲啊萍萍？"史丽娟瞪着葛萍萍，"有事说事，怕我听到是不是？"

"丽娟就是聪明……确实有点事，"葛萍萍为难道，"资金周转出点小状况。"

小状况？江大海听懂了。搞企业的人都知道，企业有三怕，一怕没原料，二怕没销路，三怕没资金。原料问题，对于葛萍萍来说，不是问题，石英粉厂的主要原材料就是当地盛产的石英，许多乡村都有人开着"突突"冒烟的手扶拖拉机专门送来；产品销路问题更不是问题，如今各种玻璃厂、拉管厂、晶体管厂等和硅挂上钩的产业很多，还有上下游的产业，需求各种型号和品质的石英粉。江大海做企业时，最大的问题就是回款，销出去的石英粉都是欠资的，他的工作就是天天要钱（别人欠他的），天天躲债（他欠别人的）。那么，葛萍萍的工作应该大同小异，也是天天和债务打交道了。哪里是搞企业啊，就是讨债和躲债。如果真是这样，日积月累，债权债主肯定越来越多，别人欠她的不会少，而她欠别人的也很多。江大海完全明白了，葛萍萍请史丽娟邀约的晚宴，或牌局，目标就是他的钱袋子。当初葛萍萍为了面子，接收厂子后，没有按照三步走，先付三分之一，三个月后再付三分之一，半年结清，而是一次性把转让金都给了江大海。从生意角度讲，江大海当然乐意了。而现在，打锣听音，讲话听声，葛萍萍的资金缺口肯定不是小状况，而是缺口很大，不然，她不会拉下脸皮找他借钱的。

"大海,你挪一百万,给我用几天——今年回款不少,可我这个企业规模大,你也知道的,现金周转有些吃紧,最近又想进一批原料。"葛萍萍故作轻松地说,"我这儿有大几百万承兑汇票,呶,看看!"

江大海没有看,他肯定相信她有大几百万承兑汇票。

史丽娟听了葛萍萍的话,松一口气——她明白葛萍萍托她请客的原因了。葛萍萍的口气真不小啊,开口就是一百万。史丽娟没想过江大海能有多少钱,感觉他不像是个缺钱的人,但一百万,还是让史丽娟紧张的——那口松了一半的气又悄悄抽回去了,她不想江大海借钱给葛萍萍,江大海真要有钱,投资房地产啊,买两套房子扔在那,几年就翻番了,比做什么生意都保险,借给葛萍萍算什么呢?投资不去想了,人情吗?借钱,要钱,还钱,利息,这来来往往的,会碰出情感火花的。史丽娟也看一眼江大海,和葛萍萍一样期待他的反应。

葛萍萍把话挑明了,也松了口气。可这口气只松到把话说出来为止,真正的结果并未让她那口气放松,神经反而绷得更紧了——她看江大海没有要看她承兑汇票的意思,感觉凶多吉少,把目光躲开了,她猜想江大海的脸色一定不自然,思想也一定发生激烈的斗争。斗争是正常的,一百万毕竟不是小数目。

这间雅座不大,墙上还挂着几盆绿植,容进他们三人后,空间顿时小了许多,而空气流动也似乎凝固起来——她仿佛听到江大海脑子里打斗的声音,还有史丽娟脑子里稀奇古怪的声音。葛萍萍突然后悔请史丽娟约江大海了,她意识到自己犯了个大错误,这种特别私密的事,怎么可能叫第三者听到呢?完全可以像买他的厂子那样,对河上岸,单独和他谈啊。当着史丽娟的面向

第一部 借贷

江大海借钱,如果不是要让史丽娟担保,实在是没必要让她在场的。这个后悔来势凶猛,几乎摧毁了葛萍萍仅存的一点自信心。而更让葛萍萍紧张的是,此时的屋里什么声音都没有了,十分安静,江大海脑子里的打斗声消失了,史丽娟身上的香水味也消失了。一种不祥的预感笼罩住她。

"我……我只用几天,最多一周,就有汇票到期了。"葛萍萍又补充道,感觉到自己的补充多此一举,关键是声音不对,没有底气。

江大海"呃"一声,还是没有说话。

倒是史丽娟,比他俩早恢复正常,她一笑道:"萍萍,你腰比水桶还粗,会缺钱?会向大海借钱?考验大海也不能用这种招数啊,我听了都肉麻。"

果然,史丽娟的话证实了葛萍萍的判断,史丽娟对她陷入困境熟视无睹,说不定还幸灾乐祸呢。葛萍萍强颜一笑道:"不是腰粗,是腰上肉肉多——减肥减了半年了,越减越丰满,腰上的肉肉就像高利贷,利滚利地往上翻。"

葛萍萍自嘲的话无非是想让气氛轻松些。但史丽娟根本没有领会,她看着江大海,脸上还是原来的笑容,口气却没有原来幽默了:"大海你装什么深沉啊,你有一百万啊?刚买了西双湖的湖景别墅,家底子还真厚实啊。你的别墅又不用急着装修,把手里的钱借给萍萍么。萍萍那么大一个厂子,一时差个百把万周转,咱老同学不帮谁帮呢?我要是有钱,我立马就借了,可惜我的腰很纤细,不及萍萍的百万分之一。"

葛萍萍听出来史丽娟的话并不是好话,不是要成人之美的意思,同时又哭了穷,堵死了借钱的路。但她也找不出话来回应

025

史丽娟，只好绝望地看一眼江大海。

江大海没有和她的目光对视，他领会了史丽娟的话，果断地说："哪有一百万啊……刚买了湖景别墅呢。"

04

　　开了一个夜车，江大海把大象雕刻好了。

　　江大海给这件作品起了个极富斗争色彩的名字"最后一头战象"。江大海并没想到这个名字有什么特殊的意义，只是觉得这头大象有些威武，有些雄壮，鼻子和牙有点"谁敢来犯"的意思，就这么命名了。此时已经是凌晨一时许，晶都小城万籁俱寂，如果有声音，也是各条街道上街灯的私语。街灯是没有声音的。但如果你足够有心，居然能听到路灯发出的声音，"吱吱吱"、"唧唧唧"、"嗖嗖嗖"、"咄咄咄"、"嚓嚓嚓"，这些声音有时是断裂的、短促的，有时是连续的、不间断的、此起彼伏的，像秋天夜虫的合唱。现在不是春天，现在才是六月初，夏天才刚刚开始，不会是夜虫，也不会是蛙鸣——它们不会传播这么远，这么持久，这么有韧性，只能怀疑是街灯了。其实，江大海知道，那不是街灯发出的声音，那是有人在开夜车，和他一样在开夜车，和他一样在雕刻、打磨、制作水晶艺术品。晶都人为什么都喜欢夜里干活呢？江大海没有考察过，他自己的心理很简单，白天琐事烦人，过于嘈杂，不能够集中注意力。还有就是，怕白天正在干活时，有人闯入，那就露富露财了。当然，这两个理由说出来都令人可笑，因为你的作品也是商品，迟早是要展示出来的，迟早要在市场上流通的，迟早要把艺术品变成商品的，把商品变成钱的，总不能一直藏着掖着奇货可居吧。但时下江大海的心态就是想奇货可居，想囤积一批无论在艺术上，还是在晶体质量上，还是在数量上，都在晶都数得上名次。晶都的名次，就是全国的名次，就是世界的名次。

江大海把他连日来制作的"战象"放到工作间外的玻璃柜里，想想不妥，又取出来放在橱架上，把屋里的灯全部打开了。

江大海在晶都一条街上的这间门店兼工作室，是他三年前购置的。购置这处房产的目的就是给自己留个退路。房子共有三层，下层又分两个区域，前边是水晶工艺品展示大厅，就是通常说的门店；后边是工作间，放着他雕刻水晶的各种微型机械。二层是办公休闲区，有一间书房，一个会客厅和一间茶室，厨房、餐厅一应俱全。三层是生活区，也有一个餐厅，一个厨房，还有两间卧室。一、二、三层都有卫生间。开始一两年，这条新兴的水晶街生意不是特别好，和老水晶大市场附近的各家门店不能同日而语，房子就闲置了。后来生意渐渐好转，江大海就花钱做了装修，准备出租。感觉租金也没有多少，干脆就继续闲置。直到他把厂子盘出去了，才正式驻了进来，准备搞他早就想搞的集水晶艺术品加工、经营和收藏一条龙的工作室。由于区域关系，这儿的生意还是不能和老水晶大市场附近的门店相提并论。加上

第一部 借贷

江大海在这方面的人脉还没有建立起来,所以几乎是没有生意可做。好在他也不急,一方面门店是自己的,没有租金负担,另一方面也没请昂贵的雕刻师,省了一大笔花销,更为主要的是,他手头还有资本,能撑得下去。而他的野心如前所述,要把工作室,搞成以收藏自己的作品、出售自己的作品为主,销售收入能养店就行,挣钱不挣钱另外再说,日积月累,形成一个有相当规模的私人水晶博物馆,再靠艺术品交易,以馆养馆,成为晶都博物馆的补充,为晶都的水晶事业发展,留下自己的印痕。

往往是,理想很丰满,现实很骨感,没想到,刚刚开始,就出了一点小小的状况,葛萍萍向他借钱了。

灯光白煞煞的,把店堂照亮了,略显空旷的大厅里,江大海有点形单影只。但江大海并不孤单,陪伴他的是刚刚放进红木橱架上的战象,反着白色的、惊艳的光芒。战象的身边还有一些别的雕件,包括一头牛一只兔和一件白水晶的观音坐像,同样的非同寻常,展现着不同的形体和风姿。江大海看过去,发觉他们在战象面前都落了下风,不论是体量,还是工艺。搞雕刻的人都有这样的经历,每一件新的作品问世,都感觉是最好的,比前一件好很多。这头大象也不例外,瞧瞧它的屁股,圆润,肥大,小尾巴一甩,还有些俏皮。这是从后边看的。从前边看,大象步伐矫健,目光凶悍,又是另一副模样。这样的作品,算是成功呢,还算是失败?当然是成功了,这个不难定夺嘛。江大海信心满满,无比欣慰,对自己采用的圆雕技艺十分肯定:一来,这块水晶原石本来就是圆圆满满的,镂空了会费不少料;二来大象的形象本身就是肥壮的,采用镂空工艺会给人有散了架的感觉,所以圆雕是最理想的技法。关键是,目前晶都的市场上,还没有圆雕

029

作品，更不要说晶体如此剔透、体量如此庞大的战象了。

在灯光下欣赏一会战象，对比着战象的精美工艺，又欣赏一会另外十来件作品，江大海的心理渐渐发生了微妙的变化，那种满足感像掺了水一样，淡了，稀释了，甚至还有些莫名的失落。江大海知道，失落来自几个小时前的咖啡店之约。江大海又踟蹰、迟疑了一会儿，来到三楼——他准备休息了。江大海就像守财奴一样，每天临睡前都要打开他的储藏间，看看堆放着的十来只大木箱。这十几只木箱是他在董小七那儿一次购进的水晶原石。当然，这不是他储藏的水晶原石的全部，在楼底的工作间里，在二楼的书房里，还放了一些。他在几个小时前，雕刻、修饰过的战象，把玩、欣赏过的几件水晶艺术作品，都是他亲手挑来的水晶原石，这会儿，当再次打开储藏间时，他不知道此刻应该再干点什么，就像一个读书人，面对无数个书橱里的一排排书籍一样，不知道要读哪一本，什么样的书才能适合他此刻的心情呢？整日和水晶打交道的江大海，同样面临这样的选择。

江大海临睡前还有一个习惯，披阅一遍微信朋友圈。几个小时以来的微信朋友圈里没有什么特别的新闻，不是晒美图，就是转发一篇浅薄的励志小文，当然也有几个文艺青年的诗。江大海看到史丽娟的状态了。这是半小时前发上来的，内容是一段文字："姐很同情那些有钱人。姐没有钱，没有稳定的工作，所以，姐一直稳定地牛逼着！"江大海知道这是史丽娟在变着腔调奚落葛萍萍。江大海觉得史丽娟这样不好，不厚道。算上这一次，在短短一天的时间里，她已经两次奚落葛萍萍了，除了这条状态，另一次是在罗马假日咖啡店里。让江大海有些不舒服的是，她还做话说话，替江大海买了一套湖景别墅。更让江大海感到不能容

第一部 借贷

忍的是，他自己还和史丽娟一唱一和，承认了这套子虚乌有的湖景别墅。有了这套湖景别墅，江大海当然就没有一百万现金出借了。史丽娟的微信都是走风趣、幽默的路线，在微信上她很少"正经"过。就说这条状态吧，不是也带有讥讽、调侃和刁钻的意味吗？江大海知道这是她的个性，这些年了，她难能可贵的是一直没有改变自己的个性，像个没有头脑的调皮少女。而江大海又特别喜欢这种口感，觉得她就是个伶俐的小精灵。江大海继续翻看她的微信朋友圈——多次复习史丽娟的微信朋友圈已经成了习惯。有一条是这样的："花店里的折耳猫。乖巧的样子。不时过来咪呜一声。小胖很喜欢。老板娘逗他：喜欢就让妈妈养一只。他很有自知之明：妈妈太忙了，像这种不懂事的小畜生，她只能照顾得了我一个！"这段文字暗藏好几个笑点。江大海每次读完都乐。继续看，有一篇短文，更能展现出史丽娟的独特的文字风格了：

对这次旅游我还是灰（非）常期待的。

当然我还年轻。而我妈，则是听着《鼓浪屿之歌》长大的［龇牙］。

所以特地定了鼓浪屿的一家宾馆，准备在岛上住一夜，听浪花轻拍海岸，看朝阳缓缓升起……宾馆的名字叫"日光朵朵"，一听就充满洋味啊！"日光朵朵"在晃岩路，"晃"，可不就是日光？拆字迷，嘻嘻……应该离日光岩特别近了，呵呵，地理位置不要太得天独厚哦。

于是带着小胖，兴冲冲出发。

031

轮渡码头的脏乱差我不想说，排队时管理不力造成的拥堵也不必提，就谈谈我到岛上的遭遇吧，也给后去的亲提个醒。

七拐八拐走街串巷终于找到了躲在犄角旮旯里的旅馆。阴山背后终年不见阳光，什么海景房，什么好位置，都是浮云……当我拿出身份证去前台登记时，那瘦瘦的小姑娘轻启朱唇轻描淡写地告诉我：你这是三天前预订的，而就在昨天，我们换老板了。今晚你无法入住。

这怎么可以！旅游旺季鼓浪屿人满为患，所有旅馆都是爆满，你不给我住我就要露宿街头了！

要住也可以，我们家现在全面升级，要住的话需要补一下差价。今晚房价2500。

你确定没有逗我么？都是瘦子你有必要这样自相残杀？我瞪着小姑娘长长的一张火刀脸，心中一片冰凉。

不一会儿，老板来了。他的态度更加坚决：房费我可以退给你，房间是肯定没有的。你可以报警，也可以打12315投诉。

好吧，那就报警。警察先生说，没有产生肢体冲突，他无法出警，让我到工商管理局消费者协会投诉。打电话投诉，一个声音绵软娇柔的女声温柔地告知，他们会核实情况，一个星期后会通知我此案件是否可以受理，请务必保持电话畅通……

欲哭无泪。周围的人群熙熙攘攘，每个人都显得

第一部 借贷

幸福异常。

我们只好拖着箱子,挨家挨户地问过去。没有空房,家家客满。

6点40,疲惫不堪的我带着我的小胖,又赶回了市区。

然后,我就改签了机票。

中国有这么多人,最终能够给我温暖的,不过是那几个;世界有那么大,最安心的地方,依然只是我的小小的、简陋的家。

这是史丽娟"五一"小长假期间的一次出游经历,文字生动有趣,简直就是一篇绝妙的小女人散文。江大海一连读了史丽娟的数条微信状态,睡意没了。

既然没有睡意,既然弄不明白史丽娟为什么阻止他借钱给葛萍萍,江大海就起床了。

其实,江大海隐隐地还是知道史丽娟的意思的,他和葛萍萍都还单着,光棍滑条,正如史丽娟所想的(他是以己之心,度她之腹),相互间借钱还钱,保不准会擦出火花来,又何况葛萍萍曾经追过他呢。江大海知道史丽娟想多了。再说了,你史丽娟都结婚了,别人都没戏了,还这样小肚鸡肠啊?还吃着碗里的、看着锅里的啊?但史丽娟的此举,还是让江大海五味杂陈,这至少说明他在史丽娟的心里还是有点位置的。可惜那种位置不是因为爱情……那又因为什么?江大海不是心理学家,也不是史丽娟肚子里的蛔虫,无法理解她的心理。

江大海先到二楼书房。书房里有不少书,乱七八糟的书。

看书有助于睡眠。江大海已经好久没有正正经经读过书了。面对这么多书，他不知道要读哪一本。文学书吗？有一本新书，叫《植物园的恋情》，抽出来一半又放回去了。他拿出一本哈瑞·马丁松的小说《荨麻开花》，随便翻几页，看到这样一个句子："两人默契得就像房子的两块基石。"这是形容人和人之间关系的。这句话再一次提醒他，那幢凭空冒出来的湖景别墅，和史丽娟一起捉弄葛萍萍的那一时刻，是不是觉得他和史丽娟也很默契呢？记得史丽娟曾经说过，一流作家不轻易写比喻，要写，就一定要让人拍案叫绝。那么他和史丽娟在对待葛萍萍借钱一事上，就已经默契得"叫绝"了。可这不是他的本意啊。江大海最后踩着凳子，在书橱的最上格，拿出一本《文化人与钱》，这是一本关于钱的杂著的汇编。大约是此书涉及钱吧，他饶有兴味地往下翻，见到书眉上有几行褪了色的小字："鱼褒写过一篇《钱神论》：'夫钱，穷者使通达，寒者使温暖，贫者使勇悍。'又说，'钱能转祸为福，因败而成，危者得安，安者得生，性命长短，福禄贵贱，皆在乎钱。'"不需要仔细辨认，江大海就认出这几行字是他自己的笔迹，从漶漫的字迹看，有些年头了。那时候应该还很年少轻狂吧？江大海想，能在年纪轻轻时就意识到钱的重要，如今也三十大几直奔四十的人了，怎么还没有认识到钱的本意呢？至少这本书应该常读读吧？再往下翻书时，一张纸片飘然而落。江大海看着落在地上的一张对折的纸片，像从书页里飞出的蝴蝶，静静地停在地上。江大海有种预感，觉得这张纸片决不会凭空而来，说不定带来某种暗示，便从凳子上跳下来，捡起纸片，打开，看到自己十分熟悉的笔迹，开头就是这样的句式："亲爱的娟"。江大海心里"咯噔"一声，这是他写给史丽娟的情书啊，什么时候写的呢？怎么会夹在一本书里没有寄出或没有给她呢？她是看到后又退还回来的吗？还是一直就没给她？信的内容是："昨天是我错了，我不该说那样的话，海马餐厅的饭菜贵是因为人家的菜好吃。不过对天发誓，我发脾气并不是对你的，只要你喜欢吃，吃什么我都乐意，花再多的钱都不在乎。亲爱的，你能原谅我吗？如果你能原谅我，我可以天天请你到海马餐厅去吃大餐，海马餐厅就是咱们的食堂。爱你的大海。"江大海看着变色的纸片有些发呆。这是一张比三十二开还小的纸片，像是从一张 A4 纸上裁下来的。从信的内容看，不难推断是在什么时候写的——应该是在十年前吧。也不难推断出发生的事。但他实在没有印象了。按说，十年时间并不长，能回忆起许多事，可写信这件如此重大的事怎么就印象全无了呢？

书是读不下去了。

他没有把纸条放回原处，而是小心地放到书桌上。

江大海又来到一楼。

玻璃柜里的水晶制品排放得不算密集，最初的几件作品还显得特别粗糙。江大海一件一件地摩挲着，一件一件拿起又放下来。最后，他又看了看橱架上的战象，双手抱了出来——江大海决定了，他要帮一帮葛萍萍，瞒着史丽娟，帮帮葛萍萍，能帮多少帮多少。

05

大象放在了李章鱼办公室的茶几上。

这是早上刚一上班的时候。

李章鱼宽敞的办公室早就由漂亮的女秘书打扫干净了,李章鱼舒服地坐在椅子里,面前放着一杯冒着热气的花果山明前云雾茶,茶香正从杯子里溢出。李章鱼在工作前有喝一杯茶的习惯,一来可以清理肠胃,二来可以醒脑提神,他会在慢慢品茗中,对前一天的工作进行回顾和总结,对新一天的工作做一个统筹的安排——李章鱼是一个做事有条理的老板。

李章鱼还没来得及品尝诱人的香茶,江大海就在女秘书的引领下进来了。

"江总?"李章鱼奇怪地看着江大海。

"早上好,李总,大清早就来,没打扰吧?"

"请坐请坐。你来了就是工作,什么打扰啊。来来来,喝茶！"李章鱼绕过办公桌，走到茶几边。

江大海并没有坐，而是把盖在大象身上的一块黄绸布揭开来，说："请李总断断。"

"哦？"李章鱼显然对突然冒出的这件水晶工艺品感到吃惊。

"江总已经来一会儿了，我请他在会议室坐了会儿。这件作品是江总刚才带来的。"女秘书得体地说罢，出去了。

"什么宝贝？"李章鱼问。

"一头战象。"

"什么？"

"象。"

"战象？大象嘛，哈哈哈，你的作品？"

"雕虫小技。"

"不简单啦，小江！"李章鱼很自然地改了口，小江，比江总亲切多了。

李章鱼人到中年的样子，个头不高，寸头，眯缝眼，是开发区一家有影响的私企的老总，主营也是石英砂。不过他不叫石英砂厂，而是叫硅微粉公司，其实是一个东西。另外，他在新旧水晶大市场里，分别有两家规模不小的店铺，经营各种水晶制品，批零兼顾。他第一眼看到江大海拿来的这件水晶工艺品，心里立马有数了，是要叫他断断行情的。也就是说，这东西标多少价合适。

"真不想再做企业啦？"李章鱼眼睛轻描淡写地从大象的身上滑过。

"不做了。"

"有什么大战略？"

"我那点斤两，李总还不知道？哪有什么大战略？早几年在水晶一条街搞了个门店，空关了几年——就是筹备中……一直筹备。"

"不错。"李章鱼的目光这才回到大象的身上，"这个……呃，战象，体量不小啊，晶体怎么样？"

"你给断断。"

"你也是专家。"李章鱼说罢，并没有给江大海泡茶，而是欠起身，拿起茶几上的放大镜和一只专用小手电，对着大象看起来。李章鱼看得很认真，眼睛在放大镜后边眯成一条小细缝，小细缝里拼发一条坚硬的光泽，同时，手里的小手电也亮了，射出一道和他目光相同的白色强光，直穿进晶体里，把晶体穿透了，照在对面墙上，是一个小纽扣大的白点。放大镜随着小手电的移动而移动。墙上的白点也在移动。

江大海不敢怠慢，眼睛也跟着手电光和放大镜在移动。

李章鱼的茶几是老船木的，显得古朴、厚重，有历史感，也有自然感。江大海无心欣赏他的茶几，还有考究而昂贵的紫砂茶具，他怕错过李章鱼细微的面部变化。李章鱼平时人模狗样，一身中式的亚麻服装像个民国遗少，但看起水晶来，完全是另一副模样了，他放下尊贵的架子，单腿跪地，脸眼紧贴着大象，几乎绕着大象转了半圈，脖子似乎都被拉长了。江大海正担心他的脖子，让他非常吃惊的是，从放大镜后边，江大海看到一双睁开的眼睛了，那是李章鱼的眼睛，他不再看水晶了，而是在看江大海。由于角度和放大镜的特殊功能，李章鱼的眼睛特别夸张，全是白眼珠，而且有着乱蛛网一样的血丝。江大海的心头"嗖"刮过一阵凉风,"嗯"地收紧了——李章鱼的脸是一张狡诈而奸猾的脸。

李章鱼看到江大海的反应了,这才坐正,放下手里的工具,说:"好晶体,巴西货啊。"

江大海心有余悸地说:"对的。"

李章鱼皮笑肉不笑地说:"问你个事,小江,有个人你一定知道,叫董小七。"

江大海想听听他对战象的评价,可李章鱼却转移了话题,只好顺着他的话说:"我认识董小七,不熟。"

李章鱼说:"他有一批水晶,一个货柜吧,从巴西运过来的,卖了几年了,你拿了他多少货?"

江大海不知道他为什么会问这个,难道因为这头大象的原石就是从董小七那儿拿来的?

江大海还没有揣摩出李章鱼的话意,李章鱼又说了:"他最后一批货,请我去看了,这家伙鬼精啊,不让我挑,一大堆小杂石,好几吨呢,叫我连锅端,我没理他——你没上他的当吧?"

"我没买……他的货……能有什么好货,我没买。"江大海赶紧说,连自己都觉得在撒谎。

李章鱼说:"没买就好,他的货,不靠谱,不靠谱的……水很深啊这个董小七,听说在巴西出事了。"

江大海的心突然悬了起来。他说没买董小七的水晶,是没说真话。不知为什么,听了李章鱼的话,他脑子里突然就转了弯。其实他买了。不但买了,还"连锅端"了。董小七对他说要急于出国,把存货清清,便宜价。江大海当时刚出手了厂子,手里有钱,就花了一百二十万,拿了这批货,不但把卖厂子的钱都花了,还拿出自己的积蓄。怎么这会儿听李章鱼的话音,感觉董小七的货有诈啊?董小七本来就是个有争议的人物,有人说好,有人说不好,是两个极端。说他好的,简直什么都好,讲义气,讲诚信,够朋友;说他不好的,连狗屎都不如,诈骗,勒索,敲竹杠,做尽了坏事。但江大海和董小七交往过几次,总体印象不错。

江大海的突然沉默,让李章鱼心里有了谱,他提高嗓音说:"来来来,泡茶喝!"

李章鱼在水晶圈里摸爬滚打几十年了,阅人无数,他此时已经完全弄明白江大海的意图了。李章鱼不露声色地泡了一壶茶,给江大海倒了一盅,便不再提水晶,也不提生意。他做一个请茶的手势,起身,走到办公桌前,把刚泡的明前云雾端过来——他和江大海喝两种茶。

"李总最近发财啊。"江大海有点尴尬,根据李章鱼此时的做派,他这时候应该告辞走人,决不再啰唆,但他这次是真有事——不仅仅是听他对战象的打价,还想要卖给他,便放下身段,没话找话地说,"李总生意好,一向是发大财的。"

"生意不好做。"李章鱼的话不咸不淡。

"你可是我们前辈啊,哈哈哈。"

"哪敢哪敢,前辈勉强,神通不是。"李章鱼说,"你知道的,搞厂子,回款太难。或许是国际大气候吧,实体经济下行趋势很快的。我还正要佩服你呢,有预见,早在一年前出手了厂子——不简单啊,小江。"

"没有一年。"

"哦?怎么感觉好久似的。对了,葛萍萍你熟的,听说了吗？摊上事了。"

江大海又一惊。

"也不是什么大事，就是资金链出了点问题。"李章鱼得意地一笑，"幸亏一个月前和她清了一笔账。"

"她还欠你款？"江大海说完就后悔了。生意场上是忌讳这个话题的。

"小钱小钱……小几十万，我挣不到大钱的。唉，我有个不好的预感，葛总的麻烦，可能活不过今年了。"李章鱼轻划一下手，"不说这个了，没劲的，葛总的今天，或许就是我的明天，五十步不能笑百步，谁都不能看谁的笑话。小江，改天我请你吃饭。"

这就是逐客令了。

"要出去办个急事。"李章鱼已经起身了。

江大海嘴上说"好好好"，心里犯嘀咕，接下来的话怎么说呢？不说不是白来了吗？不是白丢这个份了吗？不行，豁出去了。

"李总，有个事想请你帮忙啊。"江大海硬着头皮说。

"你看，见外了吧？有事早说啊，咱们之间，不用客气，讲！"

李章鱼牛气的话，给江大海带来了勇气。他也干脆道："最近手头有些紧……这头战象想留给你玩。"

"留给我玩？圆雕？我店里不走这种货的。"李章鱼似乎不太感兴趣，"这样吧，我先去办点事，过几天再说。"

江大海知道生意不是这么做的，哪有这样上门求人家买东西的？过几天是什么意思？明显是压价嘛，抑或是看看行情再说,总之,主动权已经在李章鱼手里了。江大海明知道已经上了李章鱼的套,也只能这样了。但他还是心有不甘地又说一句:"东西我带走吗?"

"带走吧。"

这是不玩的节奏啊。

江大海只好把战象抱进包里,和李章鱼打了招呼,提着包灰溜溜地走了。

"有空到你工作室看看。"李章鱼也端着茶杯,跟着江大海往外走。

李章鱼在前,江大海在后,一起走在楼梯上。

"小江,工作室怎么样啊?见利润了吗?"

"没有。还在筹备——慢慢来。"江大海觉得这话似乎说过了。

"还是你这心态好,我最欣赏了,主要是不差钱,轻松,开心,是不是?"

江大海不能说自己差钱,不能说钱都买了水晶石了,更不能说想卖这头战象,还想卖别的东西,筹措的钱准备借给葛萍萍。这些他都不能说,能说的只有两个字,开心,便说:"哈哈,自娱自乐。"

"跟你打个价,多少钱能给我玩?"李章鱼突然说。

江大海愣一下,一级楼梯差点踏空才明白李章鱼的意思。

"李总要玩……谈什么钱啊。"江大海终于反应过来,也很老到地说,"有人出二十万我没出手。"

"二十万还不出手?你傻啊,小江?给他,大赚的。"

"我不想让宝贝走了别人,留在咱晶都还有点念想。再说了,这头象的体量这么大,纯度这么高,市场上难找了……"

"知道知道……你这是小格局啊。"李章鱼说,"也对,不能走了外地……要是给我玩呢?"

江大海心里"别别别"地跳,知道生意要成了,后悔要价低了。但泼出去的水,收不回来了。但他又不敢坚持二十万,怕李章鱼变卦。

"怎么样?"李章鱼追一句。

"行,好东西就得要好人玩。你想要,二十万就留给你了。"

"NO,二十万不玩。"李章鱼说,"十五万,先放我这儿,你要是觉得亏了,一个月之内你再原价拿走,公平吧?"

说话间,已经走到楼底大厅了。李章鱼拿出手机按了个键,一边接电话一边霸道地对江大海说:"辛苦你再上去一趟,我正打刘秘书电话,她会跟你对接的。"

江大海只好说声"好",声音低得像是偷来的,但他还是转身上楼了。在上了三级台阶后,听到往外走的李章鱼说:"小刘,你把江总的货收下……"

06

江大海不知要感谢李章鱼还是要怀恨李章鱼，总之这笔生意很憋屈——二十万变成了十五万，转到他账上了。可为什么还憋屈呢？江大海拿到钱时，才猛然觉得自始至终，他都在李章鱼的掌控之内，从一开始就被控制，他就是一碗清澈透明的水，或是砧板上的肉，李章鱼爱怎么剁就怎么剁了。虽然留了活口，一个月之内可以后悔，但这种话多半只是一说而已。

江大海开车行驶在晶都的街道上，像是失落了什么。是啊，这头战象，江大海并没有立即出手的意思，根据经验，这件作品再过两三个月甚至更短的时间之后，和对待其他作品的态度一样，会不断进行小修小改，最终的价值会更大。而且，这头战象的原石，是他挑出来的最好的水晶之一，体大质好，就连奸诈的李章鱼不是也没有说晶体有什么不好吗？看来他急需用钱的心理，还是被李章鱼发现了，而且李章鱼还发现，急于出手战象，

第一部 借贷

和葛萍萍有关系,包括他买了董小七的大量水晶,李章鱼都从石头上判断出来了,那可是李章鱼嫌弃的"小杂石"啊。

江大海感到方向盘有些重,双手像在水里缠上了水草。同时还发现天气不好。早上出门时似乎是晴天的(他也拿不准),什么时候阴啦?也许不是阴天,也许是雾霾,也许是挡风玻璃上有水汽,或者下起了小雨,或许这些都是他心理作用,或眼睛被泪水蒙住了。他伸手抹一把眼,并没有泪水,笑笑。江大海在心里命令着自己,然后咧嘴笑了笑——无论如何是筹到钱了,应该快乐才对。

果真下雨了。小雨。这种雨晶都人起了个好听的名字,叫小毛辣子。

回到水晶一条街,江大海发现车位上停了辆车,史丽娟的车。史丽娟来干什么?肯定还是因为葛萍萍借钱的事。可史丽娟并不在车子里。他工作室的门是锁着的。这就奇怪了。如果史丽娟是来找他的,发现他不在,应该打电话给他。如果不是找他的,为什么车子停在他的门口?合理的解释应该是这样的,史丽娟来水晶一条街办事,顺手把车子停在他门口,如果他在,就聊会,如果不在,办完事就走。说明她对葛萍萍的困境并不关心,或者她反对借钱给葛萍萍只是一时嘴快。不过,如果他告诉史丽娟,他要借钱给葛萍萍,史丽娟会怎么想呢?从李章鱼的口气里,听出来葛萍萍的麻烦比他想的更为严重,靠他卖一头战象的十五万块钱,根本救不了葛萍萍。她跟江大海开口的可是一百万啊。看来一百万也只能是暂时的缓解。江大海搞过企业,知道缺钱是什么滋味,知道被人逼债是什么滋味,也知道企业很可能因此而一蹶不振甚至关门倒闭。特别是民间的高利贷,千万不能碰，一碰准死。葛萍萍一准是借了不少高利贷了，而且利息不是一毛两毛，有可能是三毛四毛，这可是比石英粉的利润还高啊。江大海听说过做民间借贷的那些人，要债是非常有手段的。如果自己的努力能让葛萍萍走出困境，也算是还了葛萍萍的一个人情——感情能用金钱交换吗？权当可以吧。

江大海把自己的奥迪Q5停在史丽娟的小宝马边上。

乐晶轩的大门，平时都是关着的，他不是在工作间操作机械、雕刻水晶工艺品，就是在书房喝茶、看工艺美术方面的书籍或杂志，简单说，他是在憋大招。对了，"憋大招"这个词，也是史丽娟说他的。江大海怕史丽娟不知道他在屋里，便给史丽娟发一条微信："看到你车子了，一会儿来工作室喝茶？"

半天没见回复。

江大海干脆打史丽娟的手机。奇怪的是，史丽娟没接。江大海一连打了三次，都没接。是不是史丽娟觉察到他在为葛萍萍的钱款而奔波呢？江大海知道史丽娟是为他好，毕竟借钱是存在很大风险的。

工作室外面的天空是铅灰色的，能见度很低，小雨大概很欢实，远处几幢公寓楼在灰色的雨雾中显得肮脏而灰暗。近处是一堵围墙，围墙上爬满了凌霄的藤蔓，同样的又脏又乱。墙根有一溜小草，本应该绿意葱茏，却显得老气横秋。在草和墙之间，躲着几只塑料袋和饮料瓶，不知什么时候刮过来的，也或是旁边邻居们随手扔的。江大海看着它们，感受到生活的疲惫和内心的沉重。

大约半个小时后，江大海的手机响了。江大海一看是史丽娟的，赶快接通。

第一部 借贷

"喂,大海,你找我?"

"是啊。"

"跟人讲话了刚才——什么事?"

"没什么事,看到你车子了。"

"嘻嘻,你门口方便停,怎么啦?"

"我以为你来……"

"不是找你的。"史丽娟抢话道,"知道你在憋大招,搞大作品,好好憋吧,不打扰你!"

挂断了手机,江大海羞辱自己道:"自作多情。"

十分钟后,江大海重新走进小雨里。江大海打了一把艳丽的伞——这是一家楼盘开盘时发的很劣质的伞,还没用一次,伞骨就断了一根。现在的产品和人心一样,很脆弱也很难琢磨的。

小雨中的水晶一条街湿淋淋的,小轿车、电瓶车、自行车和行人混在一起,互相影响,互相仇视,各种喇叭声交叉响起。人行道上的行人更多,他们使用着各种雨具行色匆匆,完全不像往日那样慢慢悠悠,寻寻觅觅。这可能和突然而至的小雨有关。江大海走在他们中间,皮鞋尖上喷溅着细密的泥浆,他从一间间店铺前经过时,会朝店里望一眼。街道上这么多行人、车辆,店里却冷冷清清,这一点都不奇怪,因为行人都是当地人,而当地人是不会逛这些门店的。在人迹稀少的门店里,如果有女人的背影,他会犹豫着多看一眼,确定是陌生人之后,才又去另一家门店——江大海是去找史丽娟的。凭感觉,她应该在附近的某一家店铺里。江大海找她,是想当面告诉她,他想帮帮葛萍萍。这种话不便在电话里说。电话里说话容易造成误解,因为电话里看不到人的表情,更体会不到肢体语言,如果只是听话听音,更能造成适得其反的效果，所以还是当面说的好。

他从一间叫"精晶阁"的水晶精品店门口经过，又返回身，这是一种下意识的动作，因为他看到了一个人——柏士驹。

"精晶阁"老板大概姓张，是个有能耐的生意人，听说在上海、深圳、南京等大城市的多家商场里有"精晶阁"店铺几十家。他在晶都也是交谊广泛，朋友众多，那个正在接电话的，就是他的朋友柏士驹，外号"吸钱兽"。这个柏士驹，江大海也是熟悉的，他还在做企业的时候，从柏士驹手里拿过几次钱——他是个放高利贷的老板，短期利息高得惊人，简直就是抢劫，许多急用钱的人都被他打劫过，对他是又爱又恨。葛萍萍说不定也用他的钱。这时候巧遇这个人，说不定能帮上忙。

江大海进了精品店，店里的空调正开着，挺舒服。张老板见进来的人面熟，便点头微笑。江大海也点头微笑，指了指柏士驹的背，意思是找柏老板的。柏士驹还在和谁通话，一边很悠闲地抚摸着一块景石。这是一块巨大的水晶，肉眼估量，不会少于一吨，水晶的质地不是最好，但其錾尖的形状和上半部分中上等的质地，加上精美的红木座架，还是成了张老板店里的镇店之宝。柏士驹一边在电话里说着什么，一边手摸錾尖。近年，晶都人形成一个新风俗，有事没事喜欢摸摸大水晶，吉利，能讨个好彩头。江大海不知道柏士驹在和谁通话，从零碎的话语中，能听出来他在讨债："那么我的难度呢？你怎么不为我想想？我的客户如果都像你，那么我还活不活啦？三天是几天？这已经过了四天了……你先听我说葛老板，三天后就是七天呢……不是利息问题，利滚利你是知道的，合同上有——是信誉……那么我要问你啦，三天后就不是你来决定了，就挨到我来决定了，那么我先丑话说在前头，三天后利息在原来的点上再增加一个点，利滚利不变，你考虑吧……听听听，又这样说了，不是我逼你，是你逼我，别让我走投无路好不好？我可不想找人去讨债，那样对我们都不好……对的，对的对的……真不行葛老板，我再说一遍，不行，否则，今天就把款清了，咱们还是商业伙伴，还是朋友。"江大海听出来了，和柏士驹通电话的正是葛萍萍。葛萍萍果然用了柏士驹的钱啊，他可是"吸钱兽"啊，难怪李章鱼都说她遇到大麻烦了。江大海替葛萍萍的担心更加了一层。江大海太知道葛萍萍的企业了，这种靠原始机械生产的石英粉，利润有限，根本应付不了高额的、利滚利的私贷啊。柏士驹又听了一阵，继续不惊不动地说："那么好吧，那么我再给你三天，那么三天后下班之前，不用我带人去收款，你放心，有人会去的……好的……好的好的……好的好的，那么好的……我不相信也只能相信……那么再见！"

柏士驹转头时看到了江大海，本来就是笑眯眯的表情，更是笑颜如花了。

"大海，好久没见啦，在哪发财？对了，听说你自己搞了个工作室？"

"是的是的，柏总好……"

"还好还好！"柏士驹递给江大海一支软中华，见江大海摆手，把烟扔到张总前面的柜台上，说，"那么还没有学会？这要省多少钱啊，哈哈，找张总有事吧？"

"不是，江老板是找你的。"张老板捡起烟，赶快说，怕说晚了，江大海真要找他似的。

"没没没……我没事，出来遛遛，从张总门口经过，看到柏总在，进来打个招呼。"江大海还没想好跟不跟柏士驹借钱，留了个活话。

"哦——那么，"柏士驹的口头禅是"那么"，他"那么"后边没有说，眼睛望着江大海，略略停顿，才试探着说，"大海手里宽裕吧？想委托我做资金？你找我就对了。"

"没有，我那点家底，都投房子上了——这不刚买了幢湖景别墅嘛。"

"那么……也好，投资房子也不错。"柏士驹吐出一口烟雾，"有事尽管找我。"

"好呢。"

从水晶精品店出来，江大海再次走进小雨中。可能是接近中午吧，气温开始升高，有点闷热。小雨似乎更为密集了，可他手里的伞却打不开了，他用力想撑开伞，却怎么也撑不开了。他干脆把破伞扔进了路边的垃圾箱。江大海在回身往回走时，隔着人流车流，看到街对面水果门市部的门空里，史丽娟在买水果。可能也是因为小雨吧，水果店里空空荡荡的，史丽娟的身影就格外显眼了。她正在挑西瓜，大概不会挑吧，最后还是老板给她挑了一个。史丽娟穿一件漂亮的连衣裙，荷绿色的，裙摆很长，感觉都要拖到脚面上了。在这样一个天气里，穿鲜艳的长裙显然不太适时。江大海喊了她一声。看史丽娟没有反应，估计是没有听到。再喊时，只喊了个"史"，就把后边的字咽回去了，隔着大马路喊一个漂亮女人似乎不太妥，万一被什么人听到，传出去，对史丽娟不利。而且，他也邀请过史丽娟了，如果她想见他，会到他工作室坐坐的。如果她不想见，喊了也没用。何况她买了一个大西瓜，可能是要回家。那么（江大海想起柏士驹的口头禅），

第一部 借贷

觉得自己借钱给葛萍萍,为什么要对史丽娟说呢?如果史丽娟同意了,还好说。如果史丽娟不同意,莫非就不借啦?完全是多此一举嘛。而且,根据他对史丽娟的了解,她不会同意的。

江大海再次看一眼史丽娟婀娜的身姿,转身离开了。怕是要后悔似的,一弓腰,干脆小跑起来。

但是,江大海人是回到了工作室,心却留在了雨地里。

十来分钟后(也许只有几分钟),突然响起敲门声。不用多想,一定是史丽娟。

江大海赶快从工作间跑出来,连谁都没问,就拉开了一扇门。

史丽娟一手撑伞,一手拎着大西瓜,正笑着。这个风景太美,就像固定在取景框里,洋溢着持久的魅力。史丽娟是典型的鹅蛋脸,鼻子直直爽爽的,眼睛清清亮亮的,和那天的刻意打扮不一样,她可以放肆地笑,嘴咧得很开,露出很多白森森的牙齿。

"都到你门口了,想来想去,还是来看看你吧。"史丽娟说,口气很勉强的意思。

史丽娟没等江大海邀请,就一步迈进来了。可身体是进来了,伞却被门卡住了——急促的身体语言和她的口气形成鲜明的反差。

江大海赶快接住伞。

史丽娟把西瓜放到地板上。空旷而略显昏暗的大厅因为史丽娟的到来而显得灵动鲜活。

"还带什么西瓜啊,你来了就行。"

"啊?你意思是说,我等同于西瓜?"史丽娟马上恢复本性,皱着眉道,"坑得了,我看到西瓜就难受。我是不是很像圆圆的西瓜啊?我可不想污辱西瓜,大海你给句评论,我像不像西瓜?"

史丽娟说着,就把双臂张开了,把腰肢展现在江大海面前。

"这么不信任自己啊?要我说,你的身材是全世界最标准的身材。"江大海看到史丽娟的腰肢和小肚子确实比原先圆润而结实了些,但不是胖,是健康的丰满,反而更显风情和娇娆了。

"假话。"

"真的。"

史丽娟把手里的拎包换换手,看一眼正关门的江大海,突然乐了:"我也傻透了,问你相当于没问。是不是你眼里就没见过美女?还是你说了一辈子假话?"

"真的,正正好,你不胖不瘦,正正好。"江大海的话确实是真话。

"好吧,不说这个了,你把西瓜杀了,我都要渴死了。"

江大海抱着西上了二楼。

史丽娟跟在他一侧,眼睛不时瞟着身边这个男人。这个既熟悉又陌生的家伙,时不时地让她心里泛起涟漪,又时不时地风平浪静。如果不是葛萍萍要向他借钱,这种平静或许还会延续。葛萍萍向他借钱了,她心里就不稳了。

江大海到书房的水池里洗西瓜时,史丽娟也跟了过来,她要洗洗手。史丽娟已经看到放在书橱一侧的那块老船木制作的匾额了,上书三个楷书:乐晶轩。

"人家的堂馆亭轩都是挂在门上的,你那乐晶轩怎么藏在书房里?它又不能多生一个,是不是跟你一样要憋大招啊?"

"等正式开业时再挂。你先洗手。"

史丽娟把手伸在水龙头下,反复搓洗两下,退回书房里了。

"要是嫌热,温度打低点,遥控器在茶几上。"

"不用,吃吃西瓜就凉快了。"史丽娟的声音传过来,"为什么叫乐晶轩?乐晶轩是什么意思?是你乐水晶还是水晶乐你?"

"你说什么?"水龙头的"哗哗"声打乱了史丽娟的声音,他没听清。

"没什么,你先洗瓜。"

"好了。"

江大海把西瓜拦腰切成两半,又切成小块,放在茶盘上端了过来。

"吃西瓜。"江大海把茶盘放到史丽娟的面前,"你真会买,红心脆瓤。我买的西瓜不是白籽子就是烂瓤子,没一次能吃的。"

"哈哈哈,我买西瓜也是瞎挑,这个看看,那个看看,也假模假式地拍拍,听听,最后选的还是长得最俊的那个。我也发现了,买瓜买最俊的,一般错不了,丑瓜都不甜。"

"当然,挑人捡俊的挑,也错不了啊。我当初下手晚了,让陈文飞抢了先,这辈子亏大了。搞对象跟挑西瓜差不多,早下手的都是好瓜。好姑娘哪有留到最后的?如今我连西瓜都不会挑了,可能是报应吧。"

"又来了,你能不能认真抪抪呱啊?一说话就扯上了,我们没缘分知道吧,一辈子做做同学朋友也挺好。"史丽娟乐不可支地说,她说的"抪抪呱",是土得掉渣的方言,即"说说话"的意思,说话间史丽娟吃了两片西瓜了,"葛萍萍也是这样想的,她在高中时就追你,也没见你束手就擒啊——你在她的眼里,就

053

是一好瓜，甜瓜，又好看又好吃，你怎么不让她品尝？"

"这样说，那就是哲学了。"江大海的话有些绕，"所以我在你心目中的样子，就是我心目中的葛萍萍是不是？"

"不一样。"史丽娟又去洗手了。

"怎么个不一样？"

"你说什么？"史丽娟的声音伴随着"哗哗"的流水声。

江大海知道她不想往下说了，便冲着洗手间做个鬼脸。

对于史丽娟的突然来访，江大海还是挺兴奋的，他刚才在街上，以为史丽娟不会来，以为她买了西瓜是要带回家的。没想到她来了，还把大西瓜带了来，看来并不是口渴那么简单。她是因为葛萍萍而来。她是不希望他借款给葛萍萍的。女人的心思实在难猜，特别是漂亮女人的心思，就像这六月的天气，不知道什么时候晴天了，不知道什么时候阴天了，不知道什么时候下雨了，更不知道什么时候会有雾霾。更要命的是，像天气预报都报不准一样，没人知道史丽娟的心思。江大海就在史丽娟面前摔了不少跟头。当年，江大海喜欢史丽娟，全班没有一个同学发现这个小秘密，一开始连史丽娟都不知道。史丽娟知道的时候已经是高中二年级下学期的一个晚上了，晚自习后，史丽娟电瓶车上的电瓶被偷了（那天全校被同时偷了五个电瓶，是很有影响的一次校园案件），史丽娟无法回家，是江大海把电瓶车借给了史丽娟。第二天中餐时，江大海又买了条鸡腿送给她。借电瓶车相当于救人于危难之时，还属于做好事之列，送鸡腿，就相当于对心仪女孩子的表白了——可惜他那时候没敢把他偷拍的照片送给她。可史丽娟并没回应江大海的表白，也没表露出对江大海有什么特别的感情，白吃了一条鸡腿，仍埋头于学习中——虽然学习成绩并不突出。直到高中毕业时，江大海送给史丽娟照片，史丽娟才知道江大海一直喜欢她。史丽娟对江大海印象淡漠，这张照片却让她喜欢，照片中的她似乎在眺望蓝天，特别是掠头发的动作，和飘动的裙裾形成呼应，而侧面的表情也自然生动。紧接着她又收到江大海的一封信，她从江大海的信中知道照片的来龙去脉后，给江大海回了信。这样的通信一直延续到各自上了大学。如果他们的通信也算情书的话，江大海的情书也只是到情书为止，双方往返的信件都是鸡对鸭说，或鸭对鸡说，对不到点子上。江大海回顾了他是如何在高一入学的人群里一眼就看到史丽娟的，又写如何偷拍她的，还回顾了借电瓶车、送鸡腿等往事，都充满了深情。而史丽娟的回信，只谈她所在师专图书馆有好多图书，谈她们学校的课程有多丰富，音乐课上还教作曲，还教作词，板书粉笔字居然也进了课堂，美术课上没有人体素描，等等。这种通信大约持续半年，最后江大海也被史丽娟带进了她的话语体系中，信上只谈学校的情况了，更是多次谈到学校的宝石加工厂，谈他学会了宝石加工的各种工艺流程，等等。史丽娟是大专，比江大海早一年毕业。毕业后又都回到了晶都，回到了梦开始的地方。史丽娟很快就和陈文飞相恋。而晚一年毕业的江大海在家人的支持下搞起了石英粉厂，这是一家规模很小的企业，算是圆了自己的理想吧。当他试图和史丽娟重叙旧情时，史丽娟已经忙着结婚典礼了。这对江大海的刺激很大，甚至是一种伤害。这种情感别人体会不到（如鱼饮水，冷暖自知），江大海很久都没有缓过来，甚至直到这时，他还深深地喜爱着史丽娟。同样地，这种喜欢局外人也看不出来，只有当事双方心知肚明。史丽娟有了幸福的小家庭，过上了自己的小日子。由于婆家经济条件尚可，她没有找一个单位就业，而是利用自己的专长，搞起了小学生作文培训班，又名"小作家"班，十多年下来，已经成为晶都小学生培训方面的榜样和成功的典范。这些年，江大海知道自己在婚姻方面的不顺或多或少和史丽娟有点关系——史丽娟成为他寻找女朋友的唯一参照。也就是说，内心里，他还是喜欢史丽娟的，在史丽娟面前，他掩饰不了自己的喜欢。而史丽娟像打太极一样，总有办法把他推开，推到离自己适当的距离，或者自己跳开到一个舒适的地方。甚至她还明确暗示过江大海，她是不会离婚的，就是离婚了，也不会跟他好。这等于把话说绝了。还说，如果可能，就保持这种柏拉图式的关系。如果不能，就好好做自己的事，保持两条稳定的平行线，相互看着，欣赏着，监督着，感觉着各自的思想，不远不近，永远交叉不到一起。

本来他和她的关系，还和以前一样，保持着，联系着，各人过自己的生活，做自己的事业。但葛萍萍的金融危机，再次把他们联系到一起了。而史丽娟一反常态的表现（买一只西瓜来，显然不仅仅是为了吃西瓜），也让江大海觉得史丽娟更加难以琢磨了。

史丽娟洗好手，笑吟吟地走来了。

"这是我今年吃到的最好的西瓜。怎么样，大海，以后不会挑西瓜找我好了。"史丽娟的表情有些妖媚，口气有些调皮，"你可以叫我西瓜西施了。"

江大海知道史丽娟的话是废话，就算你挑西瓜的水平再高，就算你是西瓜西施，也不会因为买一个西瓜专门请你来啊。如果是别人说出这样的话，说明他们之间有着非同一般的关系。但这话出自史丽娟之口，就是再自然不过了。

"下次你挑好西瓜直接带来好了,省得我请你。"

"臭美,请你吃这一次我都后悔了,得一还想望二!"

怎么样,江大海心想,你永远不知道史丽娟的真实想法。

"大海,问你啊,你会不会买湖景别墅?"

"不会。"

"为什么?"

"没有钱。"

"切,不要哭穷了,我又不跟你借。倒是有人打你钱袋的主意。"史丽娟已经坐到茶几边的沙发上了,她看着江大海,说,"好好的企业,非要转出去。还以为你是暗中支持葛萍萍的。葛萍萍也真是的,打肿脸充胖子……她不用打脸也是胖子。嘻嘻嘻,她是不是要把厂子退给你?"

"不是,资金短缺是经营中的正常情况。"

"知道了,是经营不下去了。大海,你是不是欠她的?不然她会敢跟你借一百万?这可是一百万啊,你有那么多钱?"

"她是资金一时困难吧。"江大海故意把话题说得轻松些。

"你有一百万吗?"

"没有。"江大海看一眼史丽娟,没有提卖了一件水晶工艺品给李章鱼,而是开了句玩笑道,"本来有钱的,不是买了湖景别墅了嘛。"

"哈哈哈,你要感谢我哦,我机智吧?替你解了围,不然你就答应借了。"史丽娟得意地笑了。

江大海没有跟着笑,突然觉得他和史丽娟是在共同谋害葛萍萍。

"等你的乐晶轩开业时,我给你送什么贺礼呢?"摸透了江大海的底,史丽娟转移了话题,"花篮吧,你开业时的花篮我包了。送你水晶没意思了……对了,你前几天雕刻的大象呢,让我欣赏欣赏你的手艺,看有长进没有。"

"什么……大象?"

"忘啦?你说你雕了一件整个晶都都没有的大作品,大宝贝。"史丽娟的口气极度夸张道,"一头象啊,战象!"

"你不是说大象太笨,不可爱吗?"

"是啊,怕你雕出来没人要,不过后来我想想,物以稀为贵,很可能是你的镇轩之宝呢。"

"还没完工。"江大海撒了个谎,"完工了一定给你看。"

"真是拖拉,好吧,祝你宝贝大象早日完工,也祝你心想事成……不能跟你聊啦,我还有事呢。"

史丽娟来也突然,走也突然,说走,起身就走了。

史丽娟走到门口,对送她的江大海说:"有钱借给我,借给我就等于收进了保险柜,听明白了吗?不要以为我缺钱啊,我缺钱也不差你那点钱,嘻嘻,不过有钱我也会扩大招生规模的——不要乱借,有钱能使鬼推磨,没钱就是个推磨鬼,钱是好东西,也是大万恶,弄不好会出事的。走啦!"

"真走啊?中午一起吃个饭吧?"江大海心里不想史丽娟走,他试探着说,"好久没和你单独聊聊了。"

"不是吃了西瓜又聊到现在吗?现在才几点啊?离吃饭时间还早。吃饭都是有事才吃饭的,我们之间又没有事,为了吃饭才吃饭我才不吃,吃了也不香。不要送我啊。"史丽娟带上伞,闪身出了门,把江大海的身体和声音都关在了门里。

江大海本想站在门口空望着她离去,但是,似乎看着她上车、开车、渐渐消失,那根情感的游丝还会跟着延长一样,没想到史丽娟挥刀斩断了——这扇门就像一堵高墙,隔开的不仅仅是身体,还有残存的气息。

07

快中午了,史丽娟还没有回来。

陈文飞便从"对对碰"这种无聊的小游戏中退了出来,给史丽娟发了一条微信:"老婆,中午吃什么?"半天没有反应,便又打史丽娟的手机,没人接。陈文飞看了眼时间,十一点五十分了,她一早送儿子去幼儿园,已经四五个小时了,临出门时陈文飞还在被窝里,史丽娟似乎对他说了句什么,他正在玩游戏,没听清,不知是叫他做饭,还是关照他什么,是不回来吃午饭了吗?也许她脚前脚后就到家了,他便继续玩"对对碰",心想,如果有事中午不回,看到微信她会回复的,看到一个未接电话也会打过来的。这些年了,都是这样的。

但是,今天奇怪了,过了十二点,又过了一点,一点半了,史丽娟还没有回复,无论是微信,还是电话。直到这时候,陈文飞还没觉得史丽娟有什么不正常。当时间过了两点,他再次拨打

第一部 借贷

她手机而她依然没接时,他才觉得不对劲,都这个点了,史丽娟会去哪里呢?头天晚上说空了要去几个学校找人聊聊,并没有说具体办什么事,莫非今天去学校啦?完全有可能,这也是史丽娟的习惯,她和多家学校都保持较为密切的联系,和许多老师也关系不错,甚至和许多家长也有来往,经常找他们聊聊孩子的补习情况。这是史丽娟基本的行状,特别是暑假之前,她要到几个关系不错的学校和教育局的相关部门去走动走动,了解一下即将到来的暑假动态,为暑期培训班的招生做好准备。为什么毫无预兆就失去了联系?陈文飞有点始料未及。陈文飞想给她常联系的几个朋友打电话,觉得不妥。也许她正在开车,也许她陪朋友吃饭去了,也许不方便接电话——什么事能不方便接电话呢?陈文飞走到客厅的窗前,看看窗外飘飞的小雨。小雨渐渐大了,有了点雨势,空中灰蒙蒙的,满天都是雨。下雨不是她不回的理由。对了,莫非她去幼儿园接儿子啦?也不对,儿子中午都是在幼儿园吃饭的,要下午五点后才允许接,无缘无故不会提前这么早接回来的。莫非是车子出了事?更不对呀,那她更应该接电话啊。都是该死的破游戏,让他没听清她早上说的话。算了,不等她了,肚皮也饿了,找点吃的要紧。

陈文飞是在厨房做饭时,听到灶台上手机响起来的,一看是史丽娟的,湿淋淋的手只在围裙上擦一把,赶紧接听。

"打电话干吗?"史丽娟的口气很生硬。

都怪史丽娟说话的调子,开口就感染了陈文飞。陈文飞以牙还牙地生硬道:"你在哪儿?"

"办事啦。"生硬中,还略带不耐烦。

"办什么事?"

061

"早上不是跟你说啦？去几个学校。"

"那也不能不接电话吧。"陈文飞口气便软和了下来，"也不晓得回一下。"

"手机开静音了——跟人家谈事情。"

"那也回一个啊。"

"这不是回啦！"

"都这个点了……"

"你烦不烦人啊，我急于回家，都要到家了，才看到，回个屁！"

"好了好了，不说了不说了……"

"什么不说啊？你还烦啦？什么意思啊？我天天忙里忙外……你想什么呢？"

"我能想什么呀……我就是……你要吃点什么？"

"不吃，饿死拉倒！"

电话断了。

不一会儿，响起钥匙转动门锁声。

史丽娟进屋了。

史丽娟家的房子大，在公寓的一层，两套连在一起，两室二厅的小套家里住，另一个大套是三室两厅，经过改造，成了少儿培训班的教室。史丽娟进了家门，把包一扔，脸色难看地坐到沙发上。

陈文飞听到动静，已经从厨房出来了，他看史丽娟情绪不对，便赔了笑脸——他猜想史丽娟今天办事可能不顺，没达到预期目的，否则不会生这么大的气。微信不回，电话不接，也许并不是静音或不方便。他后悔刚才生硬的口气了。

第一部 借贷

"饿坏了吧?"

史丽娟没理他,踢飞了脚上的鞋子,进了卧室,"砰"一声,把门关上了。

陈文飞的心里也被重重撞击一下,出事了!

陈文飞猜想史丽娟一定是遇到特别的事情了,车子被刮擦啦?还是在学校或教育局办事不顺?抑或是别的不便说的事?不便说的事概率很小,应该没有。那是什么呢?联系到她不接电话,加上无缘无故对他发脾气,她的坏情绪或许和他有关。他哪里做错啦?想到这里,陈文飞心里"咯噔"一声,像是一条永固的防线顷刻间被打穿一样。

确实啊,问题有可能出在自己身上——陈文飞惊悚地望一眼卧室的门,感觉门上都是史丽娟嘲弄的眼睛。那么多眼睛盯着他,仿佛在说,你干的好事!是啊,一定是史丽娟发现了他不为人知的隐私了。

要是这个隐私被史丽娟发现,那自己好日子也就到头了。

陈文飞的头皮一阵阵发麻。

在五六年前吧,水晶原石的价格还不像现在这么居高不下,他和一帮朋友成天为自己为什么没有像别人那样成为亿万暴发户而愁眉苦脸、唉声叹气时,董小七突然找到了他,要收他一批石头(水晶)。这批石头是陈文飞的一块心病,或者说是一次失败的生意(投资),是他和他父亲从越南搞来的。越南的水晶,许多人都不知道,还藏在深闺人不识。陈文飞和他父亲最初看到这批水晶时,也拿不准,一块块鹅卵石,不就是海边沙滩上常见的吗?能是水晶?能出料?看它的表皮,圆润,光滑,有的是小麦色,有的深褐色,拿起来对着太阳看,也透气,个别石头

063

里也能看到阴影，挑一块，用锤子敲裂，确实是水晶。搞水晶的人都知道，没有赌徒心理，根本不要搞水晶。但是，越南的水晶有个致命的弱点，晶体里含有大量杂质，这种杂质不是通常的可以想象成各种造型的棉絮，而是像夹生饭里的砂子，既不能切料，也不能做景石，赌它什么呢？但陈文飞和父亲还是赌了一把。这些石头散乱地分布在热带雨林深处的一条大山沟的村子里，这些山民有的拿它砌墙头，有的拿它铺山路，都是祖祖辈辈从山沟里捡来的。陈文飞和他父亲，花钱把当地这些石头全收购了。收购价不高，可以说很便宜，就是白菜价，但艰难的运输费用却高出水晶的收购价不少。由于当时不谨慎，拉回来一看，许多石头都是死石头（不透气），形状虽然也是鹅卵形，但就是普通的石英。陈文飞十分懊悔，常常责怪父亲，因为当时起主要作用的正是他父亲，依他的意思，先选几块带回来，试试行情。父亲没同意，说到那时，这里的石头一块也不剩了。陈文飞觉得父亲的话有道理，晶都人对于水晶的嗅觉天下闻名、尽人皆知，即便是越南这个小小的异常偏僻的小山村，不是也被他们父子找到了吗？你能找到，别人就能找到。陈文飞的懊悔和抱怨，不能带来好运，这二十来吨石头，一时成了烫手的山芋，卖了是赔，不卖赔得更多。这一赔，不但把他父亲多年的积蓄赔上了，还落下了笑话，成为晶都水晶圈里各路高手茶余饭后的谈资。好不容易把这批石头处理了一半时，也不知是因为这批石头给父亲造成巨大的压力，还是因为别的什么，父亲突然暴病身亡。这次意外的变故，几乎摧毁了陈文飞。好在史丽娟的培训班正处在最好的阶段，也正是需要人手的时候。史丽娟就没有再让陈文飞继续搞水晶，而是让他做了她的帮手，打打杂，管理管理学生。这个帮手

第一部 借贷

一做就是好几年。就在陈文飞已经遗忘了余下的那堆水晶时，董小七出现了。董小七是水晶圈里的大手，他到哪里，基本都是两个极端，想要的东西不惜出大价，不要的东西，一分钱给他也不收。是的，陈文飞对董小七出的价大为惊喜，同时又心存疑虑，这可不是小价钱啊，不但把本钱收回来了，还能营利几万。陈文飞脱离水晶圈有两三年了，摸不准水晶的行市，有些犹豫不决，怕吃了亏，又怕董小七的交易里暗藏着陷阱。看陈文飞犹豫，董小七牛哄哄地说，我可是董小七啊。陈文飞想想也对，好不容易盼来董小七这个大买家，怕错过这个村就没这店了，就把存放在老宅父亲房间里的六吨石头全部让董小七提走了，临了，说了句活话，要是大赚了，别忘了再吃口喜面哦。没想到三个月后，水晶原石的价格突然暴涨，又过三个月，当价格逐渐稳定下来时，已经是半年前的十来倍了。陈文飞后悔莫及。当他听说董小七靠着这批石头大发了一笔时，他实在无法忍受，决定要找董小七要喜面钱。都是水晶圈里的，你不告诉实情也就罢了，出这么低廉的价，不异于拦路抢劫啊。未承想，陈文飞想到的，董小七也想到了，董小七请陈文飞到自己的工作室小叙，几杯茶喝下去后，董小七拿出一张现金支票，上面的数字是一百万。一百万，同样让陈文飞大吃一惊，甚至心跳加速，胸口发出"轰轰"的回响。"给你的……小奖励——不是补偿啊，是小奖励。"董小七得意地说，又很坦诚地告诉陈文飞，半年多前，了解到国际水晶市场的波动和国外几个主要水晶产地的政策，他预感到水晶价格将会持续上涨，就冒险干了这一笔，没想到会赚这么多，都在圈里混，大家低头不见抬头见，把净赚的钱，分出一半来，算是小奖励，自己花着方便。陈文飞明知道董小七的这笔钱给了是人情，不给也没错——他去找董小七要喜面的想法本来就底气不足,在短暂的吃惊之后,他分外地感激,说了许多肉麻的好听话。

这笔巨款成了烫手的山芋,一时把陈文飞烧糊涂了——他没有把天上掉下的馅饼分一口给史丽娟,而是全部当成了私房钱——董小七说了,自己花着方便。这可不是一笔小数目,怎么处理这笔钱呢?如何保证将来不让史丽娟知道呢?陈文飞反复思考,想起了晶都另一个神秘的群体——民间借贷。这个圈子水更深,但利润也更丰厚。他早就知道民间借贷的几个大拿级人物,经过了解和比较,他选择口碑相对较好的柏士驹作为合作伙伴。也是一个雨天,那是一场连绵多日的秋雨,陈文飞电话邀请柏士驹喝酒。柏士驹是有请必到,更何况是跟他毫无交情的陈文飞请客呢。他知道,毫无交情,就有可能产生商机。商机就是借贷,无论借还是贷,他都有利可图。不过他一开始以为陈文飞是要向他借款,几杯酒之后,当他得知陈文飞想投钱放贷时,偷偷乐了,最高级的赚钱方法,莫过于拿别人的钱,为自己赚钱。于是他开出一个条件,就是陈文飞以百分之一的月息,委托他放钱。陈文飞明知道柏士驹放出去的是这个利息的两三倍甚至更高,但为了确保大家都有利可赚,更是确保资金的安全,他同意了。一万块钱一个月有一百块的利息啊,十万就是一千块,一百万就是一万块了。一个月有一万块的零花钱,省得看史丽娟的阴阳脸了——陈文飞每次跟史丽娟要钱,她都没有好脸色,都会说,不买不卖,要钱干吗?天天跟一帮狐朋狗友吃吃喝喝,瞧你那肚子哦?陈文飞只能吸口气,把肥肚皮往里收收,等着史丽娟赏钱。史丽娟有时给个千八百的,有时给个三五百的,多了少了,他都赶紧拿着了,怕一犹豫,她的手又缩回去了。有了一万块,爱怎么花就怎么花了。于是陈文飞把一百万全交给了柏士驹,由他全权放收。

　　陈文飞放钱这个事,除了和柏士驹之间有合同外,没有第三个人知道。而他那份合同是藏在老宅的一个私密之处的。史丽娟是不会到老宅去的,就是去了也不会找到。她是怎么知道的呢?几年来,陈文飞一直提心吊胆,担心自己这么多私房钱被史丽娟发现,担心放贷的事走漏风声。而他为了掩饰自己,还会时不时地跟史丽娟要钱,自己的消费却比以前大大提升了很多,每周都会和朋友下馆子,回家都说是别人请客。偶尔也会请柏士驹到高档会所去放纵一下。莫非自己的行为让史丽娟发现了?陈文飞反复思考,觉得这个事很难走漏风声,也很难不走漏风声。如果走漏了风声,那会是从哪里走漏的呢?多半是从柏士驹那里透出的,也可能是自己不小心说漏了嘴,或几次漏嘴让史丽娟总结出来的。陈文飞心里纠结,忽然想起来没有看手机上的"今日运势"。陈文飞打开"QQ天气",看到自己今天的星座运势是:"自己的秘密投资容易亏钱,也容易因为桃花而破财,结果不好,所以心里会觉得很受伤,打击比较大。发泄一下,然后向前看,不要停留在这种状态,久了更难受,当断即断。"简直太准了,桃花?桃花不就是史丽娟?而且爱情指数和财运指数都是一颗星,太背了。对,当断即断。慢,陈文飞又侥幸地想,也许是虚惊一场。对,先引而不发,看看史丽娟的后续反应。

　　陈文飞从冰柜里拿出一瓶水,悄悄推开卧室的门,看到史丽娟已经躺到床上了。

　　"睡了啊?一上午跑累了吧?来,喝口冰镇薄荷茶。"

　　史丽娟调了个身,背朝向他。

"饭一会儿就好。"

史丽娟没动。

"身体不舒服吗？"

还是没有反应。

"好吧，睡会吧……饭好了我叫你啊。"

史丽娟像没听到一样，连一个屁都没给他。

他气恼地冲她挥挥拳头，也不敢多问，怕言多必失，回到客厅，自己坐下了，脑子里渐次出现了和史丽娟多次争执和冲突的场面。应该说，他们的争执都是小打小闹，有那么四五次，也都是为些鸡毛蒜皮的事，而且是他先惹毛了史丽娟。激烈的冲突更是少之又少，史丽娟虽然有些任性，但在朋友的媳妇们中间，算是好脾气了，讲道理的，如果不是遇到特别恼怒的事，不会动怒的。就说她唯一的大发雷霆吧，也完全是他的责任。他趁史丽娟外出办事时，把刚暧昧上的一个学生家长带回家，正巧被回来的史丽娟撞见了。漂亮的女家长吓得直打哆嗦，陈文飞也不知如何是好时。史丽娟却装着没看见似的，走进了书房。当吓傻了的美女家长慌不择路逃离之后，史丽娟才歇斯底里冲他大吼了几声。吼了什么，他是一个字也没听清，只感觉到她嘴里喷出的都是怒火，伴随着横飞的鼻涕、眼泪和瞪得都要飞出来的眼珠子。陈文飞不敢吭声，连气都不敢大喘。事已至此，只有听从发落的份了。这次事件之后，他们经历了一段漫长的冷战，在陈文飞多次道歉下，才稍稍缓和。其实史丽娟也给足了他的面子，之后一直没有提那个美女家长，似乎那件难堪的事没发生过一样。不过史丽娟也从此没有让他接近教学，他也乐得买买菜、做做饭，帮史丽娟跑跑外勤什么的。表面上很温和，内心里，已经和史丽娟生分了，觉得迟早会和史丽娟离婚的。而他的民间借贷业务，在柏士驹的运筹下，百分之一的收益十分稳定，只是越是这样稳定，越让他放心不下，终究会让史丽娟觉察出来的。纸里包不住火，何况比火还凶险的金钱呢，别说用纸包，就是坚硬如水晶，也包不住啊，这比外遇更容易成为离婚的借口。

想到外遇，陈文飞又想起了昌晶晶。在那件事败露后不久，他为了逃避和史丽娟的冷战，还到开发区一家私人企业短暂地工作过几天——短暂只是后来的事实，开始他是想找个闲适的工作，长期躲避史丽娟的，这样，他就有理由不跟史丽娟伸手要钱了，自然空间多了，将来也能把那笔巨款洗白——万一叫史丽娟发现了，就说自己赚的。没想到他遇到一个叫昌晶晶的漂亮同事了。或许是和史丽娟处在冷战中，也或许是昌晶晶确有魅力，他特别想和昌晶晶擦出火花来——似乎已经有火花的迹象了，可那个姓昌的姑娘像仓鼠一样突然消失不见了，任何方式也联系不上了。这种闪失让他更加措手不及，更觉得了然无趣，连锁的反应就是，他也离开了那家企业，跟史丽娟只是轻描淡写地说自己不想干了。史丽娟爱理不理，你要去上班你就去上班，没人管你，你要回家就回家，也没人管你。经过这么一折腾，陈文飞也知道，他和史丽娟之间的情感再也回不到从前了，好在还有那笔借贷让他操心，让他忙碌。但这毕竟是偷偷摸摸的事，几年下来，他渐渐也放松了警惕，自己不差钱的事实，会在语言和行为中无意透露一点，又赶快掩饰，像猫盖屎一样，藏是藏了，却藏不住臭味。史丽娟这天的反常，让他再度紧张，如果是私人借贷的事情暴露了，这个家也就崩盘了。陈文飞开始设想着N种结果，好的结果和坏的结果。最后，陈文飞的结论是，好的结果是交出全部钱款，日子恢复正常——那是不可能的。最坏的结果是交出了全部钱款，离婚，净身出户。如果最终的结果是离婚，那是无论如何不能把这一百多万吐出来的。

陈文飞胡思乱想到天傍晚时，听到史丽娟在房间里打电话。史丽娟说话的声音很轻，轻到他集中注意力都听不清楚，偶尔的一字半句，果然是在说钱，说葛萍萍，说经营，而且还间或提到柏老板。柏老板是谁啊？不就是柏士驹吗？真是怕什么来什么，这时候提柏士驹还有别的事？一定是在查问那笔钱的事。更让陈文飞紧张的是，史丽娟的声音平静，和声慢语，细声细气，甚至还会发出短促的笑声。这就更值得怀疑了，如果她怒不可遏，和对方倾诉什么，可能事情还有商量的余地。她如此从容不迫，说明她成竹在胸，已经另有打算了，不在乎他和这个家了。陈文飞心里的波涛也在剧烈地翻涌着，也在竭力想着对策。而让他纳闷的是史丽娟在和谁通电话呢？不用考虑，也不用猜测，肯定是江大海。

第一部 借贷

08

再说史丽娟从乐晶轩走后,江大海又在工作间忙活了一会儿。可他心不在焉,老是走神。史丽娟的突然到访让他走神,突然离开也让他走神,就连她的漂亮衣服和一如既往的标致的体形也让他走神,他借不借钱给葛萍萍同样让他走神,人一走神,心里想的和手上做的就不一致了,他干脆住了手,顺着所走的"神"走下去——就算借钱了,也借不出一百万啊。一百万的财产还有,比一百万还多很多,可一百万的现金,那可不是一笔小数目。走神也是一种病,走了这个"神",连带着岔到了另一个"神",想到了现金变成了原石,想到了空中楼阁的湖景别墅,再次想到了史丽娟……最后还是九九归一,落实到葛萍萍身上,想到了她的厂子,想到了她的困境,想到了她的困境很可能是从买他的厂子时开始的,江大海心里就产生了内疚。女人心眼小,葛萍萍肯定会这样想,当初若不是为了救你,斥资买你的破厂,成了负资产，也不至于落到今天的地步啊。开口借钱容易吗？

江大海坐不住了。

过了一个多小时，江大海再次出门了。

既然老是走神，既然无法集中注意力工作，还不如去葛萍萍的厂子里看看。这么多年了，还从没去过葛萍萍的厂子，从前不去，是有竞争关系，也怕别人的闲话，还有就是怕自己的定力不稳，最终在别人的闲话中和葛萍萍妥协了情感——现在不一样了，现在的心里已经结了层厚厚的老茧，没有什么感情能让他动容呢——除了史丽娟。即便这样，他还是在心里反复说，借钱救厂，完全是出于同学关系，决不会有其他想法。

不到半小时，江大海就驱车来到了葛萍萍的石英粉厂。

江大海到石英粉厂时，小雨已经停了。

这不是他卖给葛萍萍的厂子。他卖给葛萍萍的工厂在果园路那边，小而逼仄。而葛萍萍自己的厂是在开发区，占地面积二十来亩，环境优美，厂房高大敞亮。以前江大海只从大门口路过时望一眼，有时候会想，这是葛萍萍的厂，怎么样了呢？也只是到此为止，没有进来参观过。

此时的石英粉厂，在阴晦的天空下，显得灰头土脸、毫无生机，绿化带里的植物虽然刚被小雨淋过，显得鲜艳水淋，但也缺少那种生机勃勃的景象，似乎正在承受某种委屈。厂房也不像原来从大门外向里望时显得的高大、气派、讲究，反而有种笨拙而无当的感觉。

江大海把车子停在办公楼门前的停车场，没有立即下车，而是在车上想了一会儿。经过这一两天的旁敲侧击和道听途说式的了解，他知道葛萍萍遇到的问题不是小问题，一方面是大形势

第一部 借贷

下正常的经济下行，影响了她的生产销售，更重要的方面，是她这些年用了大额的民间高利贷，被巨额高利息拖垮了。葛萍萍是聪明人，总该有办法解决吧？怎么会落入这种陷阱呢？她开口跟江大海借了一百万。而江大海掌握的情况，一百万对她来说，可能只是杯水车薪，根本解决不了问题。江大海从她提供的承兑汇票（别人欠她的款）上，结合她的产能，估算一下，她的欠账应该在三百万至五百万，如果她在经营中用了高利贷，连本带息至少欠了八百万，甚至达到一千万。这还不包括她的银行贷款。再这样下去，她马上就资不抵债了。江大海在来的路上想好了，一方面是来看看她的厂容厂貌，另一方面是准备借给她一点钱。说起来实在寒酸得很，他现在能筹措的现金，包括刚刚卖掉的战象，只能有三十来万了。他现在的所有资产，就是自住的一套公寓房和水晶一条街的店铺了。如果拿这两套房子的其中一套做抵押，也能在银行搞点商贷。可为了葛萍萍抵押自己的房产，他的境界还没有那么高。更何况史丽娟还明里暗里抵触他帮助葛萍萍呢。

江大海观察了一会儿，感觉葛萍萍确实困难了，厂子里看不到一点生机，没有装货的卡车，也不见有人走动，如果不是葱茏的绿化带和花圃里盛开的花卉，好歹给厂区带来一点点缀，不知内情的人还以为是个荒废的工厂。

江大海没有直接去办公楼，而是在厂区里走动走动，也算是考察吧。他看到厂区堆场上巨型大池里，散堆着洁白的石英粉，大约数百吨吧，在一块大雨布下，是装好袋子的精细石英粉，大约有一个车皮的量。如果这些产品全部出手，能有大小几百万的回款啊，看来她还没到山穷水尽的地步嘛。江大海又走回散池，面对喜人的石英粉，抓起来看看，都是上等的粉，江大海心里有点踏实感，一扫他路上的忧虑，信步向大车间走去——他听到车间里的机器声了，这也是好兆头啊。离车间还有点距离时，他看到有工人从车间里出来，刚探半个身，又缩回去了。江大海没有多想，他只顾欣赏这熟悉的机器声了。这种声音伴随他十多年了，有时听着很美好，有时也挺心烦，仅仅是几个月没听到，就特别亲切了，也有点欣慰，好啊，没有停产，希望就在。江大海信步走到车间门口，推推门，没推动。看来大门关紧了，便从窗口向里张望，透过不太干净的玻璃，他看到熟悉而忙碌的车间景象了：一条完整的生产线上，工人们各就其位，一车车石英在强烈水龙头下冲洗干净后，被送进粉碎机里，经过几道筛选，输送出来的不同颗粒的石英粉从不同的机位上漏进运输车斗里，然后被运送到车间一角堆放。

生产线上有十来个工人，大家都在聚精会神，没有人注意他这个不速之客。一个女人的背影，吸引了江大海的注意，她推着手推车，短脖高腿，宽背肥臀，身材、体形和架势很像葛萍萍。葛萍萍下车间干活啦？资金问题解决啦？能有心情在车间里和工人一起生产，说明她心情很放松，也有可能说明她心情极不放松。放松那就是真不差钱了。不放松说明她只能以此来缓解压力，或车间人手不够，只好自己顶上了。无论哪一种情况，江大海心里都被再次触动了。如果葛萍萍再开口，就把三十万都借给她，虽起不了大作用，解决不了根本问题，至少让她知道，还有朋友支持她。

当手推车上堆满石英粉，宽背肥臀的女工推车走过来时，江大海又发现，她不是葛萍萍。葛萍萍不会包这样夸张的花头巾，脸没那么黑，嘴唇也没那么厚，腰似乎比她还粗，特别是脖子，这个女工还有点脖子，而葛萍萍是肩膀上就摆了个脑袋——他不是要贬低葛萍萍，葛萍萍确实就是这样的身材。眼前这个力大无比的工人，她不过是一个和葛萍萍长相很相似的女人。江大海想想，觉得生活很会幽默，要是全厂职工都按葛萍萍的标准招进来，那倒是不错的风景啊，生意一定会大好。

江大海离开窗口时，心情已经完全愉悦了，对，无论如何要给葛萍萍一个惊喜，让她知道，还有人在关心她。于是，他来到了办公楼。

办公楼只有三层，高大的落地玻璃门没有关，江大海在一楼的通道上走一趟，没有看到葛萍萍的办公室——通常情况下，董事长的办公室应该在二楼的，如果不出意外，应该在二楼上首的位置。

果然，江大海很容易就走到董事长办公室的门口了，门倒是敞开着，却没有人。

隔壁应该是厂办了，也敞着门，没有人。

江大海闻到一股烟味。不抽烟的人对烟味都很敏感，何况是这么浓烈的烟臭味呢。江大海寻着烟味向走廊另一端走去。

走廊尽头是一间大会议室，江大海走到门口一看，会议室里的景象把他吓傻了：屋里烟雾缭绕。烟雾中是一张张清晰又模糊的脸。江大海的突然出现，吸引了他们的目光。江大海感觉到有无数目光同时聚焦到他脸上。他下意识地退后一步，同时又想，有什么好怕的？便定定神，透过烟雾细看，那是一张张淡漠的、灰灰的脸，有男人，也有个别女人，横七竖八地坐在一圈沙发上。当他的目光和他们的目光相撞时，他看到他们目光中出现的希望和瞬间转换的绝望。

"江总。"有人认出了他。

"是你小子!"夸张的话音里并无惊讶。

"哈哈,还有你啊大海!"

"进来。"这也是熟人的邀请。

"大海大海,过来过来……这边坐。"说话者挪挪屁股,却并没有腾出空间来。

江大海看到有几张熟悉的脸,又一时叫不上名字。

"后来的,往后排。"这一句很生硬,面相也生硬,他在江大海犹豫的时候说,"按先来后到……排好队。"

江大海明白了,他们都是来讨债的。难怪刚才车间里有人冒一下头,又缩回去了,难怪葛萍萍不在办公室了,连厂办也没有一个人了,他们都躲起来了。江大海觉得他们也不容易,心里莫名地突然委屈一下。

"有什么好消息大海?听说你小子转行啦?聪明!"说话者欠欠屁股,给江大海扔过来一支烟。

江大海咧嘴一笑——不过是做了笑的动作,表情却相当难看,还举一下左手,也只是举到中途。江大海在心里骂一句,毫无目的和指向,转身走了——快速离开,才是他此时要做的唯一正确的决定。

09

从乐晶轩出来后,史丽娟本想回家,一看时间还早,临时改变了主意。

要不要去就近的学校走走呢?还有十来天就放暑假了。史丽娟暑假里的作文培训班才是她一年的重头戏,所以,她要提前去拜访关系学校的领导和主要老师,为即将到来的暑假班课程的设计征询老师和专家们的意见。但是,这个时间有点尴尬,十一点不到,到了学校就超过十一点了,没有预约是不是太突然啦?算了吧。史丽娟又想起来了,还有一周,就要结束春季小作家作文写作班的最后一堂课了,今年她想搞个小改革,准备请本城名作家对学生的结业作文做一个点评,谁合适呢?便想起了晶都著名诗人家兼著名水晶收藏家苗运涛。是啊,先去拜访苗运涛先生,能请他出马,到班上亮亮相,学生家长们一定很开心的,他可是晶都的名人,当过县作协主席,要是打个比方,他就是晶都的莫言。

　　史丽娟在街头寻寻觅觅一会儿，过了吃饭时间，才去找苗运涛。

　　在去苗运涛水晶艺术馆的路上，史丽娟回想一下她刚刚和江大海的交谈，没觉得自己显得小家子气，或有什么坏心眼。她虽然和葛萍萍、江大海都是同学，但内心里还是向着江大海的，还是盼着江大海的好，她担心江大海会把钱借给葛萍萍。这种担心毫无来由，有人想借，有人愿借，跟她都无关系，可她就是觉得和江大海更亲、更近。为什么不希望江大海借钱给葛萍萍呢？莫非就是因为葛萍萍追求了江大海？葛萍萍追江大海也没有错啊，就像江大海追求她没有错一样，爱情就是阴错阳差的事，失去的未必是渣男，也未必是珍珠。同理，得到的珍珠，也有可能是渣男。史丽娟有时也会想象一下，如果当初接受了江大海的爱，会比现在更幸福吗？未必，没有发生的事情当然不能做假设。但是，渐渐地，不知从什么时候开始，她后悔当初了。如果丈夫不是陈文飞，而是江大海会是什么样子呢？至少就目前而言，江大海比陈文飞更优秀、更靠谱。她也知道这种想法虽然只是瞬间的、短暂的，已经足够危险了。她不愿自己有这种可怕的想法。但这种想法挺顽固，会时不时地冒出来，特别是当她知道葛萍萍要向江大海借钱的事之后，江大海的钱就像是她的钱一样，或者说江大海的财产就跟她的财产一样，是不愿意出借的。还似乎是，只要江大海借钱给葛萍萍了，感觉江大海也被葛萍萍借走似的。真是怪，怪，怪！史丽娟对自己这种古怪的、无厘头的想法也莫名其妙。早在几年前，只要听说江大海谈恋爱了，她心里就像踢翻了醋瓶。江大海又不是你的江大海，凭什么呢？就

第一部　借贷

说一年前吧,有人告诉她,江大海和文化系统谁谁谁都到谈婚论嫁的程度了,她满心希望这是假新闻。后来知道真是假新闻的时候,她自己到罗马假日咖啡店吃了一顿牛排,算是庆祝。她也知道这是典型的病态心理,但就是改不了。后来她给自己这种病态心理又找了个小理由,就是葛萍萍也没有结婚——江大海一天没结婚,就给葛萍萍留下了好机会,似乎葛萍萍就是在等江大海似的。所以,当江大海把自己的厂子卖给葛萍萍的时候,她是既高兴又担忧。高兴的是,江大海终于不和葛萍萍从事同一种产业了,把那个破厂子出手了;担忧的是,江大海把厂子卖给了葛萍萍,无论如何也是建立了某种联系啊。唉,真是凡人有庸俗的快乐,智者有高贵的痛苦。史丽娟不知道自己算是凡人,还是算个智者,总之,快乐和痛苦就这么交错着。

　　史丽娟在胡思乱想中,来到群艺馆边上这条安静的小街。根据路标指示,她来到小街深处的一个小院门口。这里是老城区。苗运涛家小院子里有不少间平房,其中最大的三间,就是老先生的水晶艺术馆。

　　水晶艺术馆正好开门。苗老刚接待完一批客人,正在艺术馆的会客室里小坐,史丽娟到了。

　　"苗老师!"

　　"小史,"苗运涛也惊喜地说,"你真嘴馋,我刚泡壶好茶,你就赶上了,坐坐坐!"

　　"嘻嘻嘻,我就是闻到茶香才来的。"

　　"最近写了不少好诗吧?"

　　"哪有啊,写了一点点,都存在手机里了。"史丽娟打开小包找手机,才发觉手机丢到车子里忘了带了,"手机忘车子上,嘻嘻……我再修改修改,老师要不嫌弃的话,改好后发您看看。"

"好好好!"老先生特别开心,"要看,要看,要看!"

史丽娟在六七年前,就拜苗老先生为老师了。那时苗老刚退休不久,自费出了本诗集,史丽娟拿到一本,立即就被苗老的诗才感动了,就拜了师。拜师不过是口头一说而已,双方都没当真,双方又都当了真。史丽娟偶尔会写首诗,发给苗老看看,苗老都是大加赞赏,还在不同的场合夸史丽娟,说史丽娟的诗歌语言很有特色,尖锐,敏感,有穿透力,前途不可限量云云。史丽娟也喜欢听好话,清醒地把这些夸奖当成是一种鼓励。

"小史啊,我最看好你的诗了,不能降低对自己的要求啊,好诗一定要发我几首。"

"苗老师您尽夸我,我改好就发你看。"史丽娟快人快语地说,"周日下午我想请老师出个场架个势啊。"

"我一个老朽,还能架什么势?"

"老师您是前辈,德高望重呢,学生是真心请你啊。"

"好,我答应你,尽管说。"

"我不是搞个小作家培训班嘛,春季班就要结业了,最后一堂课想请老师出席,点评几篇学生作文,再在结业典礼上鼓励鼓励孩子们。"

"哈哈,这个事啊……好,我答应你,我年轻时给工人文化宫夜校的学员们讲过写作课,点评过莫言的小说《透明的红萝卜》,不知道我的观点会不会过时啊。"

"太好啦老师,老师您随便讲讲就行啦,哪能过时呢。晚上我再找几个家长陪你喝酒,嘻嘻……"

"哈哈哈,小史真会调皮,我是一个老朽啊,哪像你们年轻人时尚。"

就在史丽娟和苗运涛谈说间,又来了两个人,身上都喷着酒气,可能刚从饭店出来。史丽娟看这二人面相不一般,似曾相识又似曾不相识——晶都不大,城区人口不过十来万,看谁都面熟似的。史丽娟从二人对苗运涛的敬重中,感觉他们关系也不一般。

"来,介绍下,李章鱼,柏士驹,"苗运涛跟史丽娟热情地说,"这二位可是晶都的大名流哦,本事可以通天。对了,士驹当年还是我夜校的学生,是不是士驹?"

"那是那是。"柏士驹虔诚地点头承认。

"老师,还有我呢?"李章鱼说。

"对对对,这小子也是。不过你小子花头多。小史,这个李老板可是个外商哦。"

"老师您也取笑我,什么外商啊,就是方便混口饭吃。再说了,就算是外商,早就没有优惠政策了,竞争不过本土商人了。老师,您这里除了水晶艺术品,就是美女艺术品啊。"李章鱼献媚地说,他既讨好了苗运涛,又讨好了史丽娟。

"人怎么能是艺术品呢,最多可称为艺术。小史,别看他个子不高,脸大、头大,心机可不少——假外商的心机。"苗运涛说。

"我听出来了,老师这是批评我啊,我已经几年不再冒充外商了。老师,知道我为什么脸大、头大吗?如今是看脸的世界,脸小了怕您看不清啊,头大是被满脑子智慧给撑的。再说您老要生气了,给我一巴掌,脸大受力大,一巴掌拍不死的。"李章鱼自嘲的口气里透着骄傲,他盯着史丽娟看,故意要卖弄一下口才，同时也很好奇，这么个神仙般的少妇，怎么第一次见？

"能冒充外商，那才是有大本事真本事呢。"史丽娟也半真半假地说，"不是有人说过吗，脸大的人脾气一般都好，因为翻脸很慢。"

李章鱼乐了，得意得满脸放光。看得出来，史丽娟的话让他很有面子。

"好了好了，你们的口才都能上电视了。"苗运涛又跟李章鱼、柏士驹介绍说，"我学生小史，写诗的，很有前途的美女诗人。"

"不得了，美女艺术家，不得了啊史老师，从事什么职业啊？"李章鱼恭维的口气有些垂涎欲滴。

"老师不是介绍啦，美女诗人。"柏士驹抢在史丽娟前边说，"史老师你要当心啊，李老板是个花心大萝卜，见了美女就想勾引，有多少勾引多少，一个不落的。你看吧，接下来他就跟你要电话号码了，要加你微信了，他的套路深得很哦。"

史丽娟被逗得脸红耳热，微笑不语，心里却想，这帮男人，什么玩意？哼，谁勾引谁还说不准呢。

简单寒暄几句后，史丽娟想离开，反正事情已经办完了，不能影响人家谈事。刚要开口跟苗运涛告辞，苗运涛就看出史丽娟的心理动态了，赶紧说："小史别走啊，随便聊聊，都不是外人，晚上我请你们吃饭。"

史丽娟有求于苗运涛，中午又没吃饭，晚上吃一顿大餐也不错，就微笑着答应了。心想，自己只做个好听众，决不插嘴说话，听他们谈就是了，或许会长见识呢，就说："你们谈正经事，我去混吃混喝，不好吧？"

"哪里的话，你去了最好。"苗运涛说。

"对对对，老师请客，美女学生不去怎么能行？我们都是老师的学生，学生的天职就是听老师的话。"柏士驹不是知讨好老师还是讨好史丽娟，"我们没资格请你，只能仰仗老师的权威，才能和美女诗人共进晚餐，真是荣幸得很啦！"

李章鱼听不得柏士驹肉麻的恭维，不愿意风头都叫他抢了去，便兴致盎然地对苗运涛说："苗老，请您看一件宝贝。"

"我就知道嘛，你小子每次来都要玩出点花头来。来，拿出来看看。"

李章鱼从随身带来的双肩包里，抱出一个用金丝绒包着的沉沉的包裹，放在地板上。

"啥大宝贝，包这么严？"苗运涛好奇了，眼睛里放出光泽。

史丽娟也好奇地看着。

柏士驹正想在史丽娟面前卖弄嘴皮子，中途叫李章鱼打断，心里不爽，鄙夷地看着地上的宝贝，说："别又在哪收来的垃圾吧？"

"垃圾？别亮瞎你的眼睛就好！"

"少废话，快看看。"苗运涛等不及了。

"您老的水晶艺术馆里什么好东西都有，可就是缺这一样啊。"李章鱼小心地说着，揭开金丝绒，一件敦实、大方且晶莹剔透的水晶工艺品出现在众人的视线内。

"哟？"苗运涛带着疑问和惊喜，情不自禁地蹲下来。

史丽娟也惊呆了，这不是江大海雕刻的那头战象吗？几个小时前他说还没有完工，这会儿就到李章鱼手里啦？看来江大海是撒谎了，他的战象不但完工了，还卖了。他不是说他所有的作品都要收藏吗？怎么会卖给这个李章鱼呢？刚才听苗老师介绍，这个李章鱼本事可以通天，看来真不是凡人啊！

"东南亚一带，特别是泰国，把大象当成图腾的象征，可我们晶都却没有一家有这种东西。我特意请顶级的雕刻大师做了这头大象。"李章鱼自鸣得意地说，"怎么样老师？咱们晶都买世界，卖世界，世界各地的水晶都集中到咱晶都了，世界各地也都有咱晶都的水晶工艺品，咱晶都去泰国做生意的人不少，我看这件东西很有前途。老师，您给学生断断。"

"话都叫你一人说了，你让老师怎么说？"柏士驹还耿耿于怀。

"还有价格嘛，老师您估估看。"

"乖乖，好东西，我还真是头一次见到……雕工确实不同凡响啊，圆雕，线条粗犷、拙中见巧，晶体也是一流，收着吧，不亏。"苗运涛抚摸着大象，由衷地赞叹道。

"您老还没估个价呢？"柏士驹急不可待了。

史丽娟也对价格感兴趣。

"水晶无价，水晶艺术品更是无价，工艺又是出自大师之手，这件东西嘛……"苗运涛沉吟半晌，说，"你小子收购的东西，压价最狠，我看在一百二十万上下吧。"

苗运涛话音一落，史丽娟、柏士驹的目光都看向李章鱼。

李章鱼笑道："看来我赚了。"

"多少钱？"史丽娟迫不及待地问。

"五十万，今早刚送过来……"李章鱼自知说猛了，"巧价巧价。"

"五十万？赚大了你小子。"苗运涛语言中流露佩服之意，

第一部 借贷

"如果遇到识货的买家，照这等工艺，至少二百万，卖好了，三五百万也有可能啊。"

五十万？就是说，江大海现在手里至少有五十万的现款啊。史丽娟明白了，江大海还是要借钱给葛萍萍的，那幢虚构的湖景别墅，并没有带来实际的效果。让史丽娟很难接受的是，江大海还把他心爱的作品出售了，可见他借钱的决心。同时让史丽娟难受的是，江大海把这件水晶工艺品卖贱卖了，价值三五百万的东西，只卖五十万。凭江大海的聪明，他不会不知道这件作品的价值啊，但他为了尽早出手，尽早借钱给葛萍萍，只卖五十万。江大海啊江大海，原来你也是个……骗子！

一种深深的失落和无可名状的不安萦绕在史丽娟的心头。

接下来，他们的闲聊没有离开水晶，没有离开都水晶圈里的人和事，他们或对某一件事异口同声地赞赏，又对某一个人众口一词地取笑调侃。柏士驹刚才没能在史丽娟面前展示才华，这会儿逮到说话的机会，便喋喋不休地抢话说，可能是他平时的话就多吧，两片嘴唇运动量足够大，致使他的上下嘴唇异常的发达，上唇肥厚，下唇更是坠下来一块肉，像一块红红的鸡冠。更巧妙的还是在他说话时，上唇动得多，下唇那块鸡冠静止不动，成了完全多余的一块赘肉。柏士驹说话中多次提到一个人，让史丽娟不得不盯着他的嘴唇看——他在说葛萍萍。在柏士驹的话语中，葛萍萍并不是机敏的生意人，甚至还有些二，有些拎不清，而自己又觉得特聪明。柏士驹突然想起了什么，说："有一次，葛总请我吃饭——吃饭是假，就是想从我这里拿点款，饭前不搋蛋等于没吃饭嘛，可那天三缺一，搋不起来，只好打斗地主，葛总那个二啊……只要她手里有一对二或三个二，她永远不会拆，能把人给急死了，有一把和她二打一，庄家上个A，她不上二，逼着我上大鬼，最后我们输了。我说你二怎么不上？她说，我那是三个二啊，你们听听哈哈哈，我告诉她，不管几个二，拆开来不就是单的了嘛。就这脑子，还做生意，能把人给急疯了。我说你抓多少二也是二！她居然哈哈大笑。"

大家也哈哈大笑。

"这种人叫什么来着？"柏士驹脸上绽开了花，"叫机灵的一腔屎是不是？"

"不对，没有这个词，干净的一腔屎，是形容一个人假干净的。"苗运涛摆出老师的架势道，"你说的这种情况，是属于假精明，应该用……用什么词来形容呢？对了士驹，你不能笑话这些人，没有这些人，你上哪去赚钱？要是比你还精明，你高利贷放给谁？你放出去也本利无归。"

李章鱼哈哈笑道："柏老板，听听，还是咱老师境界高啊，你小子，赚了人家的钱，还说人家傻，不厚道。"

"章鱼，你也敢说我，你不是一直想兼并姓葛的公司吗，你以为你是什么好东西！你那点小九九也不亮堂，不要我配合你啦？"

"算算算！你的心思我也知道，想拿高利贷拖垮姓葛的，你就拿下她的厂，搞你的商住两用房了，我呸！"李章鱼看一眼史丽娟，说，"我们到一起就掐，其实我哪有实力兼并姓葛的厂呀，就是逗逗柏老板的。看看，我和士驹的笑话都叫你看了去，不过都是些闲话，开玩笑的，别当真啊。"

"人家是诗人，才不管你们这些奸商的事了。"苗运涛说。

"我什么也没听懂。"史丽娟说没听懂，其实她完全听懂了。

史丽娟的心情起了微妙的变化,她渐渐讨厌面前这两个"通天"的人物了,渐渐同情葛萍萍了,也替葛萍萍捏了把汗了,同时也替江大海捏了把汗——这钱到底借还是不借?借,有可能帮助葛萍萍渡过难关,不借,葛萍萍就成了李章鱼、柏士驹这种人的案板上的肉。

最终,史丽娟没有等到晚上和苗运涛他们一起去吃饭,而是早早就告辞出门了。她的心情很乱,很懊糟,很定不下神。

史丽娟就是带着这样的心情,从苗运涛的水晶艺术馆回到车上的。一到车上,从座椅上拿起手机,看了眼,看到了陈文飞的来电,又看了陈文飞发来的微信。可能是心情原因吧,她没有立即给陈文飞回复,而是直接开车回家了。史丽娟是在停好车、走在小区的便道上时,才给陈文飞打了个电话的。恶劣的心情让她和陈文飞话不投机,三言两语就杠上了,弄得史丽娟心力交瘁、郁闷异常,回家就钻进了卧室。

躺在床上的史丽娟,再次回想刚刚听到的李章鱼、柏士驹他们对葛萍萍的议论,觉得葛萍萍这些年的境遇,是她完全没有想到的,和她想象中的葛萍萍完全不同,这让她感触很深,或者说,改变了她一直以来对葛萍萍的看法。史丽娟心情波动很大,起伏很大,想想葛萍萍的处境,想想自己对葛萍萍的不了解,想想自己的心态,对自己越加地自责了,心情也越发地沉重了。

微妙的心理变化,促使史丽娟做了一个决定,她也要帮葛萍萍。帮葛萍萍,就是帮江大海。

如果她不帮葛萍萍,江大海就会帮,江大海和葛萍萍这些年的关系,很可能就会因为江大海的出手相帮,演绎成一场英雄救美的桥段——尽管葛萍萍并不美,但随着交往的加深,情感的培育,什么事不能发生呢?史丽娟想不想看到这一幕发生呢?史丽娟的心情特别矛盾,葛萍萍这些年的苦苦等待(应该是吧),终于要有了完美的结局了。但江大海呢?情不甘意不愿地接受葛萍萍的爱,算得上完美吗?

10

　　史丽娟从卧室里出来时,脸上似乎还有泪痕,而且也憔悴了很多——毕竟心情不好,又饿了一天的肚子。

　　陈文飞没有提吃饭的事。他也没吃,而且再吃就是晚饭了。经过两三个小时的激烈的思想斗争,他身心俱疲。他不敢和史丽娟对视,试探地说:"起来啦?"

　　"咱家有多少钱?"史丽娟答非所问地说。

　　果然摊牌了。陈文飞心里反而放松了,也更坚定了他离婚的决心。

　　"知道了还问。"陈文飞的口气突然硬起来。

　　史丽娟愣了下,不知道陈文飞口气为什么这么冲。

　　"知道?我知道什么呀?跟谁吼啊你?"史丽娟也提高了嗓门。

　　陈文飞不吭声了。

"说啊？我知道什么？"

陈文飞还是没吭声。

"我问咱家有多少钱，你说我知道。我知道还问你啊？啊？你做那么多鬼事我问过吗？还跟我发脾气，凭什么啊？"这么多年了，史丽娟在钱财上确实是个糊涂人，家里的存款余额从来记不住，而且跑银行、买理财产品这些事也都是陈文飞的事，当然了，卡还是在她身上的。她被陈文飞的反问和沉默激怒了："陈文飞我跟你说，我可不想惹你，你什么意思啊？啊？你什么意思啊？"

陈文飞觉得她每句话里都有话，都是在试探，都是在搜索证据，而他也被史丽娟揣着明白装糊涂的样子激怒了，他"嗖"地站起来，脸色铁青地说："什么什么意思？你不就是让我先说吗？离就离，谁怕谁啊，离婚！"

史丽娟仿佛听到一声霹雳。

霹雳的余音还在回荡时，陈文飞又闪电一样甩手出门了，临走时冷冷地丢下一句："我去接小胖。"

人和声音消失了。

这个世界也消失了。

史丽娟脑子"嗡嗡"直响，闷了半天还没醒过神来。离婚？史丽娟从未想过要和陈文飞离婚，就算陈文飞背叛她的时候，这个念头也只是一闪，就消失了。离什么婚呢？离了又怎样？即便是不愿意看到葛萍萍和江大海往一起靠近，她也没想到要和江大海怎么样。陈文飞这是怎么啦？突然提出离婚，毫无预兆，莫非有什么隐情？她回顾即将过去的一天，早上还好好的，甚至昨天晚上，两人还做爱，虽然了然无趣，草草了事，也没有离婚的迹象啊。莫非她去找江大海被发现啦？问心无愧也没做任何出格的事啊。何况他早就知道江大海从前追求过她，而他也从不介怀江大海对她的追求。再说了，那种不是你情我愿的追求，算什么呢？难道是中午没接他的电话，或没及时回复微信？这就更不算什么事了，不会上升到离婚的级别啊。钱？是说到钱时，陈文飞才变了脸色的，才话不投机的。莫非在钱上出了问题？莫非知道她要借钱给葛萍萍或借给江大海再转借给葛萍萍？她没说，他又怎么能知道呢？

史丽娟立即找出家里的几张银行卡，都在。又找几份理财产品，也一样不少。且慢，银行卡在，不一定钱在。史丽娟开始在手机上翻自己的短信。以她名字开设的三个户头，都是有短信提醒的，她查到了三家银行的最后短信提醒，余额都在。另外两张卡是陈文飞的，她也大致知道他卡上的钱，一张是还房贷用的，每月由陈文飞去存一次，几乎没有余额，另一张也不多，是交水电费用的。如此说来，也不是因为钱。没有一个现成的理由，那陈文飞提出的离婚就是真的了。

史丽娟本不是要和他谈离婚，现在却把所有心思都集中到离婚这个艰难的题目上了。离婚，离婚，离婚……她脑子里全是这两个字了。史丽娟和许多面临离婚的女人一样，一时没了主意。

史丽娟想到了江大海。想到江大海并非因为江大海是她的什么依靠，能给她出什么主意，只是因为一瞬间，她需要一个可以倾诉的人，一个能为她分担痛苦的人。江大海突然在她脑子里出现，就再恰当不过了，也可以说是此时心情的自然流露。

史丽娟出门时，在小区的花圃边碰到了从幼儿园回来的陈文飞和儿子小胖。

小胖先看到了妈妈,他叫了声"妈妈",松开陈文飞的手就跑了过来,扑进妈妈的怀里。

史丽娟的心一下子软了,她强忍泪水,拿脸贴一下小胖肉肉的脸,说:"胖,在幼儿园表现好吧?"

"好。"

"以后还要好好表现,多吃饭,多吃菜,多喝水,听老师的话。好不好?"

"好。"

"在家还要听爸的话,知道啦?"

"知道。"

"以后妈会常来看你的。"说到这里,史丽娟的泪水还是涌了出来,不可遏制地涌出来了,儿子在她眼前模糊了。

"妈⋯⋯"小胖胆怯地用小胖手擦拭妈妈的泪水,他发现妈妈的泪水越擦越多。他害怕了,嘴一咧,也哭起来。

"胖⋯⋯别哭,胖⋯⋯"

"妈妈你去哪里啊?"

"我出去一下⋯⋯出差,今晚不回来了。"

"我跟爸爸睡。"

"胖真乖⋯⋯"

"妈妈出差多会回来呀?"

"⋯⋯不回来了⋯⋯胖想妈的时候,妈就回来看胖。"

站在三步开外的陈文飞决绝地说:"我走。我什么都不要。儿子也不要。我走,我连一条裤衩都不穿!"

史丽娟没有回应陈文飞的话,又在小胖脸上亲一下,走了。

第一部 借贷

从花圃走到停车场只有短短两三分钟的距离，史丽娟感到好遥远啊，泪水永远也流不完似的，坐到车里，趴在方向盘上，放声大哭，好半天缓不过来。陈文飞最后那句话的意思明摆着，那要下多大的决心啊。

从她居住的小区，到水晶一条街的距离比较远，平时正常开车也要二十来分钟，她这时候心情抑郁，老是走神，中途还走错了道，近一个小时才到。

江大海的临街的工作室依旧是关着门，乐晶轩的匾牌如果挂上来，或许还给人点文化的感觉，没挂上去，就是一间普通的没有开业的门店，由于两边的店铺一直营业，也没人注意江大海工作室的冷清。史丽娟停好车，已是华灯初上时，街灯亮了，而天并未黑。史丽娟调整一下情绪，理一下连衣裙，让她看起来并不落拓和悲伤，还对着紧闭的玻璃门里的影子笑一笑。这才轻轻拍动几下。玻璃门的里侧装有天鹅绒帷幔，能感觉到宽敞的大厅突然亮了灯，随即响起"踏踏"的脚步声，还有移动的暗影——那应该是江大海了。还没有照面，史丽娟心里突然一软，再次涌出泪水。史丽娟赶紧擦去泪水，等着江大海开门。

江大海显然是在工作，胳膊上和黑色T恤上有细密的粉末，手上还有水迹，可能是在雕刻和打磨水晶工艺品吧。门开处，是史丽娟在街灯下的身影。

"史丽娟？！"江大海惊喜地说，史丽娟的不期而至显然让江大海没有想到。

史丽娟还是没有控制住情感，"哇"地失声痛哭了。

江大海不知发生了什么，让进了史丽娟，才吃惊地问："怎么啦怎么啦？"

史丽娟只顾哭了。

"走走走，上楼去……什么事值当哭啊？"江大海毫无目的地宽慰着，"谁敢欺负我们大美女啊，想死还不是便便的……来来来……好啦好啦好啦。"

江大海的安慰并没有减轻她心里的委屈，从门厅走到楼梯，又从一楼走到二楼会客室这短短的距离中，史丽娟几度失控，她全身无力地依偎着江大海，几乎是被江大海连拥带抱着扶到二楼的。

江大海没有遇到过这种情况，隐约感觉到史丽娟遇到大麻烦了。他让史丽娟在沙发上坐好，递给她一盒抽纸，又去冰箱里搬出西瓜——还是史丽娟上午带来的西瓜。

坐下后的史丽娟平静了不少，她不停地擦拭着泪水，不停地哽咽着，说："没事……我没事……大海，我没事……"

说罢又是泪如雨下。

既然说没事，江大海也不便多问——如果方便说，不问她也会说；如果不方便说，问了也不说。江大海看着她伤心的样子，心里也禁不住悲伤起来，不知要如何安慰，只好给她拿了片西瓜，觉得不妥，又放下了。悲伤是会传染的，江大海的眼泪也差点流下来。

"对不起啊……"史丽娟说。

"别太辛苦自己……怎么啦？"江大海说。

史丽娟从包里取出钱包，又取出三张银行卡，放在茶几上。

"这是什么？"

"三张卡里都有钱，七十多万，密码是我生日的后六位数前边加个SLZ……借给葛萍萍了……都借，我知道，她急需用钱。"

第一部 借贷

"这……"

"葛萍萍有难了，我们同学不帮谁帮？是我错了，不该不让你借钱给她……不过你也说你真没有钱的——就当你买湖景别墅了吧……我有，我有七十多万，算是我借给她的，借给葛萍萍的，可以吗？她什么时候有钱什么时候还。"

江大海十分纳闷地看着史丽娟，完全不能理解了。这是玩哪一出呢？史丽娟不是明一句暗一句一直反对他帮助葛萍萍的吗？怎么来了个大反差？一定是发生什么了。

"你告诉葛萍萍，钱是我借的……还有……还有……"史丽娟说不下去了。

"我可以转告，但是你要想想清楚，这可不是小数目。"江大海很狐疑地看着她，觉得借这么大的一笔钱，肯定不像她说的那么简单，特别是她现在的情绪，一定是受到什么强烈的刺激了——照这种节奏发展下去，就是不要命了。

"想清楚了，我就是要借钱给葛萍萍……"

江大海似乎顿悟了什么，她是怕他借钱给葛萍萍的——进而和葛萍萍拉近关系、谈恋爱。江大海看她梨花带雨的伤心样子，突然有点好笑，心想，这是哪对哪呀？感情有这么简单吗？幸亏你还是过来人。如果有这么简单，当初我追你时，你为什么左躲右闪使出太极招数一招一招拆解呢？借钱就能借出感情来，就能借出爱，感情也太简单了吧？

"走了……"史丽娟起身时，一个趔趄，不是江大海扶住，就可能摔进沙发里了。

江大海感觉史丽娟的胳膊冰凉，像冰棍一样，身体也软，心疼地说："你身体不舒服，再坐会儿吧？"

095

"不了，我挺好。"

还挺好，江大海心想，一个健康美丽的小媳妇，一个积极开朗的母亲，大半天里发如此大的变化，眼神无光，脸色灰暗，身体冰凉，语无伦次，还借出巨款，能叫挺好吗？不会是精神出问题了吧？江大海冲动地想搂搂她，或许这样会对她有所安抚。但江大海知道不能这么做，这是一种错误的信号，况且，史丽娟也不允许他这样做。他只好轻声问："怎么来的？"

"开车的。"

"你身体很弱啊，丽娟，开车要当心，另外，这三张卡，你先收起来，我问问葛萍萍，看她需要不需要了。或者，你来问问她也行。"

"我不问……她需要用钱的。"史丽娟拿起小包，强打起精神走了，故意做出脚下有力的样子，把楼梯踩得"踏踏"响，但，还是一脚踏空了，如果不是江大海一把搂住，她就嗑到楼梯上了。

江大海扶好她，抓紧她的胳膊，把余下的几级楼梯走完。
"我的钱，加上你的五十万，应该能解救葛萍萍吧？"
"我……我五十万？"江大海一时没有反应过来。
"大海，你把战象都卖了……"史丽娟向橱柜里望去，声音有些惋惜地说，"你雕的那头战象，卖给了谁？是不是一个姓李的老板？卖了五十万对不对？"

"五十万？你怎么知道的？"

"对不对？你卖贱了，大海，那件作品能值三五百万的。"

江大海似乎明白了什么，但他被突如其来发生的事弄得措手不及，思绪还一直混乱着。

"丽娟,你坐会儿再走……晚上出去吃点饭,你是饿了,饿糊涂了。"

"不……"她口气坚定,"走啦!"

江大海只好送她出门,送她上了车。临上车前,他说:"卡我给你保管着,明天再说好吗?好好好,你不用再说,慢点啊。"

在车子启动后,她从车窗里对江大海说:"我……我离婚了。"

史丽娟的声音太细、太小,小到只有她自己听到,几乎是一股气流,加上车子启动的噪声,江大海只感觉到她仿佛嘀咕一句什么,根本没有听清。这个不易察觉的细节,让江大海站立原地思量了好久,她说了句啥?似乎是离婚?不会不会,决不会。江大海苦笑笑,觉得史丽娟的离婚是自己的一厢情愿。不过联想到她要借钱给葛萍萍的这种反常行为,还有伤心的眼泪,不会仅仅是同情葛萍萍这么简单。江大海觉得史丽娟突然陌生了。

11

"喂，出事了大海。"

"葛萍萍，你一打电话就说出事，让人敢不敢接你电话啦？"这是两周后的一个早上，江大海以为她的资金问题还没有解决，惊出一身冷汗，拿手机的手不由得抖动一下，急促地问，"出什么事？"

"你猜猜。"

出大事了还让猜猜，看来不是什么大不了的事，何况，她口气放松，还略带调皮。江大海松口气——不是资金问题。江大海还记得那天去她厂里回来后，打她电话时的情形，问她在哪里，她说就在厂里。江大海说他去过厂里了，没找着。她说哪敢露头啊，化装成工人在车间干活呢，否则讨债人的唾沫星会把她淹死——原来那个像葛萍萍的人就是葛萍萍。江大海笑一声，想想她那时候的狼狈相，这好日子才过几天啊，就开始调侃了。江大海对这种小屁孩才玩的猜猜猜并无兴趣,比他们"80后"虚伪多了,有点没好气地说:"没空猜,爱说不说。"

"最好猜猜嘛。"

"不猜。"

"和你有关系哦。"

江大海更没兴趣猜了。

"不猜啊?"葛萍萍还是忍不住了。

"有事了,再见。"

"喂喂喂,别呀……你是不是知道啦?"葛萍萍的口气这才稍微严肃些,"对你说噢,江大海,史丽娟和陈文飞正在闹离婚。"

"乱说……"这是新情况,江大海心里一动,马上想到两周前史丽娟那次不同寻常的夜访,特别是她在车子启动前,跟他嘀咕了句什么,现在想来,那句低沉而喑哑的嘀咕,很可能说的就是"离婚",她是难以启齿,才在最后嘀咕一声的。

"不乱说,我今天刚听朋友说的,一个做民间借贷的朋友,他和陈文飞有合作——对了,陈文飞也做民间借贷,我也是才知道。陈文飞这小子……人不可相貌啊,早知道他放钱,我直接和他对河上岸不就得啦。"

"放钱?你说陈文飞搞民间借贷?"江大海想到史丽娟那三张银行卡了,看来她和陈文飞可能是因为钱而闹矛盾了。

"是啊,你不知道?看来这两口子做事缜密啊呵呵,如此模范夫妻也离了,看来没有什么婚姻是稳固的。"

是真的了?江大海的脑子突然发涨,像被什么东西填满了。史丽娟婚姻的突然变故,对于江大海来说,还是太突然,江大海根本没有想到会有这样的事情发生。当然，从前，乃至十年前，他不是没有这样的幻想，如果不是陈文飞捷足先登，史丽娟也许会成为他的新娘。这样的假设已经毫无意义了。现实是，他们是一对幸福的夫妻。如果不是葛萍萍告诉他史丽娟在闹离婚，打死他都不相信。但是，闹离婚和离婚毕竟不是一回事，闹离婚还只是闹，离离婚还有一大截。

"喂，喂喂……"葛萍萍说，"大海……听到吗？"

"听到啦……史丽娟在闹离婚……还是离婚？"

"应该是……离了吧？具体我也不知道啊，谁好意思问？你倒是可以问的。"葛萍萍话中有话地说，"还以为你挂我电话呢。大海，你对他们离婚怎么看？"

"我能怎么看……会不会是因为钱……"

"你是说，史丽娟和陈文飞的离婚是因为她借钱给我？有可能啊，陈文飞是放高利贷的，丽娟借的款没有利息……其实我也不准备白着她，包括用你的钱，我都要有回报……这事搞的……其实我的资金危机已经解除了，今明两天能回款两百多万，我先把急款还了……再有回款，就把她的钱还上，解决了钱，他们的婚姻也许还能挽回。不不不，不用挽回，等他们离了后，再还钱给史丽娟。"

"你什么意思啊？倒是希望他们离婚似的。"江大海有点不明白葛萍萍的话了。

"没有，没有没有，我没那个意思，我是向着史丽娟嘛，万一离了，她还能多拿点钱。要是没离之前还钱，那是他们的共有财产，是不是？过日子总要现实一些嘛。"

"你呀……"

第一部 借贷

"你不希望他们离?"葛萍萍小声地试探道。

"不希望。"

"没说实话……听说是史丽娟坚决要离。"葛萍萍突然"吃吃"笑几声,"大海,你又有机会喽。早知道这样,我早跟史丽娟借钱了,哈哈哈!"

"不要这么说。"

"就要这么说,怎么啦?史丽娟就是为了你才离婚的,你能不承认?你敢说你不爱她?你要想阻止史丽娟离婚,只有一个办法……"

"又来了。先不说了,我想联系一下史丽娟。"

"等不及了吧?"

"神经!"

"好吧,我神经。"葛萍萍说,"干脆,今晚我请客,咱们仨再聚聚,一起劝劝史丽娟,让她别离——大海,你真不希望他们离?"

"谁巴望人家坏啊?不是万不得已,谁离婚呢。"

"真离了,你正好接手啊。"

"说什么呢?"江大海说,他感觉约史丽娟晚上见一面也是挺不错的,便说,"还在罗马假日吧,那家咖啡不错,你约还我约?晚上七点,你约吧。"

"明晚不行吗?明晚我正好还钱给她。"

"明晚也行。"

电话挂断后,江大海越想越感觉葛萍萍的话不对,不像是在担忧好同学的婚姻,仿佛在说一件多么开心的事。感觉是,她既希望史丽娟离婚,又不希望她离婚。他觉得这样的谈论是对史丽娟的不尊重。特别是葛萍萍，她的口气里仿佛有种兴高采烈的意思。而自己就是兴高采烈的同谋。要不要给史丽娟打个电话呢？她这时候一定需要安慰。

江大海想了想，拨通了史丽娟的手机。

"喂，丽娟，你好，干吗呢？"江大海的声音出奇地温柔。

"在家。"

"好久没联系了，最近忙什么？"江大海听她的声音很平静，心里踏实多了。

"没忙什么。老一套。"

"怎么不来玩？也不打个电话过来。"

"不想打……大家都忙。"

"……听你情绪不对呀，丽娟，出什么事了吗？"

"嗯……"

"什么事？"

"没什么……你不是已经知道啦？我，我离婚了，告诉你的……那天从你儿离开时，我告诉你我离婚了。"

江大海顿了顿，说："那天我没听清楚，不敢问……真的……离啦？"

"离了。"

"……对不起啊，真的对不起。"

"你有什么对不起？"

"那天真是没听清，我应该早点和你谈谈……而且，我把你的卡给了葛萍萍之后，我让她打你电话感谢你的……"

"她打了……我没告诉她我离婚的事。"

"她也才知道。"江大海说，"我们都不知道你和陈文飞之间发生了什么……如果不是万不得已,还可以挽回吧……我知道这种事别人不好干预,而且,鞋子合不合适,只有自己知道……可是你们一直是好好的呀?陈文飞欺负你了吗?"

"没有。"

"你欺负他啦?"

"没有。"

"那是为什么?"江大海紧张了,联系起两周前史丽娟在他工作室的情状,借钱给葛萍萍的理由,是要阻止他和葛萍萍的来往的,至少一部分理由是这样。那么,离婚后的史丽娟,会嫁给他?江大海迷茫了、心虚了——事情突然得让他还没有准备好。而且,从电话中听出来,史丽娟的话风突然变了,以前多么活泼啊,爱说爱闹的,这会儿倒是太安静了。

"为什么和不为什么都跟朋友没有关系,也包括你……我谁都不怕,谁都不求,我带着小胖,会过得很好。"史丽娟冷冷地笑一声,继续道,"你也不用再关心我了,十来天了,你一个电话都没有……对对对,你没听到我的话……多好的理由啊……不说这个了,你不打电话给我是对的。"

江大海听出了史丽娟话里的哀怨和报怨,而他连续几天确实也很忙,便歉疚地说:"那几天我都忙死了……在帮葛萍萍跑钱,忙得焦头烂额。"

"是啊,你确实要好好帮帮她……"

"可是,你知道的,不过就是帮帮而已,"声音突然轻了很多,"丽娟,我是一直……一直爱你的。"

江大海说过后,心里慌起来,反而担心她也说爱——人真是个怪物,情感也真是个怪东西,在没有可能吃到葡萄之前,想

103

象葡萄有多么甜，一旦葡萄放在面前了，又缺少尝一尝的勇气，害怕葡萄会是酸的。

"但我不爱你，以前不爱，现在也不爱……你理解错了，想多了，我离婚，不是要跟谁结婚，别自作多情了，跟你半毛钱关系都没有，你躲在你的乐晶轩里，好好乐你的吧。"

"不是自作多情……你可以不爱我，但不能不允许我爱你啊。我对葛萍萍真的没有任何感觉，这可能就跟你对我没有感觉一样。"既然话都说开了，江大海的胆子更大起来，放心地发挥道，"是这样的丽娟，我是刚刚知道你的情况，葛萍萍也刚知道，我想约你明天晚上出来坐坐，七点怎么样？到罗马假日吧，一会儿葛萍萍会打你电话的。"

"切，你打电话不算？"

"一样的。"

"那她为什么还要打？你自己都说一样的，你打和她打……你跟葛萍萍说，她不用打电话了，我去，明天晚上七点，罗马假日，准时到，好了吧？再见。"

江大海满心想安抚一下她，却让她为此而多心，想再解释几句，对方果断掐断了。

第一部　借贷

12

　　结束了和江大海的通话，史丽娟心里真是五味杂陈啊。江大海这个电话，居然让她等了整整两周。这个电话真是太迟了。从陈文飞一提出离婚，到办完手续，她多么希望能接到江大海的电话啊。可江大海一直没有电话来。史丽娟有几次想打电话告诉江大海，报告离婚的进程和感受，可手机都拿出来了，又没打。他连一个电话都不来，她还有必要再向他复述一遍吗？有什么意思呢？是要取得江大海的同情？那等于间接接受江大海多年来对自己的追求了。离婚了才接受，也太势利了吧？史丽娟不想让自己表现得太势利，不想给江大海有这样的误解。关于借钱给葛萍萍的事，还是葛萍萍打来感谢的电话的，感谢她借了一百万，解了燃眉之急。史丽娟知道一百万里的另外三十万是江大海借的。江大海没有借五十万而是三十万，也让史丽娟小小纳闷了一会儿。

离婚原来也并不可怕,办完手续后,史丽娟就想,就像身上的某个部位挨了一刀,刀口很深、很痛,但是,在伤口渐渐愈合后,疼痛感也渐渐消失了,又经过结痂、痒痒等感受,只剩下一道疤痕而已,这道疤痕也并非都是丑陋的,抑或是美丽的。史丽娟的记忆中,有好几个同学早在多年前就再次成为单身族了。有一个当时貌不起眼的女生,居然在短短的三年内,经历了四次婚姻,成为他们当时的笑柄,笑话她是"丑人多作怪",现在看来,这样笑话别人,是多么无知啊。葛萍萍更是还带有影射的口气说,结婚也存在离婚的风险。史丽娟当时的反驳是,未婚也存在结婚的风险。把结婚当成风险,还第一次听说,在当时的语境下不过是气话而已,还引得众人哈哈一笑。现在看来,结婚确实也有风险的。如今,她也步了他们的后尘,离了。办完手续,她竟然有如释重负的感觉,心情也才真正缓过来,给自己写了一首诗:

这生活,什么都不可能久存
苍耳在等待风干
搁浅的船已放弃规划好的路径
那河床正一天天低下去,低下去……
我一边走,一边抖落身上的汗滴
再次走进不一样的缤纷

这首叫《生活》的诗,刚一发到朋友圈,就收到无数的点赞。点赞的都是史丽娟那些不谙世事的学生和不太爱思考的家长,真正的朋友没有一个点赞的,因为懂她近况的人能懂她诗里

第一部 借贷

的情绪，不懂的人会在评论里问："什么情况？"而葛萍萍昨天在评论里发了一个大哭的表情，史丽娟的回复却是一个大笑脸。其实这两个人的表情和内心的感觉应该正好相反也未可知。江大海倒是看到这首诗了，也看到葛萍萍和史丽娟的表情了，只是他无论如何没有想到史丽娟这首诗的背景是这样的。

史丽娟对这首诗一点也不满意，想再写一首，最终还是没有写。她怕一旦写了，比这更悲观、更绝望。她要等自己快乐的时候再写。她要写几首阳光明媚的诗。她的诗里要有鸟语花香，要有蜂蝶穿梭。

但，在接到江大海的约会电话后，史丽娟多想了很多，酝酿已久的诗情消失殆尽了。这时候她不能不多想。这些天了，他真的才知道她离婚？不会是知道了假装不知道？在没有离婚的时候，他嘴馋地等在她的下巴下，表示多么多么爱她。如果还拿葡萄作比喻，她对他来说，就像一颗挂在藤上的葡萄。他在吃不到葡萄的时候，总认为葡萄是酸的，是甜的，是有滋有味的，是最适合他口感的，总想着要是吃到一颗多好啊。可一旦葡萄从高高的枝藤上掉落了，他还垂涎欲滴吗？还想尝一口吗？史丽娟不知道他的真实想法，一整天里，都在回忆着这些年来和江大海交往的点点滴滴，都觉得她给江大海的机会太少了，心里头慢慢升起愧对他的内疚感——无论怎么说，江大海这些年的单身，和自己有着丝丝缕缕的关联，自己在最好的年华时碰见了他，却没有在最好的年华时相爱，这就是所谓的人生吧。

一天的胡思乱想，一夜也未眠。

史丽娟清晨起床时，差点忘了今天是周六。为了赶晚上和江大海、葛萍萍的约会，她早饭后就把小胖送到了母亲那边，回来后，继续整理思绪，中午时还睡了一大觉，醒来异常清醒，躺在床上，一连写了几首短诗。但是，在赴宴之前，她又突然想到一个问题，昨天早上打电话，约今天晚上吃饭，为什么不是昨天晚上呢？这两天一夜里，发生了什么？莫非江大海和葛萍萍要一起去办事？办什么事呢？搞钱？有可能。昨天电话里，江大海不是说葛萍萍要还钱嘛，这么快就有钱啦？又不是小数目，看来，江大海是真心出力了。看来，葛萍萍十多年来马拉松式的追求，终于收到果实了。史丽娟心里有些酸，想起十多天前，史丽娟受葛萍萍之托，约江大海在罗马假日咖啡店见面，当时她不知道葛萍萍的企业遇到了大困难。现在情况变了，是江大海和葛萍萍约她在罗马假日咖啡店见面，是她遇到了大困难。不过她的大困难已经在约会之前就解决了——已经离了，还不是解决吗？而葛萍萍的大困难是在那天约会之后才解决的。看来，只要三人约会，总会出点状况的。

  不知出于什么心理，史丽娟出门前做了精心打扮，她专门挑选一件橘红色连衣裙，裙摆不是她常穿的长摆，而是短到小腿弯上。她在试穿的时候，想着，江大海会喜欢吗？她料想葛萍萍不会穿橘红色，也不敢穿连衣裙，更不敢穿短摆连衣裙。只是这件衣服也有令她不满意的地方，是短袖而不是无袖的，大长胳膊不能完美地展现。这还是两年前的衣服，刚穿一次就没有再穿。今天穿，是因为只有这件带有点喜庆。她有一件白色的连衣裙，无袖的，长摆收腰，还有点透，穿起来有点风骚妖娆，虽然喜欢，但不适合今晚的场合。如果有机会再穿给他们看。

  史丽娟到的时候，江大海已经到了。

  "葛萍萍呢？"史丽娟开口就问，问过就后悔了——自己那

第一部　借贷

点妒忌的小心思会不会被江大海一眼看穿？

江大海倒是不在意，他也纳闷地说："是啊，怎么还没到？"

史丽娟心里突然"怦怦"跳起来，有些慌，觉得这是江大海故意使的招，说不定葛萍萍压根就不会来。

"还好吧？"江大海问，眼睛有些异样地看着她——从头到脚审视一通。

"当然好……看看看，看什么看，有什么好看的？"不知为什么，史丽娟自觉和江大海之间就没有了生分，脸虽是板着的，口气里却充满了欢喜，"眼珠别掉出来呀！好看吗？"

"好看。"

"哪里好看？"

"哪里都好看。"

"切，骗人……跟你说呀，我不是好骗的……其实我，我还是好骗的哈哈哈，你要骗就骗吧，看看你都有什么招，我保证上当。"

"我不骗人……"江大海直视着她，说，"就……离啦？"

史丽娟一笑，回避了他的眼睛，还是那句话："知道了还问。"

"这回可以嫁给我了吧？"

"你以为我离婚是为了嫁给你？想多了吧？"

"那是为什么？"

"你问我我问谁去？"史丽娟脸上始终是笑笑的，"葛萍萍还来吗？"

"来的来的，您请坐，女士！"

真要来呀。史丽娟不想坐了，或者说，不知道如何选择了。这种火车厢式的座位，按说最方便坐了，如果是三个一般的朋友，怎么坐都行。但临到史丽娟来选择，就很艰难了。如果她选择和葛萍萍坐在一起，跟江大海说话倒是方便，也能正面看到他的眼神和表情变化，但身边却是葛萍萍。她不愿意身边坐着葛萍萍。如果坐在江大海身边，她必须面对葛萍萍的一张面盆脸，要看着她，听她说话，看着她厚嘴唇上下翻飞，看着她扁而宽阔的鼻子和两只距离很远的眼睛，还有那没有脖子又灵活转动的脑袋。没有脖子没人怪你，还那么灵活干吗呢？史丽娟想想都别扭，关键是还无法正面看到江大海了。

"你坐哪边？"史丽娟问。

"我随便。"江大海说，"我们坐对面行吧？"

"行——我也随便，那我就和葛萍萍坐一起，我们两人聚焦你一个。"史丽娟坐下后说，"葛萍萍真拖拉，要是相亲也敢这么拖拉，算我佩服她——你打她电话。"

江大海还没打，手机就响了。

"葛萍萍的——想什么就来什么。"江大海跟史丽娟说，随即接通了电话，"喂，人呢？"

"大海，我要晚些去。"葛萍萍声音紧张地说，"你们先聊着。"

"怎么啦？"

"出了点小状况？"

"什么状况？"

"有点复杂……说好几笔到账款，昨天没到账，今天还是没到账。"

第一部　借贷

"为什么呀？"

"有人在陷害我……还没查清……"葛萍萍连爆粗口。

"啊？"

葛萍萍声音放低了："我被讨债鬼们堵在厂里出不去了，说好还史丽娟的钱暂时也还不了了，你先跟她解释下。"

"好的，我们等你。"

"不一定了，你和史丽娟先聊着吧——安慰安慰她哦。"葛萍萍话里有话地说，"你的心愿要实现了，哈哈哈，我是真祸不单行啊！再见！"

江大海挂断了电话，把葛萍萍遇到的麻烦告诉了史丽娟。

接下来，他们话题的重点自然转移到葛萍萍身上，转移到葛萍萍的企业经营上了。史丽娟一直不理解，搞个企业就那么难吗？不就是买材料，生产加工出产品，再推销出去吗？拿钱买材料，收钱卖产品，就这么简单嘛。不过从江大海转让企业这件事情上，她也感觉到企业经营不那么简单。

这个话题不经聊，何况，史丽娟也不想多聊葛萍萍。聊自己闪电似的离婚吗？更没劲，刚开头就结束了。他们的话题更多停留在江大海的乐晶轩里。史丽娟也喜欢听江大海聊乐晶轩，聊水晶，聊水晶艺术品，聊各种雕刻技法。江大海聊起水晶雕刻来，如数家珍，头头是道，从浮雕，一直聊到透雕、镂雕、浅雕、线雕、圆雕。史丽娟会不时地插一句半句的，她胳膊支在桌子上，歪着脑袋，看着江大海，有一搭没一搭地问上一句，江大海都耐心地做解答。在说到他自己擅长的雕工时，史丽娟问："你送我的那件作品，是什么雕？"

"哪件？噢——"江大海靠在椅背上，想起了以她在操场上

111

行走眺望时的照片为原型雕刻的水晶造型，想想，说，"那件作品啊，应该是原石和浮雕的结合。浮雕的元素很小，小到都可以忽略不计了，主要是象形，算是一块巧料，水晶原料是大自然的馈赠，雕刻则是智慧和自然的结合，具体到那件作品，主要还是和你的气质太般配了，那件作品只有你能看得懂，只有你才可拥有，配拥有。所以，不管是什么作品，关键看是谁收藏的，对了，那件作品还在吧？"

"当然……"史丽娟声音轻柔地说，"什么丢了也不能丢了它。"

"是啊，千载难逢的巧料啊，几亿年前，在它形成的瞬间，就为你量身定制了。所以基本上不用雕刻。"

"那，大象呢？"

"大象啊，它必须是圆雕啊，圆雕又称立体雕，是一种完全立体的雕塑形式，是水晶雕刻中最基本的技法，也是最难的，为什么这样说呢？因为圆雕一般从前方位开雕，然后从前、后、左、右、上、中、下全方位进行雕刻，同时要求特别注意作品的各个角度和方位的统一与和谐，只有这样，圆雕作品才经得起欣赏者全方位的透视和赏析。圆雕一般不带背景，可以从四周各个不同的角度去欣赏，因为不同的面都有它完美的造型和不同的美感，另外，圆雕作品还极富立体感，生动、逼真、传神。"

"我不是说这个，我是说，收藏，你精心雕刻的那头大象被谁收藏呢？"史丽娟的眼睛有些诡黠。

"大象啊？谁收藏都行。对了，那天你说卖贱了。你听谁说五十万的？"

"还有谁？你卖给谁的？是一个叫李……李什么来着？"

第一部 借贷

"李章鱼?"

"对对对。"

"他说花五十万买的?"

"是啊?贵了还贱了啊?"史丽娟很好奇。

江大海摇摇头,他知道这是水晶收藏人的一贯伎俩,故意把收购价抬高,以示他这件东西的价值,他想着,要不要告诉史丽娟实情,告诉她,不是五十万,是十五万。

这时候,葛萍萍的电话又打来了。这次她告诉江大海,来不了了,堵门的讨债者已经弄清楚了,这是一场有预谋的逼债,因为他们从别人手里低价收购了葛萍萍开出去的三四百万延期承兑汇票,加上她原有欠的高利贷,等于约一千万欠款都是欠一个人的了。而他的目的就是想葛萍萍让出企业,用这块地皮搞房地产。

"谁啊?"江大海马上想到一个人,"是柏士驹?"

"你怎么知道?"

江大海知道这是个大麻烦,不怕贼偷,就怕贼惦记。葛萍萍被人惦记上了。江大海知道问题的严重性了,担心地说:"这人是做民间借贷的,手段不得了,你被套进去了。先不要乱承诺啊,看看有没有补救办法……葛萍萍,我的话你听到了吗?要我们去一趟吗?"

"别别别,那就更坑了,会更麻烦的。"葛萍萍说,"我会处理好的。就是跟你说一声叫你不用担心。你那边我去不了了,你们……好了,不说啦,再见!"

史丽娟听了"柏士驹"三个字,觉得耳熟,马上想起来了。这不是那天在苗运涛家见到的家伙吗?他和李章鱼都是苗运涛老

113

师的学生,用老师的话说,他们都是"通天"的大神级人物。史丽娟从江大海和葛萍萍的对话中,大体知道柏士驹的厉害之处了。姓柏的果然有手段。

"怎么不报警?"史丽娟问。

"欠账还钱,警察能替她还钱?"江大海说,"这事你不懂,我也不懂,葛萍萍既然不来了,咱们就点单,就我们两人吃。"

"还吃啊?我减肥,不吃饭,来杯西瓜汁吧。"史丽娟也忧心忡忡地说,"那是说,你的钱,加上我的钱,还没有解葛萍萍的燃眉之急?"

"还燃眉,下巴都没烧着——这是在搞她,多少钱都是无底洞,堵住了这个窟窿,别的地方还有更大的窟窿,知道吗?"

"啊?这么恐怖啊?"史丽娟说,"柏士驹我认识的。"

"认识有鬼用?我也认识啊?"江大海说,"这种人只认钱。"

"听我说啊,这个姓柏的是我老师苗运涛的学生,我在苗老师家见过他,他可听苗老师的话了,我们只要请苗老师出面,说不定能摆平。"

"苗运涛?我知道啊,"江大海兴奋地说,"苗运涛是文艺界大名流,还号称晶都水晶艺术品收藏之父呢,要是他肯出面,倒是可以试试。"

"你看,还是有办法的吧?"

"丽娟,这事我们要好好合计合计。"

"合计什么呀,现在就去,找苗老师合计去!"

半个小时后,江大海和史丽娟的车出现在群艺馆边上的小街口。江大海把车子停在昏暗的路灯下,和史丽娟并肩走在忽明忽暗的灯影里。江大海犹豫着说:"有点晚了,打个电话给苗老师吧,约一下再去。"

史丽娟拿出手机,打通了苗运涛的电话。

让他们失望的是,苗老师出差了,去了非洲的马达加斯加,要三个月后才回。

"要三个月啊?老师,我还想着为您接风洗尘呢。"史丽娟望着江大海,想得到江大海的提示,江大海表示先不讲葛萍萍的事。史丽娟冲江大海点头,又对着手机说:"学生一直想请您……没有什么大事……也算有个事吧……不重要不重要,那等您回来请吃饭时再说……好呀好呀,老师您多保重……再见再见!"

挂断了电话,史丽娟说:"怎么办?"

"先吃饭去。"

史丽娟才感到真饿了,她往江大海身上靠靠,胳膊和江大海若即若离碰了几下,说:"上哪里吃啊?我要大吃一顿,吃饱了,明天有劲减肥。"

"想吃什么?"

"吃了又怕胖,不吃又馋死了,真为难。"史丽娟突然道,"不吃了,去乐晶轩——你家冰箱里有什么好吃的?我做给你吃,吃完听你讲水晶雕刻那些事——不不不,听你讲讲民间借贷——你一定很懂……你先别说,让我想想啊,看对不对——借贷关系嘛,就像男女关系,始终要平衡是不是?平衡了就相安无事,就你好我好大家都好,不平衡就打架啊,争吵啊,算计啊……直到离婚,是不是?"

"哦,这个讲法倒是挺新鲜——你新近离了婚,变聪明

115

啦！"江大海本想拉开车门，让史丽娟上车，但他本能地犹豫了，家里并没有什么吃的，冰箱里除了半个西瓜和昨天晚上吃剩的半份蛋炒饭，什么吃的都没有。这还不是关键，关键是，都这个点了，到家里长谈，除非她真的想听水晶雕刻啊、民间借贷啊那些破事，可这些事有什么好谈的？她未必不知道。知道了还要听……江大海不愿想下去，他后悔前边跟史丽娟开那些嫁和不嫁的玩笑了——虽然是玩笑，会诱导人去认真思考的。江大海还没有想好，他想和史丽娟也保持一种正常的"借贷关系"。

第二部　加減

01

在某些特定的场合，透露自己离婚，也是一种炫耀。陈文飞就是在酒桌上高调宣布自己成为离婚一族的。

请客吃饭的是柏士驹。柏士驹做东有个习惯，不喜欢桌子上有女人，也反感客人乱带人来，特别是生面孔。在他看来，如果客人带的是女人，一般都会不愉快。为什么这么说呢？他的逻辑也相当有道理：如果这个女人很漂亮，很有品位，她往往会成为全桌的中心，桌子上的人都围着她来讲话，那还谈什么正经事？如果这个女人不漂亮，资质平平，虽然无人恭维，摆在那儿又不能当好风景，同样让人不舒服。他也不喜欢人多，两个人也行，三个人也可以，一般四五个人正合适，谈事情对河上岸，一是一，二是二，谈完了，饭也吃完了，各回各家，各找各妈，互不耽误。他曾夸张地吹牛过，他和朋友吃饭，超过六个人就不去了。他还不喜欢拼酒，不是不喝，是不拼，兴趣好时，喝两杯，

第二部 加减

主要是红酒，兴趣不高时，吃吃饭喝杯茶。所以，那些胡吃海喝的大聚餐，都很难见到他的影子。今天他做东，更体现他的柏氏风采了——人少，除了陈文飞，另外一个人是精晶阁的张老板。

柏士驹请客当然是有目的的。请陈文飞和张老板，目的很明确，就是利用他们手里的闲散资金，扩大自己的现金流。这些年，柏士驹在民间借贷方面左冲右突，感到累了。而且做民间借贷，开始时胆子很大，什么资金，什么点都敢拿，都敢放，后来越做胆量越小，只给那些中小企业放贷，或有门店的水晶经营大户放贷，有抵押，不怕。对于那些出国淘水晶的冒险家，他再也不敢放了。他吃过这个苦头，放一百万给一个去巴西搞水晶的家伙，利息倒是可观，结果此人一去无影踪，三年无音信，本利无归。这几年他也在收敛自己的经营策略，除了有把握的类似于葛萍萍这样的客户外，其他的投资都在往回收——他不想做以钱生钱的买卖了，他要把钱变成商品，再由商品置换成钱。想来想去，房地产业最靠谱，暴利。但拿地很困难，走正规的程序，凭他的关系和经济实力，拿不下来。琢磨再三，又经某位朋友的指点，他想出一个借壳生蛋的妙招，就是把葛萍萍的厂子盘下来，据为己有，然后再让企业破产，利用这块地搞擦边球，开发商住两用房，这种房的产权是四十年，价格比商品房便宜百分之三十左右，很适合那些中低收入的家庭消费。这一步正在实施中，而且已经初见成效，他基本上把葛萍萍逼到走投无路的地步了。这个过程中，他也投入了大量现金，手里的现金流有些吃紧。陈文飞和张老板都不是大客户，但都是他最稳定的客户，而且是资本方，是他的财神爷。这次请客，除了巩固关系、加深感情外，还有从他们身上继续开发的意思，毕竟这两人收入稳定，手里有些闲钱——借别人的钱生自己的财,可是他近年的发财之道啊。

就是在这个小范围的聚会上,陈文飞按捺不住兴奋(不知道为什么),甫一坐定,就很得意地问:"离了吗你们?"

柏士驹和张老板都听到了,又都愣住了,什么意思?话中有话啊。

柏士驹正了正身,疑惑道:"啥?"

"离了吗二位?"

二位对望一眼。

"还没离啊?"

柏士驹对张老板说:"文飞还没喝就醉啦?"

张老板吐了个很圆的烟圈,表示回答。

"谁醉啦,这年头,谁不离次把婚?不离婚……还算什么成功人士!"

柏士驹松一口气。张老板也松一口气。看来,陈文飞已经是"成功人士"了。而他们是不想做这个"成功人士"的。他们互相看一眼,会心一笑。

"你就是为了做成功人士才离的婚?"柏士驹的话里多了点调侃的意味,"祝贺啊成功人士!"

陈文飞说:"也不全是。离婚嘛,好处太多了,可以做自己想做的事了。你们不知道我以前有多苦有多累有多无聊,老婆天天想着怎么教一群小屁孩写作文,当小作家。这年头,谁还写作文?还把我拉上,做他们的保姆,做他们的后勤保障,其实就是一打工的,我都烦死了,死了的心都想有,自己的事业全荒废了。我以前做水晶也赚过大钱的,不信你们可以问董小七——要是一直做下来,现在肯定是水晶大神了。"

第二部　加减

"你现在也不错啊，哪个水晶大神不掉一层皮？"柏士驹说，"就说张大神吧，吃货出货，忙里忙外的，全国各地那些店，还有几家网店，成一个连锁集团了，好管理啊？你以为赚钱是吃豆腐啊？"

张老板插话道："嗨嗨嗨，别扯上我啊，我可不是大神。"

"你是小神至少吧？"陈文飞不知趣地补充道。

"小神也不是。"张老板对陈文飞并不欣赏，对他这番话也反感，更不喜欢圈内分大神小神这些等级，感觉不像个做生意的。他对柏士驹说："士驹，别说这些无聊的话，你作风一向不是这样的，你请我来喝酒，不是来分大神小神的吧？有事说事，没事散伙，我还有几批货要发呢。"

"酒还没喝就散伙啊？"陈文飞并没听出张老板话外的意思，继续说，"柏老板，我现在自由了，无家无口，一身轻松，要是出国干点大事，你这边得在资金上支持我啊。"

"怎么？要抽回本金啊？"

"那点本哪够啊？"

"口气不小啊——要多少？"

"要是开个大矿，没有大几百万上千万怕是打不住吧？是不是，张老板？"

张老板眼睛望着天花板，往吊灯上吐了一串烟圈。

柏士驹听他口条太大，不靠谱，没话了。他的初衷不是要借钱给陈文飞，更不要说支持他出国了。而且陈文飞抢风头已经让张老板不开心了。柏士驹先安抚张老板道："才坐下来，聊几句嘛，听听文飞的高论，出国啊，离婚啊，就算是佐酒的小菜吧。那么，那么那么……我这口头禅，以后我再也不那么……那

121

么文飞呢,你也先别急,你现在单身了,成了贵族,是可以撒开脚丫子大干一番了,但路要认准,生意场上可没有回头路啊,都是一条道走到黑,都是一头撞到南墙上,有本事走过那段黑路,穿过那堵南墙,就见到光明了,钱就大把大把地来了。马云知道吧?三十年二十年前,还不如我了,那么现在人家成世界大富豪了。梦想不能没有,万一实现了呢?可实现的有几个人?所以啊,眼面前先把小钱老老实实赚到腰包里再说。我请二位聚聚,就是通报一下我这边的情况,你们都有资金在我手里运作,很稳定,每年都有十来万的小收入,不算多。为什么不多?本金不大啊,只有盘子大了,利息才大。那么那么……你们都是生意人,这个道理我就不说了。我的意思,二位手里的闲钱——文飞你别老想着开矿,开矿的死了多少你知道吧?你那点本,最多挖个小坑,够把自己埋了的小坑,明白吧?二位每人再拿出五十万——不瞒二位,我最近收了不少商业承兑汇票,价格很划算,都是良性资产,价位不错,有些赚头,账期最长的半年,一般都是三四个月。你们新拿的钱,照以前的利,再外加一个点,怎么样?"

张老板继续看着天花板,不说话。

张老板不说话,柏士驹就知道他的意思了,同意投钱,五十万不是问题,主要看看陈文飞怎么说。陈文飞看看张老板,懂了他的意思。人都有从众心理,陈文飞想了想,认同柏士驹的投资方案。

"可是,"陈文飞说,"五十万不多啊?我刚踢了女人,家里的现金都给女人搂去了,我全部家底,都在你柏老板这里了,要不是你前天刚打来的月息,我连饭都吃不上——我现在无家可归,临时住在出租房子里,想钱都想疯了。"

陈文飞的画风变化也太快了。

"净身出户？"张老板问天花板。

"是啊。"陈文飞随口答道。

"他算什么净身出户？"柏士驹说，"他的小金库比他一家的财产都多。没错吧，文飞？哈哈，我知道你在我这里的钱，你老婆是不知道的。对了，你们是怎么离婚的？是不是小金库露馅啦？你就没分到一点财产？我听你说你们家还是有点底子的，你老婆也是能赚钱的，夫妻共同财产你就全放弃啦？"

陈文飞不想承认小金库露馅了，洒脱地说："我要什么财产啊，家产都留给她，车子、房子、儿子、票子，都是她的，留给她好啊，把我儿子养大嘛。女人就是傻，以为我不要那点财产她就赚了一样，将来还不是我儿子的？是我儿子的，就是我的，哈哈哈。"

"这倒是，这也是一种想法，新鲜。"张老板说，"你老婆是干什么的？"

"不是老婆了，是前妻。"陈文飞得意地纠正道。

"是啊，跟文飞相处了这么久，只在生意上往来，还不知道你家老婆……"柏士驹咳嗽一声，"呃，前妻……是干什么的，刚才好像说是做教育培训的，是吧，文飞？"

"她还能做什么？就能哄哄小屁孩，女文青一枚——三十多岁了，还是女文青！"

"女文青？有文化。那么……文飞，如果不是小金库露馅，就是你作妖作怪嫌人家了，被女文青直接踢了。"柏士驹说。

"她踢我？我踢她好不好？"

"好好好，谁踢谁不重要。不说这个了，我只关心钱。你文飞本事大，有钱就抓点，没有就算，那么出国呢，我建议你还是理性地再考虑下，别盲目。"

"一时两时抓不来钱了……我还是想出国拼一把的。我一个朋友在巴西搞一个矿，出了好几十吨金发晶，娶了个金发美女做老婆，啧啧，别人都能磕倒磕屎上去了，吃了个正着，我怎么就不能吃一口？"

柏士驹没想到陈文飞已经没有油水了，也没想到他会说这样的话，正担心他会收回本金，张老板帮他解围道："听说董小七死在巴西了，连尸首都没找着。"

"我也听说了，很惨的。"柏士驹紧跟着说，"我不是吓唬你啊。"

"出国这种事，"张老板始终没把陈文飞当人，他说话的对象都是天花板，"不是去赶个集，买二斤韭菜，不简单啦！"

"张老板说得对，出国要慎重。"柏士驹对陈文飞有些失望，觉得这顿饭请得不值，没拿到资金也就罢了，还有可能失去这个客户，所以他坚决反对他出国。出国就要用钱，陈文飞的百把万虽然不是大数，但组成他资本的不就是这些小数目累加的吗？所以他首要任务是断了他出国的念想："文飞，你都三十多岁了，奔四的人了，年轻才是本钱，趁着这会儿活蹦乱跳的，赶快谈个女朋友，先把婚姻解决了，才能干大事业。古人云，有家才有财，家和万事兴。有你这个摇钱树，家里再有聚宝盆，这才是做事业的根基。"

"女人多得是，比蚊子还多，想找还不是一抓一大把？"陈文飞嘴一咧，"我要先想想干点什么再结婚。"

"也好，你再想想。"柏士驹把菜单推到张老板面前，说，

"点菜，喝酒！"

张老板笑而不语，眼睛从天花板上回到桌面上——开始研究菜单了。

"文飞想吃什么？"张老板对着菜单说。

"我什么都能吃，这几天我都是在街上吃的，饥一顿饱一顿，无所谓。"陈文飞离开座位，去洗手间了。

张老板趁着陈文飞不在，说："我给你凑个一百万吧，明天给你。"

"敞亮！"

"看到没有，这家伙也就这样了，吃点饭赶快散。"

"晓得，本来也没指望他。他叫老婆踢了，把脑子踢坏了，踢成了猪脑子。那么咱们吃咱们的，捡喜欢的点，我带了一瓶十五年极品桃林大曲，喝点。"柏士驹又讨好地说，"别叫那小子影响你好情绪啊！"

02

陈文飞无论如何没有想到，和柏士驹、张老板分手后，会和昌晶晶不期而遇。

这是老城区一条不起眼的略显破败的小街。陈文飞本来不是要到这条小街来的，但他惦记一个叫曹小玲的女孩。还是在柏、张二位劝他尽快找个老婆时，他脑子里就出现曹小玲的身影了，他觉得新近刚离婚，能及时再谈恋爱，哪怕身边有个女孩子，是不是很有面子？所以他离开饭店，就穿过几条街道，到老城区这条小街来了。

曹小玲是小街上一家饭馆的服务员。陈文飞离婚以来，一天三顿饭都在街头随便吃点。曹小玲所在的小饭馆他来得最多，一来二去就和她熟了，打牙撩嘴也会开开玩笑。他觉得这个曹小玲自然活泼，乡气十足，脸像新鲜的樱桃，根本不需要化妆，两个浅浅的小酒坑也可爱，眼睛细眯眯的，感觉一直在笑，说话做派更是和城里女孩子完全不一样。陈文飞被她热情和可爱所吸引，每到吃饭时，就惦记着她，就会不自觉地跑过来。他常吃的饭菜是一碗海蛎豆腐，一碗米饭，偶尔会喝一杯啤酒。喝啤酒时他会加一盘虾酱豆，这是小馆子里的特色冷菜。聊多了，陈文飞也感觉到曹小玲对他有好感，她还大胆地问他住在哪里。他也没隐瞒，就把他租住的小区告诉了她，还说了详细的门牌号码，料想她一个小姑娘，也不会去上门找他的。没想到她还真的重复了一遍他的住处和门牌号码，并说那一带她熟，曾在那家小区的东门外家常小馆里打过工。陈文飞想想，还真有这么一家小馆。曹小玲更来劲了，吓他道："怕了吧？"陈文飞说怕什么？陈文飞不知道她的话是什么意思，不知道自己会怕她什么。

　　这次和柏、张二位喝酒时，话不投机，两杯酒下肚，柏士驹哪壶不开提哪壶，劝他别老想着出国赚大钱，当务之急是先成家。他没忍住，吹牛说女朋友已经有了，姓曹，做餐饮的。陈文飞只是觉得这个曹小玲不讨厌，并没有把她当成结婚对象，经柏士驹不停地点化，觉得有必要和曹小玲多接触多了解，多了解才有可能会产生感情，到时候，就不仅是作为吹牛的资本了。

　　曹小玲正坐在门口的桌子边摆弄手机玩自拍，她系着小围裙，面前放一只茶碗。看来店里生意不怎么样，或刚刚忙完。她做着造型，把手臂尽量伸长，收着下巴噘着嘴唇，不断调整姿势，一连拍了几张，才说："来啦？"

　　"来了。"陈文飞说，"猜你是用美颜功能吧？"

　　"你怎么知道？你这人有点小讨厌，老是偷看人家自拍。吃什么？快点，美颜照还没发朋友圈呢。"

　　"一瓶啤酒，一碗海蛎豆腐。"

127

"虾酱豆不要啦？"

"不要。"

"水煮虾婆呢？"

"不要——那是你的宠物，我哪敢吃。"

"别提啦，给宠物虾婆婆洗个热水澡，不小心烫死了，只好对外售卖——你真不要？"

陈文飞被逗乐了："不要……哈哈哈……"

"饭呢？"

"吃过饭了。"

曹小玲转身就去店堂忙活了，她先拿一瓶啤酒出来，打开，连同一只杯子，放在他的桌子上。曹小玲说："吃过了还吃？"

"饿啊——饿得不知道想吃什么了。"

这回轮到曹小玲笑了，她笑声是"唧唧唧"的，边笑边说："跟我困了一样，我经常困得睡不着觉，唧唧唧……还要点什么，快说。"

"没有了，主要是……看看你。"

"我有什么好看的，一个鼻子两只眼……别看到眼里拔不出来啊。"

"洗菜！"店堂里有喊声冲出来，特别刺耳。

曹小玲脸上的快乐迅速暗下来，阴一眼陈文飞，意思是说，都怪你，这时候来吃饭。不过她还是响亮地应着，扭身离开了。

陈文飞一直盯着她的小屁股看，特别是她走到门槛上，是两脚一并，跳到门槛上的，然后小屁股撅一下，再跳进去。陈文飞觉得这个曹小玲不错，不知是不是柏士驹所说的"聚宝盆"，如果再和姓柏的喝酒，可以带给他看看，把把脉。

第二部　加减

喝一瓶啤酒，吃一碗海蛎豆腐，是陈文飞的惯例。虽然他早就听说过，吃海鲜不宜喝啤酒，吃海鲜喝啤酒会得一种叫"痛风"的病，还振振有词地举例：谁谁谁喝啤酒吃海鲜，得了痛风，现在卧床不起了，天天在床上哼哼；谁谁谁喝啤酒吃海鲜得了痛风，已经一命归天了。但这些所谓的权威人士照样一边宣传，一边大口吃海鲜，大口喝啤酒。所以，陈文飞根本不相信这些所谓的权威发布。特别是这段时间，他照例是一边喝啤酒、吃海蛎豆腐，一边和曹小玲说话、斗嘴、开玩笑。他的小盘算是，喝杯啤酒，就可以名正言顺地在小馆子里多待一会儿了，那个肥胖的女老板就不会朝他翻白眼了，他也可以趁女老板不注意时，和曹小玲借讨论吃喝之际，真真假假地调笑几句，像自己赚了大便宜一样。每当这时候，陈文飞就想，这就是离婚的好处，可以随便和喜欢的女人搭话寻乐而不必担心老婆来吃醋闹事。

今天的陈文飞和往常不一样，往天的陈文飞来小饭馆吃饭，只把曹小玲当成调笑取乐的对象，今天他是把曹小玲当成"聚宝盆"来考察的。既然是"聚宝盆"，那就要严格些了，就要有标准了，而他心里的标杆不是别人，就是离婚不久的前妻史丽娟。以史丽娟的标准来考察曹小玲，他觉得曹小玲不漂亮了，或者说不够漂亮，优点先不说（比如爱笑，比如直爽，比如那对小酒坑)，她脸上有一些细小的雀斑，这些雀斑在脸红（开心）或脸黑（生气）时，都会特别明显，也就是说，她在生气或害羞时，脸上的雀斑都会更显著地映现出来，让他联想到麻雀蛋，就连他喜欢的那双细眯眯的眼，也显得太小了，像用削笔刀在脸上拉两条口子。但陈文飞又是个信奉局部美丽的人，他觉得她身上有多处局部美，比如她的臀部，虽小，却圆鼓鼓的，自然上提的，加上小围裙勒细了她的腰，显得紧凑而圆润，胸部也是这样，虽然不算丰满，却小巧挺拔，可以说，能完全掩盖她脸部的不足（其实雀斑也不算不足）。但陈文飞也知道，不能过分要求曹小玲一定要比得过或超过史丽娟，有美丽的屁股已经不错了。此外，让陈文飞认同的，还有曹小玲的勤快和利索。如果不玩手机时，她可是满眼都有要做的事，擦拭桌子，扫地，拖地，洗碗，刷盘，灶台上，案板上，还有门槛上，甚至包括门前的步行道上，都被她收拾得一尘不染。陈文飞还想到，不论谁家的馆子，聘用曹小玲这样勤劳的服务员都是一种福分。可不是吗，你看她洗完菜又冲出来，把一张桌子收拾干净了，又冲进屋里，端着一竹匾花蚬在水龙头下冲洗。小馆子里就曹小玲一个服务员，可是，给人的感觉，到处都是曹小玲的身影，从不大的厅堂，到外边的露天场地上，曹小玲的身姿到处展现，影子无处不在，好像有无数个曹小玲在工作。

不一会儿，曹小玲就端出一海碗热气腾腾的海蛎豆腐了。

"先生，菜来了，慢用。"曹小玲转身闪过时，又突然停住，扭腰回首说，"你说什么？"

"我说……什么啦？"陈文飞感到莫名其妙。曹小玲经常会让他莫名其妙。

"鲜味不足？对了，你说鲜味不足，等会儿我让你尝一小碟泥螺，你就不说鲜味不足了，一不小心，把舌头也咽了！再不小心，连手指也吃了。我说贵客，咬了舌头，咬了手指，可千万别咬脚趾啊。"曹小玲的话一说就是一串，话里伴着喜悦，一串一串的喜悦。

"鲜味不足"是陈文飞昨天说的话，今天她才接上茬，真是个没心没肺的姑娘。

曹小玲忙里忙外，常常一句话没说完就上菜去了，或收拾桌子去了，所以他和曹小玲说话，也是有一搭无一搭的，有一段无一段的。陈文飞不记得他在什么情境下说鲜味不足的话了。说过吗？好像说过，还不止一次。陈文飞和曹小玲认识不过两三周时间，记忆完全被她颠覆了，曹小玲的话都会让他回过头去寻找一番，才能找到出处。如此的颠三倒四，倒是符合他现在的状态。

"泥螺算什么？我还吃过更鲜的呢。"陈文飞接上了曹小玲的话茬。

"更鲜就不叫鲜了，"曹小玲说，"你是天天海蛎豆腐吃腻了，虾酱豆也别吃了，建议换换口味。"

"换口味？除了海蛎豆腐，除了虾酱豆，你家还有什么好吃的？"他看着曹小玲的花布围裙把腰束细了，目光又移到她的胸部，恨不得把眼珠子变成一只毛毛虫叮上去。

她看他眼神不正经，不安地扭一下腰，低眉看看自己，把围裙上的一根青菜叶子捏下来，往他脸上一弹，说："看什么呀？眼珠子别掉出来啊！莫非你想吃我不成？不是说啦，有新来的泥螺，炒一盘给你？"

"炒泥螺？"

"冷炝也行。"

"那就冷炝吧。"曹小玲跳跃着走进了店堂。

曹小玲动感十足的形体和快乐的语言，让他心里像注满潮水一样，一漾一漾的，他的目光似乎跟着曹小玲摇曳的屁股也进了店堂，端着的啤酒都忘了喝一口了，心里的春潮进一步活泛起来，在心里邀请道，你都知道我家的门牌号码了，怎么样小丫头，晚上去我家吧，就在你打过工的家常小馆吃夜宵。

奇怪的是，曹小玲仿佛听到了他内心的声音，她又探出头来，跟他挤了下眼，说："想得美，你就做梦吧！"

正在这时候，他看到一个人了。这是个女人，穿着不凡，气质高雅，和曹小玲完全是两种风格。陈文飞大吃一惊，这个女人不知什么时候已经站在店铺的窗户前了。她是什么时候走过来的呢？而且是那么面熟，啊？这不是昌晶晶吗？

来人正是昌晶晶，他一眼就认出来了，天啦，怎么会是她？她怎么会在这里？是她，没错！

陈文飞震惊了。

昌晶晶是陈文飞几年前的同事，他们在开发区硅微粉公司的一间办公室坐对面桌，她负责销售统计，陈文飞负责文案整理，都是忙起来忙得要死、闲起来闲得无聊的工作。陈文飞当时并不想干这个工作，只不过想逃避和史丽娟的冷战，给自己多些经历和锻炼，同时也为洗白那笔资金做铺垫，没想到上班第一天就被办公室的美女同事镇住了，一个小小的硅微粉公司里，还藏着如此漂亮的美女，早知道美女都藏在深闺，早就出来见见世面了。不过现在也还行，也许正是时候——昌晶晶让他改变了多年的婚恋观，觉得男人真不能在一棵树上吊死，吊死在一棵树上了，这一辈子多亏啊。何况，他跟史丽娟已经同床异梦了呢。要是让他重新选择，他会选择昌晶晶这样的女孩，而且毫不犹豫。昌晶晶是个身材高挑而健美的姑娘，腰肢丰盈柔韧，长腿壮实有力，这从她走路时胯部扭动的幅度上就可以看出来。如果要论局部的美丽，她风情万种的腰肢比起她的颈部还要略逊一筹。陈文

第二部 加减

飞感觉他无法用准确的语言来形容。他只能暗自感觉她的颈部白净而圆润，几乎透明的皮肤下蓝色的血管纤毫毕现，耳郭以下到肩胛部位自然过渡的弧线仿佛流水一样滑进衣领里，让人情不自禁会联想到香肩、美胸……

是的，几年来，陈文飞差不多忘记了硅微粉公司的所有人（工作时间很短暂），忘记了在那里工作的许多细节，如果说还有剩下的记忆，就是这个昌晶晶了。在一些不经意的日子里，他会想起昌晶晶，包括她的眼神，她的片言只语，她埋头工作时随意甩动的长发，特别是天鹅般高贵的脖颈，就像收藏家的珍品一样，珍藏在他的记忆里，而且时不时从记忆里浮现出来，撩拨他一下。

与昌晶晶给他留下美好记忆背道而驰的是另外一个人，这个家伙让他无比地厌恶，可以说不堪回首。他就是他们的老板李章鱼，那个假韩国人（他被李章鱼的名字蒙蔽了，以为他是韩商）。到现在陈文飞还认为，昌晶晶突然辞职，突然杳无音信，不是没有原因的，是实在忍受不了假韩国人的种种挑衅和骚扰——回忆，有时候也是天使和魔鬼并存。如果在某一个特定的情绪里突然想起昌晶晶，李章鱼必然会强势跳出来，破坏美好而难忘的画面，这就让回忆增加很大的难度。有时的回忆，美好而愉悦的情怀会占据心间，有时却又被龌龊和恶心所统治。当然，更多的是深深的怀念和遗憾，怀念和昌晶晶共事的短暂时光，遗憾他们刚一萌芽就消失的情感。

但，生活真会开玩笑，或者说鬼使神差，昌晶晶会在这个时候出现——这是个有意思的时间点，新近离婚了，需要一个女朋友"装修门面"了，又正想打曹小玲主意的时候（相比昌晶晶优雅的内涵和真实的美丽，曹小玲有些闹，有些浅），上帝给他送来了昌晶晶。昌晶晶就像失而复得的一笔巨款，可以直接改变他生活的巨款——试想一下，如果带着昌晶晶出席柏士驹他们的宴请，那是多么有面子啊。昌晶晶和当年几乎没有什么变化，齐腰的长发，穿一条简洁而雅致的收腰V领连衣裙，是她一向喜欢的海蓝色，可能是不凡的品牌吧，虽然款式简洁，却不失华丽和考究。陈文飞在片刻的惊讶之后，发现她的脖颈依然像天鹅一样高贵，像玉雕一样细腻，像水晶一样透明，心里还是感动了一下。同时也因为她的出现，这条陈旧的老街一下子鲜艳而端庄起来。

昌晶晶端着一个带盖子的造型精细而美观的搪瓷盖碗，不经意地看他一眼，在窗前稍一停留，便径直往店堂走去——她不像曹小玲那样两脚一并，跳到门槛上，再跳进屋里，她是轻轻跨过去——这个区别在于，曹小玲看似活泼，实际上缺少教养——她不知道门槛是不能踩的。而昌晶晶秉承了乡俗传统。但，就在这时，昌晶晶和突然往外冲的曹小玲碰了一下，昌晶晶的搪瓷盖碗差点脱了手。

"哎呀，对不起！"曹小玲人已经到了门外，她惊讶地回身道歉，"对不起，对不起！"

昌晶晶在最初的愣神之后，对曹小玲轻声地说："没事没事……下一碗三鲜馄饨面。"

"三鲜馄饨面！"曹小玲对着店堂大声喊道，丢下昌晶晶，跑到陈文飞这边了。

"先生，冷炝泥螺配啤酒不合适，喝白酒才吃冷炝了，还是给你爆炒一盘吧？"

"随便。"陈文飞不想和曹小玲多说,而且口气比先前严肃多了,也紧张多了。

"随便……嘻嘻,你们男人就是随便……那就随便啦,爆炒泥螺一份,小盘的。"说完,还诡异地笑一下。

她的话和笑让陈文飞特别紧张,担心她会当着昌晶晶的面,说些前几次常说的那些半是调情半是暧昧的话来。陈文飞为了掩饰自己,想把眼睛望向别处,却和已经进门的昌晶晶的目光相遇了。

陈文飞的目光和昌晶晶的目光相遇之后的片刻时光里,陈文飞心里一直处在慌张的状态中。

陈文飞以为她已经认不出自己了。没想到目光一遇,她所露出的惊疑的表情,让他意识到,她认出他来了。她惊诧的目光还告诉陈文飞,怎么会在临街的小饭馆和他不期而遇呢?她来了多久?她一定听到他和曹小玲之间的对话了,一定听到他们之间的调笑了,也一定看到他色迷迷的目光了。他真想把曹小玲的话吃下去,像喝啤酒一样,咽到肚子里。更让陈文飞后悔的是,他不应该用那样的眼光看曹小玲的屁股。曹小玲的身上、小围裙上,一定落下他无数色迷迷的眼光了。昌晶晶一定看到那些眼光了,从这些眼光里她猜测出他和曹小玲不一般的关系了。他知道避免这些已经不可能了,曹小玲已经去给昌晶晶煮馄饨面了。曹小玲的话,还有摇曳的屁股和印在她屁股上的眼光,等于向昌晶晶证实,他们之间不仅仅是打情骂俏,说不定还有别的更多的故事。

"昌晶晶?是你啊?怎么会是你……太神奇啦!"陈文飞先是欠一下身,看昌晶晶进来了,又站起来,不知所措地说,

"我……我……我是来吃饭的……"

"是啊,陈文飞?真的是你!"昌晶晶走到桌边,惊讶之后,也十分慌张了,语无伦次地说,"嗯嗯……我也来拿点……不不不,买点……买点吃的……"

陈文飞点一下头,强装的笑无疑是尴尬的、不真实的。但昌晶晶的紧张和慌乱又让他略略放松一些。她的紧张,可能是对她几年前的突然失踪的反应吧。她的突然失踪,不仅是针对别人,也针对陈文飞,因为是傻瓜都能感觉到陈文飞对她的好感,如果正常发展下去,他们会很快超越一般朋友关系的。所以在这种情形下又突然相见,她的紧张和慌乱就在所难免了。但她很快就镇静下来,跟陈文飞笑了下,望向店铺里,她是去寻找曹小玲的吗?

想当年,和昌晶晶短暂的相处,仿佛昨日,那么切近。让他特别奇怪的是,几年来,昌晶晶居然没变,居然和他记忆里的昌晶晶一模一样,难怪一眼就认出来了。

"你一点没变。"昌晶晶说,"我还以为认错人了……怎么会一点没变呢?我的变化大吧?我都老了。"

"你也没变,你不老,你是'90后',才多大啊?我们'80后'都不敢说老。你和以前一样……一样一样的。"

"是吗?"昌晶晶下意识地拿手在脸上轻抚一下。

"是啊。"陈文飞更认真地看着她,似乎要看出她的变化来。这细一看,还是看出昌晶晶的皮肤有些松了,陈文飞深有感触地问:"这些年你都在哪里的?"

昌晶晶没有马上回答,只是似是而非地微笑一下,小声说:"怎么在外边吃?"

"外边透气,方便。"

曹小玲走出来了,她奇怪地看着陈文飞,又扫一眼旁边的昌晶晶,问:"跟谁说话?"

昌晶晶笑而不语。

曹小玲看到昌晶晶的笑了,盯了昌晶晶一眼,又回店堂了。曹小玲的眼神并不友好,那一盯,有了些敌意。

昌晶晶并不介意曹小玲的目光,像是自言自语地说:"真是太好了,太好了……这么巧,太好了。"

"是啊,是啊……"陈文飞附和着,对她的话做着判断,她说太好了,是说这次偶尔相见,还是说他和曹小玲的打情骂俏?显然是前者。可是,又怎么解释她当年的不辞而别呢?现在这个充满海腥味和油烟味的小饭馆门口不是他们见面的场合,不适合说私己话,时过境迁,更没必要询问她为什么不辞而别玩失踪了。陈文飞看她脸上还遗留着笑意的样子,心里也渐渐平静了些,是啊,不过是一次意外的相遇而已。

"你一直在城里?"陈文飞换一种问法。

"是啊……"顿了顿,她又说,"真没想到还能见到你,真没想到……我以为再也见不到你了呢,这些年……你在哪里上班呢?我知道你不在硅微粉公司了。你那么有才,会写诗,会写文章……我以为……我以为……"

陈文飞有些不好意思,他那时候会把史丽娟写的诗和文章,说成是自己写的,偶尔在昌晶晶面前随口吹嘘出来,并把那些诗文,通过微信,转发给昌晶晶看。

"以为什么?"

"我以为……"她想说出她想说的话,却说不下去了,语气

137

从惊喜，渐渐转换成伤感，到最后，哽咽着，眼睛湿润，几乎要流泪了。她情绪的急转直下，是陈文飞没有想到，也感到无所适从。陈文飞不知道她为什么这样。当年是她突然消失的，而且怎么也联系不上她了，应该是陈文飞问她在哪里上班才对。因为从那时的情境看，是陈文飞真正关心她。她如果真的关心陈文飞，或在意陈文飞，就不会不辞而别了，就不会玩失踪了。也许她也意识到自己的话欠妥了，马上就控制住情绪，没让眼泪流下来，勉强挤出笑，喃喃道："……你还好吧？"

陈文飞想告诉她，这年头，谁都说不上好，谁都说不上不好。但陈文飞还没有想好，要不要告诉她自己离婚的事。从她手拿的搪瓷盖碗来分析，她应该是有家有口的。这时候透露自己离婚并不明智。

她还没听他回答，就喜极而泣地抹一下眼角，掩饰地把刚才问他的话又重说一次："你还好啊？"

"当然……"陈文飞说，"你呢？"

"我也……当然，你瞧我……"昌晶晶说。

昌晶晶说"当然"时是在学他的口气，她终于还是平稳了心情，朝小饭馆门口快速扫视一眼，问："你开的？"

"什么？小馆子啊？怎么可能……我可没那本事。"

"我说嘛，我来过好多次，就没见过你……你是文人，干不来这个的。不过这家小馆子挺好……"昌晶晶继续环视着，似乎对他的话不够信任，还故意往店堂里望望。

陈文飞知道她是在找曹小玲。她说他是"文人"，"干不来这个"，还有他说的"没那本事"，肯定被曹小玲听到了，下次再来吃饭时，曹小玲肯定要提这个话头的，也少不了会挨她的奚

第二部　加减

落。因为陈文飞在和曹小玲打情骂俏时，曾说过将来要开个小馆子，卖特色小吃，请曹小玲去帮忙之类的话。

曹小玲果然在厨房里弄出一点动静，响起"乒乓"两声，似乎在提醒他，你们的谈话我都听到啦。

陈文飞也朝店堂看去，隔着假珍珠门帘，看到曹小玲露出的半个身子——此时是下午三点多，最没有生意的时间段，小饭馆那个胖子女老板到隔壁饺子馆打麻将去了，偶尔有点小生意都是曹小玲来打理。陈文飞今天来吃饭，就是偶尔的那个小生意，那么昌晶晶呢？也是故意在这个点来吃饭的吗？她刚才说常来的，陈文飞却是头一次见到她。

陈文飞把目光从店堂收回来，朝她看一眼。她也矜持地跟他一笑。陈文飞感觉有很多话要说，却不知要说什么。她似乎也是，有话，而不知怎么说。馄饨面还没好，于是他们重复了能在这里相见的惊喜。陈文飞为了表示某种诚意，问了她的手机号码——她换手机号码他是知道的，因为她刚"失踪"时，陈文飞就打了她的手机，她的手机一直都是一种回音："您拨打的号码是空号。"而且她的微信也关闭了。

他们互存了手机号，还扫了微信。

馄饨面煮好了。

曹小玲把装了馄饨面的大海碗端了出来。当曹小玲在一张空桌上聚精会神地把热气腾腾的馄饨面装进昌晶晶带来的搪瓷盖碗时，陈文飞看到昌晶晶认真地审视了曹小玲几眼。

昌晶晶临走前，犹疑一下，说："你还不知道呢，你那块水晶镇纸，不知怎么跑到我的纸箱里了，不知怎么就让我带回家了。真不好意思，我知道你喜欢那块水晶。我后来想还给你的，可是，我打公司的电话，他们说你也离开公司跳槽了。"

"是啊是啊，你刚走，我就走了。"陈文飞也说，口气和语感都和她合上了拍，"真是山不转水转，转来转去又回到原点。不知哪天，会不会见到那个假韩国人啊。"

"谁？"

"李章鱼啊。"

"那个人……你怎么会想到他？你还叫他假韩国人！"昌晶晶声音小了些。

陈文飞觉得昌晶晶就是忍受不了假韩国人的骚扰才辞职离开的。这时候提李章鱼确实不太恰当，这不是添堵犯恶心嘛。

"你走了也好。"陈文飞表示赞成她当时的决定，"那种情况，只有这一条路了。"

"嗯嗯……"她似乎不愿意提他，"他那张脸让人寒碜……你说过的，还记得吧？"

"怎么不记得？我还画过他的漫画呢。"

"你那时候就喜欢写写画画，天天写写画画，还画过我，把我画跟妖怪一样……好看。"

昌晶晶的话也让他想起来了，他画过她，是一张线描，把她脖子画得很美，还在旁边配上一首诗——当然是史丽娟的诗了。陈文飞以为她没看到的，她这样一说，陈文飞觉得她不仅是看到了，还看懂了，并且挺满意。而且，她"不小心"带走了水晶镇纸，也和这首诗有关吧？陈文飞在诗里把她的颈部形容成温润、丰盈的水晶，幻想着在手里把玩。其中有这样的句子：

阳光下，你天鹅式的长颈

第二部　加减

闪烁着宝玉般迷幻的光芒
视野所及,是天体的释放……

穿越时空,只在我对面熠熠生辉
美丽的寓言每尊都如此贴切

陈文飞想,既然她知道这么多,知道当初他对她有好感,她不辞而别的原因是什么呢?陈文飞再次想起那个该死的李章鱼。她更换手机号,更换微信,不愿和任何人联系,是想斩断以前那些不堪的记忆吧?不过这一切都不重要了,因为他们又重逢了,又联系上了。而且为重要的是,这次他能名正言顺地追求她了。

曹小玲再次出来,直接站到他们中间,不客气地催促道:"馄饨面泡烂就难吃死了,可不怪我没提醒你啊。"

昌晶晶没搭理曹小玲,抬眼望一眼路对面的一幢陈旧的五层楼房,若有所思地犹疑一会儿,欲言又止地看一眼他,低下头沉思一小会儿,只一小会儿,便猛地抬起头来,扬一下脖子,说:"先走啦!"

"好呀,慢走……你家住附近吧?"后一句看是随口,其实是有预谋的。

"是啊……不远。"她端着馄饨面没走几步,又回头,轻声说,"陈文飞,那块水晶我要还你的。"

"不用……慢走啊。"他说。

他也随她走两步,或一步半。到了这时候,他才感觉出来,昌晶晶的高兴是发自内心的,伴随着高兴的那丝隐约的遗憾也是真实的，他甚至还感觉到她话语里流露出对他的感念之情。不错，许多事情都会阴错阳差，如果当初他们共事的时间再延长一个月，或者一个星期，情形也许不会是现在这样。但是，事情往往总是差强人意，由不得你的意愿去发展——说到底，都是那个该死的李章鱼！

"连衣裙真难看，灰汤火色的。"曹小玲说。

陈文飞听了，又看一眼正在穿过马路的昌晶晶。昌晶晶的腰肢依然柔韧，臀部依然丰满——她比曹小玲要显高不少，也更苗条。马路上行人稀少，可能是单行道的缘故吧，车辆也不多，昌晶晶的身影在阳光里清晰而醒目，让她周围的景致黯然了不少。她端着馄饨面，谨慎而小心地左右张望，连衣裙的色调柔和，微微飘动，并不难看，相反，还有些鹤立鸡群的意思。到了马路对面，她贴着墙根向西走去，很快就拐过那个弯子，消失不见了。

曹小玲醋意十足地调皮道："还看，遇到旧情人啦？告诉你啊，对面小区的，喏，就这个蓝布窗帘，就是她家，你要去吗？去吗去吗——你可以做第三者了，嘻嘻。"

"乱说……这怎么会是她家？"

"谁乱说啊，"曹小玲学着昌晶晶的口气，夸张道，"我要还给你的，呀，呀呀呀，还啥呀？酸不酸呀？牙都酸掉啦！是定情物吧？下一步就邀请你去她家玩了。找不到她家我告诉你呀，过了小马路，沿着墙向西走，大约三百米，就是她小区的后门了，你就可以潜伏到她家幽会了——不过要小心，别叫她男人抓住。"

"她男人你也认识？"

"不告诉你,想套我话,没门!"

"你想多了,我才不管她男人是谁。我和她就一熟人,普普通通的熟人,你多想什么?"

"还熟人,骗鬼吧,我看你直盯着人家看,眼珠子都要掉出来了,又不是大美女,有啥好看的。"

陈文飞也直盯着曹小玲看,来揣度她的心思,她清澈的眼睛里漂移着不安的情绪,她还能猜透别人的心思,这个女孩子好神啊。

"看什么?没你旧情人好看——别说本姑娘吃醋啊,再说了,人家哪有资格吃醋啊,一个小饭馆小小小的小服务员,吃哪门子醋哦?吃醋也轮不到我啊。"曹小玲诡异地一笑,吐一下舌头,"真是旧情人吧?啊?说说嘛,又不丢人。"

"真不是……"

"吞吞吐吐的,就是是又怎么啦……嘻嘻,你会找她吗?"曹小玲看着他,"会吗?人家肯定想你去的。"

他也调皮地白她一眼。现在的女孩,真是鬼精,什么话都敢说,幸亏他和她没有什么,否则她真会吃醋的。

"炒泥螺呢?"

"还想着吃啊?有旧情人还不够啊?嘻嘻……我去端。"

陈文飞用最快的速度喝啤酒——其实他已经毫无食欲了,算了,不喝了。陈文飞掏钱给曹小玲,思想开起了小差,想起蓝窗帘,蓝窗帘子就是昌晶晶的家……

曹小玲一边找钱一边说:"不理我啦?以后……还来吃饭吗?不来拉倒,稀罕!"

曹小玲鼓着腮帮,满脸失望的样子。

莫非这姑娘当真对自己有意思？陈文飞心里有点乱，心想，她又不知道自己单身。他这个年龄，说大不大，说小不小，如果不是这几天频繁地单独一人下馆子，没人会以为他是单身的。曹小玲一定在和他聊天时，对他的打情骂俏产生了想法——她不是都知道他的租住小区和门牌号码了吗？

第二部 加减

03

事情的发展证明了曹小玲的担心——陈文飞的确几天不来老街,没来她的小饭馆吃饭、喝啤酒了,也没有再见到昌晶晶来——这两人肯定一起约会了。

陈文飞不来海鲜一条街,不是像曹小玲想的那样和昌晶晶联系上了,或者去她家复发"旧情"了,而是恰恰相反,他们再一次失联了。这真是糟糕的结果,陈文飞特别郁闷、难受又不能释怀——和昌晶晶失联之后刚一照面,还没有真正联系上(刚留了电话加了微信),就又失联了。

昌晶晶留给陈文飞的那个手机号码,他只打过一次,就没有再打。因为接电话的是一个陌生的中气十足的男人,那一定是昌晶晶的丈夫了——其实他应该想到这点,不应该乱打电话的。他随机应变地问对方:"你是中达公司吗?"对方说:"打错了。"由于慌张,他连"对不起"都没有说。对方又"喂"一声,他就掐断了电话。再想给她的微信发条消息，想了想还是没有发。他只能从她的微信里寻找信息，可她微信发得很少，除了转发的几条某些明星的趣闻外，实在没有一条属于自己的"原创"。许多人发微信成了习惯，炒个菜要发，买件衣服要发，读本书要发，上班路上随便拍个什么东西，都要发几张图，恨不得把一天的事情都发上来。可她什么都没有发。她的微信，似乎只是做做样子，表示自己也存在于微信上。陈文飞还知道许多人不喜欢玩微信。他就拒绝把时间耽搁在微信上，好几年了，只转发过几篇史丽娟的小诗和写儿子的小散文。但微信开通后，只字未写，一图不发，连转发也不多几条，也算是奇葩吧。不过他也不能微她，既然一个男人能接她的手机，那么这个男人就能看她的微信，回她的微信。想到这里，陈文飞担心起那个冒失的电话，会不会给她带来麻烦。

倒是曹小玲的微信十分活跃，时不时摆个造型，玩个自拍，每天都发两三条。这几天她还微了陈文飞好几次，怎么不去她那里吃饭啦，是不是被狐狸精迷住啦，等等。曹小玲的微信陈文飞都是回复的，随便找个理由就打发她了，有时说最近都做饭吃了，有时说换个口味，在别地吃了，有时说出差了。有一次曹小玲直白地说："那个长脖子美女也好久没来买馄饨面了。是不是你们约好的？"对这条微信，他没有回。他知道她的意思。她说的"那个长脖子美女"，包括前边的"狐狸精"，还是让他觉得曹小玲不是坏女孩。她称昌晶晶是美女，还观察到昌晶晶是长脖子，"狐狸精"有时候也是夸人的，这都说明她本质不坏。但她的意思他也懂，是勾引他回复并能说说昌晶晶相关情况的。她一定很好奇"那个长脖子美女"为什么没去买馄饨面了，很好奇是

第二部 加减

不是约好了，说不定"那个长脖子美女"正和他在一起呢。陈文飞没上她的当。她显然不甘心，又继续勾引道："那个长脖子美女家窗户真多，蓝窗帘真不赖。哈，她家房子应该好大！"还拍了几张照片发上来，照片有白天的也有晚上的，有清晰的也有模糊的，有一张照片很奇怪，有个男人的半边身体，被蓝色窗帘遮挡。陈文飞对这张照片很好奇，想放大了看，可一放大就模糊了。她用个小心机，显然想告诉陈文飞某些信息。陈文飞心里暗笑——哈，我不会回复什么的。不过陈文飞偶尔还是在她发的自拍大美照里点个赞。不能不说，她自拍的水平相当高，每次都让自己的皮肤很光洁，所选角度也是她脸部最美的角度，而且，她能很好地规避场景，让人不知道她是在哪里拍的。她可能不想让别人知道她所在的小饭馆吧。不过无论她怎么隐藏，都逃不过陈文飞的法眼，哪怕只露出桌子的一角，或在窗棂边上，陈文飞都知道她所在的位置。有几次，陈文飞都想去她的小饭馆吃份红烧小杂鱼或海蛎豆腐什么的，但随即又不想去了。原因可能就是昌晶晶曾在那里突然出现又突然消失吧。有时呢，又有守株待兔的想法，还想在那里再次碰见昌晶晶，很快又觉得这个想法更可笑，曹小玲已经说了，"那个长脖子美女"好久没来了。陈文飞不去小饭馆还有一层原因，就是躲避曹小玲，她嘴巴毒得很，他怕她会咄咄逼人地盘问什么，更怕他会情不自禁地和她做出什么水到渠成的事情来——现在"95后"的女孩子鬼精得很，婚恋观、价值观已经把他们这茬"80后"抛下十万八千里了。

陈文飞不甘愿就这么和昌晶晶擦肩而过。既然命运让他们在一家不起眼的小饭馆相遇，说明他们还有缘，说明他们缘分未尽。于是，陈文飞决定再给昌晶晶打电话。这次他想好说词了，

147

如果还是陌生男人接电话，就实话实说，就说是她以前的同事，跟她打听另一个老同事的下落。

没想到的是，她的手机关机了。短短不到一周时间，她就彻底失联了。

坏了，上次那个电话真惹祸了，惹大祸了，引起她先生怀疑了。她先生一定是个多疑的家伙，如果她家真住那么大的房子（整层楼的窗户都是天蓝色窗帘），应该是个有钱的主，她怕引来不必要的麻烦，干脆关机了。既然这样，往后还有必要再联系吗？就算电话打通了又说什么呢？既然无话可说，又为什么还想打她电话？陈文飞纠结、泄气、烦闷，更加地胡思乱想……她手里那个雅致的搪瓷盖碗真大啊，她端那么大的盖碗去买馄饨面，给谁买？她要是自己吃饭，为什么不在小馆子里吃？一定是给别人买的，谁？她的孩子？家里的老人？还是丈夫？孩子吃不了那么多，如果是丈夫，需要她买面吗？一起下楼吃饭，吃完还能散散步什么的，秀秀恩爱什么的，多好。陈文飞的胡思乱想让他成了一只没头苍蝇，嗡嗡嗡到处乱撞，这里一头，那里一头，不知不觉就来到了海鲜一条街，撞到她家楼下……陈文飞抬眼一望，那挂着蓝色窗帘的窗户上，正被一抹夕阳照射，有些迷离，有些科幻。哦，窗户里会藏着什么样的秘密？陈文飞不是要鬼鬼祟祟去偷窥别人的隐私，他也没有灵感产生想象，如果舞台上出现这么一排挂着蓝布窗帘的窗户，一个鬼祟的男人在窗前独白表演……还有那个大而雅的盖碗，也是一个很好的道具……她的故事真是扑朔迷离啊。

虽然已经盛夏了，但今年似乎不那么热，只偶尔会有一两片树叶从道旁树上落下来，轻手轻脚的。路中心的花坛里，常绿

第二部 加减

植物郁郁葱葱、生机盎然，有一两片树叶像小鸟一样停在冬青丛上，随时有欲飞的感觉。陈文飞就像不经意的落叶，悄无声息，没有人注意。但他仍觉得有无数双眼睛在看他，在审问他。那些眼睛里，有一双是曹小玲的。他真的不想让任何人知道。如果可能，他愿意做个隐身人。因为他在偷窥。无论你是什么目的，偷窥者总之是不好的。

黄昏很快来临，又很快离去。街灯忽地亮了。布满街边的各种小饭馆小酒店突然生机盎然起来，烧烤摊上的油烟火辣辣的，海鲜散发出的腥臭味也飘荡在空气中，引诱着人的馋虫。曹小玲打工的那家小饭馆门口，有许多人在吃烤虾和烤鱿鱼，当然还有别的烤串，油烟在烧烤炉上升腾。陈文飞看到曹小玲的身影穿梭在食客中间，穿梭在烟雾中间。陈文飞不饿，饿了也不吃烤海鲜，就是吃烤海鲜，也不想见到曹小玲。这个伶牙俐齿的女孩，陈文飞现在不想见她，他知道她想什么，想说些什么——她关心他和"长脖子美女"的事，一心想让陈文飞承认和"长脖子美女"的关系是旧情复燃。而关于昌晶晶的消息陈文飞又是一点都不知道。

且慢，陈文飞都来一会儿了，曹小玲能没有发现他？依曹小玲做事专注的性格，应该没有发现吧，否则她早就跑过来跟他说话了。

陈文飞趁曹小玲进屋时，快速躲进一棵梧桐树的阴影里。

梧桐树的上方，就是昌晶晶的家，这个角度更好，更能就近看到她家的窗帘。窗帘里的灯光明亮，有两个窗户里是黄色灯光，有两个窗户里是乳白色灯光，还有两个窗户里没有灯光。正如曹小玲微信上所说，她家临街有好几个窗户，陈文飞数了下，

149

六个，六个大窗户。这么多窗户，说明她家的房子好大。这么多窗户亮着灯光，说明她家里有人。陈文飞希望某一个窗口的窗帘能被撩开，能出现一个人影，出现谁都行，哪怕一条狗、一只猫、一只蚊子（如果他能看见）。但是，窗帘始终严密无缝，始终像珍藏秘密一样不愿打开。无论陈文飞在这里守候多久，也无济于事。陈文飞心里不禁秋风萧瑟起来，不禁寒风凛冽起来，不禁春风荡漾起来。他听着杂七杂八的风声（并无风），感受着灯影从宽大的梧桐叶的缝隙里无声地落在他的肩头，心里渐渐涌起满满的期待——只是期待，不知道期待什么。好难受的期待。

他仰视那一排窗帘，累了，再回身看看曹小玲。

窗帘里的灯光没有变化，而小饭馆门口却异常热闹，曹小玲一会儿拿着两把烤串旋风般跑出来了，一会儿又去拿几瓶啤酒。

有一度，陈文飞发现，曹小玲一边和顾客打牙撩嘴，一边也朝五楼的窗户望去，还拿出手机，朝那排窗帘举着。陈文飞估摸她又拍了多张照片了。曹小玲这一串动作，给陈文飞一个不好的印象，感觉她就是一个女特务，专门监视昌晶晶的。如果真是这样，她工作的小饭馆真是个位置极佳的地方。对呀，要想知道昌晶晶更多的信息，陈文飞可以仿效特务的监视活动，以小饭馆为潜伏地点，对她家的一举一动进行监视么。那么，是不是曹小玲已经这样干了呢？她是不是已经掌握昌晶晶的一举一动了呢？

曹小玲又冲着梧桐树开拍了。

不好，她发现他在树下？不可能呀，如果发现了，凭她的性格，不会无动于衷的。或者说刚才没有发现，现在才发现树下有人。但就算她看到树下有人，也不可能认出是他吧？除非她真有火眼金睛。陈文飞藏身的这棵梧桐树十分浓密，阴影很大、很暗。他在树影里不过是一个更黑的黑影罢了，就算能看到隐约的身形，也根本不会认出他的。不错，从她的神态上看，她不过是要拍拍这棵夜色中高大的梧桐树罢了，也许一会儿，她就会在微信上晒出新拍的照片来了。真要晒出来，不知道他在她照片里是个什么影像，也许是黑影里的一个更黑的黑影，也许什么都没有。

当陈文飞再一次抬起头来，看到蓝色窗帘里的灯光已经熄灭了——不知道什么时候全熄灭了。不觉间，夜已深，对面红红火火的小饭馆也不热闹了，冷清了，顾客已经散尽。曹小玲正在往屋里搬桌椅。那个胖得夸张的女老板可能不急于打麻将了，也可能打麻将刚回，累了，坐在一边抽烟，喘粗气，玩手机，不时盯一眼曹小玲，不像有好脸色，难道今天营业额不高？或曹小玲打碎了碗？还是少了钱款？陈文飞顾不上揣摩这些了。

昌晶晶家熄灭的灯，预示着陈文飞这次不成功的潜伏即将结束。陈文飞什么信息都没有得到，还疑似被曹小玲拍了——不管她有没有认出他，她拍了照片后，一边干活一边假装不经意地朝树下看一眼。这一看，还是让他紧张的。他现在还不能从树影里走出来。他得等小饭馆关门打烊，等胖老板娘和曹小玲不再在门口晃悠，才能安全离开。他背靠在树干上，听到头顶上密密的枝叶正发出细微的声响，像喘息，又像在提醒他，树梢上不远的地方就是昌晶晶家挂着蓝色窗帘的窗户，他知道窗帘里的昌晶晶已经睡了，正游走在甜蜜的梦乡……这时候，陈文飞的记忆里，重现了三年前和昌晶晶共事的短暂时光。

开发区的建筑都是稀稀拉拉的，大都是厂房，据说预留的生活区因为这样那样的原因迟迟没有动工，预留区里遍布着一人多高的芦柴、菖蒲和蒿草，成了野兔和鸟类的栖息地。在开发区中心地带，也就是离管委会综合办公大楼不远的地方，有一幢商务写字楼，是开发区的标志性建筑，大楼里分布着许多家公司，也有企业在这里设有办事处或办公场所。陈文飞和昌晶晶就在这幢楼的顶层，他们公司的一部分机关人员就在这里上班。这种模式主要是他们生产的硅微粉属于环保企业，粉尘污染很严重，听说已经有工人在体检时查出轻度矽肺病了。所以，公司的管理、档案、工会、党务、财务、销售等机构都集中在这幢写字楼里，也成就了陈文飞和昌晶晶的同室之谊。

开始上班的几天里，陈文飞每天都在庆幸，庆幸能和昌晶晶同处一间办公室。在昌晶晶埋头工作的时候，陈文飞会悄悄地看她。她脸上像瓷器一样光洁，脑门那儿还飘着几根头发，长长的睫毛有规律地眨动。而在陈文飞工作的时候，也会感觉到她在看他。陈文飞知道那是一双明媚而深情的眼睛。陈文飞的工作因此常常受到干扰，心慌，想看她。但陈文飞知道，如果他一抬头，那双眼睛就会躲开。陈文飞不想破坏这样宁静的场面。就是说，在他悄悄看她的时候，其实她是知道的。在她悄悄看他的时候，他也是知道的。有时候，如果他们目光突然相遇，还会溅起火花，她会脸红，是好看的酡红，那一瞬间陈文飞会感到心跳加速，会感到不安。当她脸上的酡红迅速消失时，陈文飞内心的变化是急剧的，喉咙发干，莫名的电流会在他体内冲撞。这样的场面和氛围是不好解释的，你只能感受一颗心和一颗心的跳动，感受美好时刻的存在，还有相互间依恋的一点点情怀。如果碰巧他们手头工作都比较清闲的时候，不知谁先起头（多半是昌晶晶），他们会天一句地一句地闲聊，他们逮到什么聊什么，并不忌讳任何话题，甚至，她新穿一件时装，也会在他面前摆显一下，问他，好看吗？他当然说好看。"你就会说好看。"她会美气地说，"还有更好看的，明天穿你看啊。"有时她拿起杯子，喝一口，并没有喝到水，会自言自语道："干死了都。不要不要呀，空调吹昏了头。看，外面的天好蓝蓝。"她不说"口渴"，而说"口干"，会把"渴死了"，说成"干死了"。他能听出来，她心情好得都语无伦次了。每每这时候，他会帮她做点什么，比如给她倒杯水，比如把空调温度适当调一下，比如也和她一起看看窗外的天。这时候，陈文飞的心情就特别愉快。想想吧，天天面对美人，天天闻嗅香粉，天天欣赏她不断变换的时装，天天听她温润的、带点娇气的话语，天天面对的是和史丽娟完全不同的更年轻貌美的女孩，由不得他不去胡思乱想啊。一乱想，李章鱼那张怪异的奇葩的面孔就跳到他眼前了，大好的心情就蒙上了一层厚厚的雾霾。

是的，他们不约而同地都对李章鱼十分反感，尽管他是他们的老板。

以陈文飞的性格，他并不是以貌取人的人，也不是以国籍来判断人，相反，他对许多外资老板还挺有好感。但这个李章鱼实在太过分，据说，他并不是韩国人，只不过是有着朝鲜族血统的东北人（最早在夜大读书时，填的表格上，在民族一栏里写过自己是朝鲜族），却在韩国亲戚的帮助下，冒充韩商在开发区投资。在晶都这种低级别的开发区，明知道被李章鱼钻了空子，也没有人揭露他——可能他的手续也真符合外商投资的必要条件吧。就是这个五短四粗的假韩国人（他们私下里都这么说），呼风唤雨吆五喝六吃得很开，特别是这家伙还是个十足的色鬼，就更让人愤愤不平了。他平素的表现，有许多和常人不同的地方，比如他从不喝茶（只喝饮料），比如他从不坐办公室（喜欢在自己的密室或公司小会议室办公），比如他从不穿西装，比如他从不说韩国话（本来就不是韩国人嘛），而是一口纯正的东北方言，等等。可他对漂亮女孩的兴趣却会露骨地表现出来，不管什么场合，都会下流地恭维对方、取悦对方，恨不得立即要把对方带走，占为己有。这让许多人特别愤怒（陈文飞听说后也很愤怒）。据说，这家伙在市区有几幢高级公寓、阳光排屋、连排别墅什么的，不知在哪一幢里还养着一个貌若天仙的女孩；还据说，那个女孩也来自东北，李章鱼叫她小爱，常常小爱这个，小爱那个，小爱爱吃那个，小爱爱穿这个，小爱嘴刁，小爱讲究。大家私底下流传，假韩国人没有儿子，一心想要个儿子。而小爱也死心塌地想为他生一个儿子，可一年多下来肚皮就是不见大。如果李章鱼老板认真专一地侍候那个女孩也就罢了，可他偏偏对所有漂亮女孩都感兴趣，还经常带别的女孩去济州岛旅行。这些也就罢了，陈文飞管不了他的事，可最让陈文飞看不惯的是他对昌晶晶那副嘴脸，那副盛气凌人没有好脸色的样子。也真是奇了怪了，李章鱼对别的女孩都能和颜悦色，对昌晶晶却横眉冷对，似乎他们前世就有冤仇一样。陈文飞只能用两个字来形容，恶心！用三个字来形容，就是真恶心！

"恶心！"昌晶晶也这样说，"真恶心！"

他们在说这两个字的时候，就像从嘴里吐出粪便一样，就像吃了一只苍蝇一样，就像李章鱼不是李章鱼，就是一只苍蝇或一堆粪便。陈文飞还记得李章鱼那恶心劲：他冲进办公室，一跳三个圈地大声嚷道:"谁!谁做的报表?长眼睛没有?用心没有?啊?心呢?心呢心呢……"他张牙舞爪之后,把报表往昌晶晶桌子上一摔:"自己看!"然后摔门而去。昌晶晶噘着嘴,低头看报表。陈文飞也看到,报表上被画一个很大的红圈。昌晶晶盯着那个圈看一会儿,在电脑上默默地重做,打印一份后,离开办公室了。陈文飞知道,是昌晶晶的报表出错了。出错了可以被批评,可犯得着那样气急败坏吗?你可是公司的董事长兼总经理啊。有时候,李章鱼扬着手里的报表,红着脸冲进来后,直接叫喊道:"小昌,真是好极了,这是我见过的最出色的统计,最出色的报表,分毫不差,哈哈,你真是我最出色的员工啊。我要给你加薪,加薪,加薪!但是呢,报表不是这么做的,报表不是做给我看的,不是做给自己看的,报表是做给看报表的人看的,他们是谁?他们可是要我命的家伙啊?知道报表要怎么做吗?这样吧,你等会儿到我办公室来一下,我要教教你怎么做。"就是说,无论报表做好,还是做不好,李章鱼满意还是不满意,昌晶晶都要去一趟李章鱼的办公室。而且,无论昌晶晶的报表是否让李章鱼满意,他都是呱呱叽叽说了一大堆话,他的肢体语言和口头语言都很丰富,都很别具一格。

这只是李章鱼在生气和高兴时的肢体和语言,他平静的时候,也十分怪异,甚至无厘头。他会从他的办公室悠悠哉哉地晃过来,一五一十地给昌晶晶吩咐工作,但一双肥胖的手却不停地在昌晶晶的肩膀上拍打。这个动作十分肉麻,有时轻,有时重,有时甚至还摸捏一下。昌晶晶躲不掉,只能这么忍着。更可恶的是,如果他要进一步强调某某项工作的重要性时,还拿起昌晶晶的一只手,用他另一只油腻的胖手拍打着昌晶晶细如嫩笋的小手。如果昌晶晶要抽回手，他还会重新拿起来。仿佛昌晶晶的手就是他桌子上的一个把玩件。李章鱼如此肉麻的行径，陈文飞能看得下去吗？能忍受得了吗？可陈文飞看不下去还得看，忍受不了还得忍，谁叫他是他们的老板呢。陈文飞有时候也换位想想，最难受的应该是昌晶晶了，在李章鱼折磨她的时候，她只能不停地点头，不停地说是，不停地抽回委屈的小手，委屈的小手又不停地被逮回去。这样的过程有长有短，主要看李章鱼的心情。待到李章鱼心满意足地走后，昌晶晶开始耐心地在脸盆里洗手，她把手上擦满香皂，搓啊搓啊，洗啊洗啊。然后，重新打一盆水，再用洗手液，搓啊搓啊，洗啊洗啊。陈文飞真担心她会把手搓破搓坏了。她的手那么嫩，哪能经得起这么搓呢。她洗完手，坐下发呆，突然会把手拿在鼻子上闻闻，然后再去洗手。每当这时候，陈文飞就低着头，一声不吭。陈文飞不是不想说话，也不是不想帮她骂李章鱼。他知道，评论几句，骂几句，不但无济于事，反而会增加她的难受。当然，他也难受。他比她还难受。他甚至宁愿看到李章鱼一进屋就发怒的样子，也不愿看到他拍拍打打、摸摸捏捏。为了掩饰他心里复杂的情感，他会把桌上的那块水胆水晶拿在手里——这是他的把玩件，是他从家里带来的做镇纸的水晶。这块奇异的晶体里除了那颗会动的水胆，还有丰富多彩的风景，从侧面看能看到山川河谷，从背面看能看到丛林蓝天，从正面看，更是满眼翠绿的春光水色。陈文飞在这时候把玩水晶，只是想岔开心里的难受，把心里的难受分解稀释罢了。事实上，他心里的难受不但没有稀释分解，反而加重了。昌晶晶看他在把玩水晶，看他那难受劲时，眼里也禁不住包含泪水，悄悄低下了头，她一定想起陈文飞说过的话了，陈文飞说这块水晶像她。她对陈文飞的话不理解，好奇地歪着脑袋，把脑袋歪成一个问号。陈文飞说："你看，水晶里的风景多好看啊。而且……而且你也叫晶……"于是，她懂了，知道陈文飞的意思了。有一次，是她开心的时候，她突然红着脸说："陈文飞你别玩了。"陈文飞一时没有理解，疑惑地看她。她朝他手上呿下嘴，说："水晶晶晶……你那样……我讨厌的。"陈文飞恍然大悟，她把水晶当成了自己，而他此时的把玩，此时的行为，无疑和他们共同讨厌的李章鱼一个德性——动作几乎和李章鱼抚摸她的手一样。

在某个时候，昌晶晶也会保护自己，比如她事先预感到李章鱼下一步行为的时候，会双手交叉叠在一起，藏在桌肚子底下，躲着李章鱼。但是，这丝毫没有用，李章鱼就像拿自己的东西一样，从桌肚子底下掏出昌晶晶的小手，一边交代工作、批评她工作不力并勉励的同时，有节奏地抚摸她的手。他油腻、肥胖、粗短的手一如既往。老实讲，在陈文飞三十多年的人生经历中，从没见过这种人，也从没听说过这种人，这简直就是泼皮无赖。陈文飞真想上去把李章鱼揪过来，给他一顿老拳，抽他一顿耳光。可陈文飞并没有这样干，毕竟李章鱼是他的头儿。他有时候也会这样想，真是出鬼了，怎么冒里冒失跑到这地方工作。又一想，如果不到这地方工作，就认识不了昌晶晶啦。他看昌晶晶都能忍着，他也和昌晶晶一样忍着。照例，接下来，昌晶晶还是重复她洗手的动作了。

就是说，无论工作做好了，或工作没做好（也许并非没做好，很多时候李章鱼就是故意为之），对于昌晶晶来说，都是灾难，她都要不厌其烦地洗手。陈文飞曾经非常注意地看过昌晶晶的手，她的手白皙而细嫩，那确实是一双可爱的手，手指细长而丰满，手面上排列着四个小肉坑，饱满的指甲闪着透明的光泽，仿佛涂上了指甲油。说真话，陈文飞也很想抚摸昌晶晶的手，像拿水胆水晶一样拿过来，抚摸一会儿。与其那一双美丽的手被李章鱼这样的人折磨，还不如让他来抚摸好了。当然，这是不可能的。李章鱼能开出不错的薪水，陈文飞能给昌晶晶什么呢？从柏士驹那里拿的利息不算少，但和李章鱼相比，就杯水车薪了。所以，他只能盗用几首史丽娟的诗去哄骗她。很多时候，昌晶晶的手就在他的视线之内，而且伸手可触。但他只能用眼睛来抚摸，用心来抚摸，有时，他还恶毒地想，他要比李章鱼还狠，不仅抚摸，还要亲吻。心里想的，行动上就跟着来了，就把手里的水胆水晶放在脸上贴贴，想象着那是昌晶晶的皮肤。令人奇怪的是，昌晶晶似乎觉察到他心里的活动了，也迅速洗手去了——不，她迅速洗手不是因为他在心里抚摸了她的手，而是要把手洗干净，等着他去抚摸，等着他去亲吻。他这样自我安慰地想着，心里突然美滋滋起来，突然充满了诗意。

陈文飞不敢拿昌晶晶的手开玩笑，也不愿当她的面骂李章鱼。虽然他们有许多说笑的时候，但是，陈文飞感觉到，如果涉及这两个话题，昌晶晶一定非常不悦，那可是她的耻辱、她的悲哀啊。

有一天，她迟到了，却躲过了考勤（指纹打卡机坏了）。他们心情都不错，东南西北地瞎聊天，他们从时装聊到首饰（可能是她新穿一件漂亮衬衫的缘故吧），从首饰聊到工艺品，从工艺品聊到水晶城，聊到水晶一条街，还笑话那个题写水晶城招牌的大书法家，把"晶都水晶城"，写成"品都小品城"了。"晶"在书写时，口里的一横太细了，就像小蝌蚪的尾巴，根本看不出来,"水"也像极了"小"字。"晶都"大家都知道,"品都"是什么意思呢?不是他们不识字,草书也不能那样草啊,把一横都忽略了。要是叫这位书法家写"昌晶晶",还不是写成"吕品品"啊?陈文飞把这个梗说出来时,惹得昌晶晶哈哈大笑。很自然地,他们的话题扯到了他用来做镇纸的这块水胆水晶上。陈文飞把水胆水晶拿在手里,正反看看,正要打一个比方,来说明一个浅显的道理——可能是角度问题吧,他的意思是说,从什么角度看问题是不一样的,甚至会得出完全相反的结论。他看到,昌晶晶听了他的话之后,脸色渐渐难看,然后很不耐烦地说:"你不要动不动就拿你那块破水晶玩,什么意思?好水晶我看过多了,水晶博物馆里多得是……你那块破水晶……真丑,丑死了,不许再说像我了……什么到处都是风景?我哪里是风景啦?我可不想做风景,不想做任何人的风景!"

昌晶晶突然的恼怒,让陈文飞非常奇怪,怎么啦?原来不是这样的啊?原来说水晶像她的时候,她还美滋滋的呢。陈文飞还没来得及问她为什么,她就气咻咻地责问道:"你是什么意思?你是什么意思?你是什么意思吗!"

她眼泪唰地涌出来了。

什么什么意思?陈文飞纳闷了,同时也感到事态严重了,他不知道哪里伤着了她,还是哪里得罪了她。陈文飞瞠目结舌的样子一点也没有缓和气氛,相反,昌晶晶更加的伤心和委屈了。她哽咽着说:"我知道你是什么意思,每次你都把那块破石头拿在手里看,看,看,看……有什么好看的……你把我当成什么啦?我贱,我就喜欢被人摸是不是?是不是?你就是这样想的,是不是……是不是是不是?"

昌晶晶抽泣着，眼泪汹涌而下。她追问的口气真是像极了李章鱼。

原来是这样。

昌晶晶的话提醒了陈文飞。陈文飞的确经常把水胆水晶的镇纸拿在手里把玩。这是他喜欢的一块水晶。在陈文飞生长的乡村，到处都有小的晶体（质量次的小晶体俗称花石），刚收获的花生地里，如果下一场雨，小小的水晶会浮在土层上闪闪发亮，就是撒泡尿都能呲出水晶来。不过水胆水晶可是水晶中的上品，何况又是这样一块长条状的内藏不同美丽风景的水胆水晶呢，摆在桌子上，一来可以当工艺品进行观赏，二来可以当镇纸。陈文飞觉得是一箭双雕的事。是的，陈文飞确实说过，这块水晶像她，当时说话的语气陈文飞已经淡漠，可能是说水晶里有不同的美景，也可能是感觉水晶柔润光滑的手感。那是赞美她呀。她也似乎接受了陈文飞的赞美。仅仅几天之后，她怎么又不愿认同啦？受什么刺激了吗？陈文飞不想伤害她。如果已经不小心伤害她的话，他也要解释。陈文飞把水胆水晶放下来，朝对面看去。这一看，把他吓坏了，昌晶晶胸前的纽扣开了一个，就是说，不知什么原因，她那件质地很薄的短袖衬衫的衣领崩开了，露出文胸的一部分，深深的乳沟清晰而神秘，关键是，她此时的颈部完全展现出来了，这可是她最美的部位啊，是最让他着迷的地方。就像李章鱼喜欢她的手，陈文飞更喜欢她的颈。她突然这样愤怒，这样悲伤，让自己都失态了，更叫陈文飞不知如何是好了。陈文飞的眼睛在她胸前、颈部停留片刻后，紧张得赶快躲开了——陈文飞发现是她衬衫的水晶纽扣掉了一个，最关键的那一个脱落了。现在网购的东西真不好保证，质量总会出问题，好好

第二部　加减

的纽扣就掉了，那可是粉红色的鼓型水晶纽扣啊，像工艺品一样闪闪发光，不好配的。陈文飞躲开的目光下意识地在地上寻找，试图找到那颗纽扣，与此同时，她抽泣着说："你，你，你以为你有多么高尚？你以为你有多么纯洁？你要纯洁你就纯洁好了，我不要你来奚落我！"

陈文飞心想，哪里是奚落她啊？又哪敢奚落她啊。陈文飞低着头，谨慎地说："不要误会……误会了你……我，我什么意思都没有，我……"

"算了，不要听你解释！"

陈文飞只好闭嘴。

"虚伪，虚伪！"她不依不饶，"虚伪，虚伪，虚伪！以后别理我！"

陈文飞想，完了，是不是已经知道他看了她无意袒露的胸脯和项颈？或者说，这是她故意设置的一个小小的陷阱？不可能吧，她没必要引诱，就算引诱也不会以这种方式。更让陈文飞惊奇的是，她领部已经整理好了，虽然没了纽扣，却严严地合了起来，不过那显然是临时措施，如果稍微一动，衣领还会敞开来的。

她泪眼蒙蒙地看着他，脸上明显有一种讥讽的神情，然后，头一低，趴到桌子上。她这一趴就是好久。她在想什么呢？她一定怕衣领再次开来吧？陈文飞也在想，想她不稳定的情绪，想她莫名其妙的言语。后来陈文飞把这些怪异的行为都算成了罪责，安到李章鱼身上了。没错，所有的一切，都是他引起的，所有的罪过，必须由他来承担。

从那天以后，陈文飞就再也不敢动那块水胆水晶了。它放在办公桌的一个角落里,下面压几张废纸。过了一两天,又有废纸压在水晶上面。一度,陈文飞想把它收进抽屉。但他马上发觉那是愚蠢的做法,那样做,万一以后被昌晶晶发现了,无疑说明她那天的反应和言语都是正确的,不然,你为什么心虚地藏起水胆水晶?好在昌晶晶很快就忘记了那天的风波,她依然一有闲情就跟他说笑,说一些可有可无的废话。这些话都与工作无关。并不是他们不热爱工作,他们是不约而同地觉得,这个李章鱼不是个东西,不值得为他卖命了,要不了多久,他们就会开溜了。不是老板炒了他们,就是他们炒了老板。而恰巧李章鱼因为公司的业务真的去了趟韩国,这就给他们每日废话提供了很好的条件。应该说,这个时间段里,他们的废话水平很高、很有智慧,也很多,可以用车载斗量来形容,特别是那些微信段子,他们互相转发、互相传阅。有时陈文飞觉得如此废话连篇,真是太浪费时间了。但又一想,在他们周围,废话是如此充斥着口语和文章,简直到了无处不在、俯拾皆是的地步。难道不是吗?日常生活中街头邂逅的搭讪,亲戚熟人的寒暄,温柔的细语,体贴的情话,虚假的客套,还有口角、互嘲、对骂,等等,有几句不是多余的、无趣的、敷衍了事言不由衷的废话?有几句不是支离破碎、问东说西、说了等于没说的废话?那又怎么样呢?人们每天不是依然要说很多这样的废话吗?不知不觉的,废话已经成为当下生话的一部分了,何况李章鱼又不在公司,不来打扰他们,此时不说,等待何时?过这个村就没那个店啦。而据微信平台提供的文章称,男人女人能不厌其烦地闲聊,互相倾听,说明不讨厌对方,说明有许多气味相投的地方,许多美满婚姻和办公室恋情都是在这种反反复复的废话中建立的。这个信息给他们继续废话提供了信心，特别是昌晶晶，有时候会在不是笑话的废话中哈哈大笑，有时候来情绪了，会像李章鱼那样，在陈文飞的肩膀上拍打一下，或戳一指头。陈文飞心里都是美美的，觉得这和李章鱼拍打她的性质是不一样的。李章鱼的拍打是调戏，是下流，是贪图小便宜，昌晶晶的拍打是友爱，是情谊，是浪漫。不过昌晶晶也有严肃的时候，那是她说起了她的家乡，那是广西十万大山里的一个小村庄，那里有她还没有年老就丧失劳动能力的双亲，还有一个智障弟弟，说起这些年幸亏她打工给家里寄些钱，说起老家的生活已经比她出来时好多了，当说起她家起楼的砖料已经备齐时，脸上还是流露出些许快乐的神情。当陈文飞在一次双方心情都大好时，终于忍不住赞美了她的脖颈，还有她如玉的肌肤时，她笑着说："哪有那么好啊。"但陈文飞感觉到，她是认同他的话的。陈文飞喜不自禁，暗自得意，觉得，有一颗特别的种子，已经在他们心中悄悄种下了。而这颗种子是一颗自然的种子，中间没有掺杂任何元素，甚至连史丽娟此时都从陈文飞的意念中消失了。

可是，这颗种子还没有发芽，李章鱼很快处理完事务就回来了。

按说陈文飞和昌晶晶完全可以无视他的回来，照样继续他们的废话。可这家伙就是扩散的癌细胞，陈文飞和昌晶晶都受到了癌细胞的感染。真是鬼使神差，他们心情的天空上立即布满了雾霾——在得知李章鱼已经回到硅微粉公司的时候，在得知他已经坐在自己办公室的时候，陈文飞和昌晶晶都闭上了口，遗忘了那些快乐的废话。更可笑的是，李章鱼没安静多久，就到各间办公室骂人了，到处都能听到他训斥人的喊叫，还冲到他们的办公室，把从韩国带来的化妆品送给昌晶晶时，把化妆品臭骂了一顿。听起来是骂化妆品，其实就是骂昌晶晶。这哪里是送人礼物啊，就是歇斯底里地发泄。李章鱼有什么不满的呢？不久后，公司悄悄流传，他去韩国虽然只有三四天，却发生了一件大事，他的小爱不见了，突然就不见了。据说他送给女孩许多高档首饰和天然水晶摆件也随之消失。就是说，那个一心要为他怀孕的小爱姑娘，不但最终没有怀上，还趁机卷走了他的部分财产。李章鱼大骂几天，愤怒几天，突然就沉默了。

陈文飞以为，要不了多久，等李章鱼从他坏情绪里走出来，又该是昌晶晶倒霉了。昌晶晶又该不停地洗手了。可剧情发生重大转折，毫无预兆，某一天早上，昌晶晶没来上班，直到中午也没见影子。陈文飞给她手机发了短信又发了微信，她也没有回复。下午时，陈文飞才发现，她橱顶上那只纸箱不见了，办公桌上除了公司的材料，属于她自己的小物件、小摆设也不见了——难道她收拾东西不干啦？她就这么消失啦？连招呼都不打？陈文飞马上打她手机。让他失望的是，她的手机停机了，不是关机，是停机，怎么啦？陈文飞愣住了，好半天没回过神来。

昌晶晶是下决心彻底和公司决裂，也和她周围的熟人决裂的，否则她手机不会停机。几天前她还和陈文飞相聊甚欢呢，还一起说笑玩闹呢，突然就没了消息，为什么？陈文飞深感失落和悲伤。他本以为会和昌晶晶发展下去的，本以为因为昌晶晶的出现，他会加速结束和史丽娟的婚姻的，可昌晶晶怎么突然就从人间蒸发了呢？

两天后，办公室来了一个高挑的女硕士。女硕士可能有洁癖吧，上班第一天就疯狂打扫卫生，收拾好自己的桌子和地板、门窗后,要来帮陈文飞整理桌子。陈文飞正考虑辞职不干,不想打扫卫生了。但一个陌生人要来帮他整理桌子,他还是不好意思的,只好自己动手。就是在这时候,他才发现那块水胆水晶不见了。他那块做镇纸用的水胆水晶,随着昌晶晶的消失而失踪了,那可是他喜欢的一块水晶,原本是一块观赏晶,是他把它降格做镇纸用的,怎么也失踪了呢?陈文飞一动不动地呆坐了好久,第二天就没有再去上班,恢复到他原来的生活状态中了。短短一个多月的上班生涯,就这样,在他失望的情绪中结束了。她从一个虚幻般的世界,重新又来到人间。

04

没想到的是，这次邂逅昌晶晶，她却提到了那块水胆水晶，说实话，陈文飞已经忘了还有那么一块石头。他记得她说过，要把那块水晶还给他。本来已经遗失的水晶，突然要失而复得了，就像意外得到一笔可观的财富，或者一笔死款突然复活，或者和昌晶晶的邂逅一样，是一件值得欣喜的事——如果能再见到她，就更是喜上加喜了。可她为什么又玩起了失踪？和当年的失踪如出一辙。不，当时是因为不甘忍受李章鱼的折磨，才换了手机号码，那么现在呢？现在是又为了什么？难道真的是那个偷接她电话的男人给她施加了压力？这是完全有可能的，就是对她施暴也有可能。如果真那样，他真后悔不该打那个电话了。三年前和她失联时，在初始阶段，陈文飞还觉得她会来个电话或重新加他微信什么的，后来终于还是没有电话来也没加微信。这次出人意料的邂逅，以为能重续前缘，而且这一次和前一次完全不一样，上

第二部　加减

一次和史丽娟还有半死不活的婚姻，这一次可是个十足的王老五啊。没想到结局和上一次的结局一样，简直就是复制粘贴。玩失联也是"90后"的时尚吗？

夜色已深。路上几无车辆，更无行人，只有形单影只的陈文飞和孤零零的树影。

踟蹰一会儿，陈文飞拿出手机，看看时间，已经是第二天子夜一点了。这个时间实在太晚了，就连夜间开业的小饭馆，都关门谢客了。

要回去吗？陈文飞不甘心，再一次给她打电话。陈文飞想，不管是谁接电话，不管是昌晶晶，还是那个陌生男人，都要跟对方讲话。陈文飞觉得他这样躲躲藏藏真没意思——既然已经来到她家楼下，还是做出点什么吧。

陈文飞仰望着她家已经黑灯瞎火的窗户，听着手机里发出有节奏的呼叫声，期盼能有人接听。但是，还是没人接听。再打，仍然如此。难道她睡着啦？也许是的，不然不会黑灯瞎火吧。那么，睡吧，好梦。

正在陈文飞失望地准备离开时，一个窗口的灯突然亮了。真让人惊喜啊，一定是她手机的铃声惊醒了她。既然这样，陈文飞就有信心继续打她手机了。但是再打，出人意料地关机了。怎么会这样呢？她一定是听到手机声，才专门起来关机的。看来，真有什么无法言说的隐情了——就算她先生在家，接个电话也没问题吧？那么，发个短信呢？或者在微信上留言。不能，那样会留下文字这个把柄的，如果她先生很在意或怀疑她这个陌生电话的话，还是什么痕迹也别留下吧。

灯又熄了。不会发生打斗吧？陈文飞屏息敛气地听了听，

167

什么声音都没有，只有树上的虫鸣。

陈文飞最终准备离开树下时，有些难受，不是依依不舍，不是无可奈何，也不是悲观失望，就是有种说不出的难受。

在离开之前，陈文飞下意识地看一眼斜对面的小饭馆。小饭馆门厅里有一盏灯，不是太明亮的灯，照得门口空空荡荡的。不久前，曹小玲的身影还在那里闪现，还有那个小气的胖老板，一眨眼就没了踪迹。不过也难怪，毕竟夜深了，谁还不抓紧睡觉呢？只有陈文飞，像小饭馆门空里的那盏灯，白煞煞毫无质感。陈文飞突然觉得自己很傻、很无聊、很没意思。你在等什么？等一个拒绝还是等一个承诺？且慢，拒绝和承诺都是他想要的。如果拒绝了，说明这场邂逅有个了结。如果还有什么承诺，就是能保持一般的友情，说明这场邂逅还是有意义的。而现在什么都不是，突然就有些不甘心了。

夜色清静，街灯也清静，树上夏虫的歌唱似乎在为陈文飞送行。陈文飞最后望一眼昌晶晶家被夜色和街灯笼罩的模糊窗帘，也想和夏虫一样，鸣唱几声，表示他的存在，也为自己送行。但他没有唱，一时没找到合适的调门。

陈文飞走在城市的街巷里。陈文飞熟悉回家的路，那是他租住的一个新的小区。在横穿枫林路、插上万润街时，他发现身后有个人。再过几条街巷，即将拐上人民桥头时，陈文飞确认那个人是在跟踪他。没错，确实有人跟踪。陈文飞假装正常地走过人民桥，速度放慢地拐到红旗路上，突然回头望。那个人就在他转头时，也机灵地躲进桥垛下了。陈文飞乐了。虽然跟踪者反应敏捷，还是慢了半拍，陈文飞看到她花布围裙子的一角了。对，正是小饭馆服务员曹小玲。真有意思，陈文飞想，曹小玲在跟踪,有什么好跟踪的呢?但陈文飞还是愣了一下,这么说,她知道路边树影里一直躲着一个人了,这么说,她一直知道他在观察昌晶晶家的窗户了。或者说,她知道他在等昌晶晶。其实她可以在他躲藏时,当场戳穿他,可以喊他去吃小饭馆的烤串、喝啤酒。但她没有喊,而是在夜深人静的时候,选择跟踪。这可是个危险的信号。因为一般情况下只有男人跟踪女人,哪有女人跟踪男人?何况她还是一个姑娘,不怕有什么危险?想到这里,陈文飞倒替她担心了。

陈文飞决定回头找她,把她从桥堍底下叫出来,然后送她回家。

但是,当陈文飞走到人民桥头时,一个人影都没有了。人民桥是一座单孔石桥,是一座古老的石头桥,从人民河上横跨而过。本来这个桥不叫人民桥,叫妖怪桥,大约是桥上会作妖作怪吧,不知什么时候改成这个名字了,可能是因人民河而得名吧。真是作怪了,陈文飞明明看到曹小玲的,她连花布围裙都没有换掉,怎么会一个人影都没有呢?河边的景观道上,藏在花丛草地里的地灯坏了好多,偶尔一两盏,从花丛草地里射出白光,照在树上,影影绰绰的,更显得鬼气森森。

"曹小玲,"陈文飞叫道,"小曹,曹小玲……别躲啊,快出来,我送你回家,我看到你了你还躲,出来吧!"

没有人回答。

"小心别踩空掉进河里啊,河里有水鬼的,专门在晚上出来逮人,特别喜欢逮漂亮女孩子,逮回家就要和水鬼成亲入洞房。你要想当水鬼的老婆你就别出来好啦!"

还是没有人答应他,只有黑乎乎的河水发出异臭味。一阵冷风吹过,河边柳树上长长的枝条随风摇曳,河道里发出沙沙声,不知是水的波纹,还是真有水鬼在喘息。陈文飞不知道曹小玲会不会害怕,他自己反倒怕了。河边景观道上突然出现几个走动的黑影。陈文飞紧张细看,方才辨清是几对被他惊起的情侣。陈文飞知道那些花丛里分布着供人休息的长椅,长椅上会有情侣约会。曹小玲会不会躲在那里?也许并没有曹小玲。也许是陈文飞的幻觉吧?不会,错不了。那她不会真的掉进河里吧?陈文飞赶快拿出手机,给曹小玲打电话。电话刚响就被掐断了,挺粗暴的。还好,她回复的短信马上就到:"睡了。啥事啊?"陈文飞没有多说,只回了个"晚安"。她也回了个"好梦"。但陈文飞知道,她就在附近。既然她不想暴露,那就让她喂蚊虫吧,好在这里是情侣集散地,人多,不会被强暴的,而且她跟踪的目的也达到了,陈文飞不过是回家而已,身边并没有昌晶晶,他也没有潜伏进昌晶晶的家里。

05

陈文飞躺在床上，手边是一堆杂书，主要是几本《水晶文化》的旧杂志，是他从柏士驹那里拿来的——他任杂志的编委。离婚以后，陈文飞和柏士驹来往比以前密切多了，一来是他的经济来源是柏士驹，和柏士驹交往，也带有监管柏士驹的意思，毕竟他现在不比从前了，没有家庭这个大锅饭了。二来也想利用柏士驹这层关系，建立人脉，为以后开拓自己的客户做铺垫。所以，离婚以来，他去了柏士驹家好几次。柏士驹是个老狐狸，每次见到陈文飞，都能沉得住气，引而不发地和他周旋些无聊的话题。陈文飞得不到实质性的东西，只好以借历年来的水晶杂志来掩饰。杂志倒是越借越多，却读不进去，有时都读了一页了，还不知道读了些什么，有时盯着杂志里的水晶艺术品的彩页发呆，幻想着这些水晶艺术品突然变成他的了。从前无聊时养成的午睡习惯，拿起书就犯困的好习惯，现在也不灵了。是啊，昌晶晶的失联，让他心事重重，也多了许多想法，主要还是怕昌晶晶出事，出各种事，被家暴，被毁容，甚至想到了被杀害，被抛尸体。陈文飞有些不寒而栗，现在越发觉得打她电话是一种冒失了，给她带来大麻烦了，而且这种麻烦还在发酵，有可能已经造成了后果。要不要在以后的某个夜晚，再去她家楼下守望？这种笨拙的守望或许能刺探一星半点的有效信息——如果她家家庭矛盾激化，不可能没有一点动静。陈文飞马上发觉这种想法无聊透顶，幸亏只是想想而已，因为这是对他们的另一种骚扰。但，且慢，万一她真的遭遇了毒手，他也能在第一时间解救吧？想到这里，陈文飞对自己的无知都觉得好笑了。

更可笑的是曹小玲，这个乡气而可爱的小丫头，打情骂俏倒是不错的对象，没想到她当真了，她的跟踪，真的是怕陈文飞和昌晶晶重叙旧情的。她在跟踪陈文飞的第二天一早，就通过微信和陈文飞联系了："这些天跟我玩失联，昨晚怎么突然打电话啊？那么晚，半夜三更的，什么事？"陈文飞想，你就装吧，你装我也装。陈文飞没有回复她。她既然说陈文飞失联，那陈文飞就继续失联好了。但她很快就给陈文飞发了一组照片。照片都是关于窗户的，而且都是昌晶晶家的窗户，除了几张紧闭窗帘的照片，有一张的窗户别具一格，天蓝色的窗帘显然半拉开了，窗口站着一个人，虽然只是半个身位，也能看出那不是昌晶晶，而是一个男人。这张照片曹小玲发过一次，虽然不是完全一样，也可以断定是同一时期拍的。曹小玲连发两次，无非是告诉陈文飞，昌晶晶家有男人了，你就别去掺和了。曹小玲真是煞费苦心啊，说明她真的喜欢上陈文飞了。同时也说明，陈文飞那点小心思，被她摸得清清楚楚，这激起了陈文飞的逆反心理，越是这样，越

第二部 加减

是要见到昌晶晶,越是要和昌晶晶重叙旧情。

　　天气还是热了起来,热,是这个夏天的主旋律,雾霾重重的热,让人有喘不过气来的感觉,让人觉得置身在一个密封的大锅里。除了热和雾霾,还有风。从太平洋刮来的海风总是咸涩的。风倒是会短暂地吹走雾霾,却同样的让人难以忍受,像泡在盐卤里,浑身上下一直盐潮卤辣的。无论什么样的坏天气,陈文飞再去昌晶晶家楼下的想法还会随时冒出来,尽管陈文飞也知道那是无聊的守望,最多增加自己的胡思乱想而已。但这种想法挺坚强的,似乎在考验他的毅力。与这种想法想伴而生的,就是曹小玲,这个机灵鬼会发现的,会用手机对着树下乱拍一通的。曹小玲真是烦人啊,她最好离开那家小饭馆吧,最好……算了,你要跟踪就跟踪吧,没什么可怕的。

　　夜幕降临了,陈文飞在街头无所事事地转悠,忽而看看跳广场舞的大妈,忽而躲在电线杆旁翻微信,陈文飞的朋友圈子很小,实在没有什么值得反复看的新闻趣事。于是,他来到这条老街,闯进了昌晶晶家楼洞,找到了电梯,按了五层的按钮。陈文飞突然做出这样的决定虽然有点冒险,也挺刺激的。可是他找不到昌晶晶家的门洞了,五层并没有错,却没有一扇门。这是怎么回事?五层怎么会没有一户人家?没有门好办,可以画一扇门啊。陈文飞捡起一根小树枝,在粉白的墙上画了一扇门。在陈文飞抬手准备敲门的时候,在他抑制不住心跳的时候,他画的门竟悄然打开了。

　　昌晶晶笑意朦胧地站在门空里,吃惊地说:"是你啊,吓我一跳,怎么不敲门?"

　　陈文飞说:"碰巧路过这里,看你家窗口亮着灯,就来看

173

看……"

陈文飞本想说"看看你"的,却把后一个字省去了——他不知道她家是否还有别的人。

昌晶晶把陈文飞让进了屋里。她家的客厅很宽敞,摆设也比较华丽。陈文飞坐在沙发上,接过她端来的水。陈文飞发现昌晶晶美丽得让人惊愕,除了青春的风采依旧,还增添了少妇的风韵。她穿一身碎花的白色棉质睡衣,睡衣的领口里是深深的乳沟,陈文飞对那儿不能说了如指掌,但也并不陌生,当年突然挣开的纽扣,那半裸的胸脯和长长的脖颈,已经深深地印在他的心中了。她给陈文飞上茶时,陈文飞从领口里还看到她悬挂的乳房。陈文飞心跳跟着就少跳了一下。昌晶晶示意他喝茶,然后就坐在他的一侧。她身上飘散着说不清的芳香。这种芳香是不安定的,它簇拥在四周。他们一时都没有话。其实陈文飞一直在注意室内的动静。她丈夫或同居者,该出来和他这个客人打个招呼啊,怎么会无动于衷呢?昌晶晶大约看出他的心思了,说:"你喝水。"又说:"到家了,就不要客气。"她看着他,一笑,继续说:"你这么拘束干啥?家里又没有别人,那个……他出差了,我先生去了海州,要有几天呢。"陈文飞这才松口气。但是,有一个问题就像影子一样挥之不去,昌晶晶怎么知道他要来她家而主动开门呢?昌晶晶似乎知道他心里的疑问,抿嘴笑了,像少女一样羞涩地说:"我会算……掐指一算,你就要来。对了,要不要听听音乐?"陈文飞说:"可以。"可她并没有去放音乐。她眼睛盯着他:"想什么?我知道你想什么?"陈文飞感兴趣地说:"当然,你会掐指一算嘛……你知道我想什么啦?你说说看。"昌晶晶诡秘地说:"不想说,对了,我把你那块水晶找给你。"陈文飞说："算了，送给你了。"她说："那怎么行？我要它没有用，对你说噢，我是没注意才装进纸箱带回来的。我才不想要你那破水晶呢。哎，你把我号码丢了吧？怎么不给我打电话？"陈文飞说："我给你打了，打了好多次，一直没人接。"昌晶晶惊诧地说："不会吧？我手机一直开着的。"陈文飞说："怎么不会？我正想问你呢，你为什么不接电话？"昌晶晶说："不可能，别人电话我能不接，还能不接你的电话？你一定记错号码了。"陈文飞说："要不现在试试。"说着陈文飞就拿出了手机。她显然没有想到陈文飞会来这一招。她瞟他一眼，略有惊慌地说："你试试看。"陈文飞拨了她的手机号码，她身边的手机突然就响起来。陈文飞说："怎么又通啦？"她说："怎么会不通呢？"她也露出一副匪夷所思的样子。接下来，客厅里一下子变得十分安静。陈文飞看着昌晶晶，她正在玩她细长的手指。她把手指和手指叠在一起。陈文飞情不自禁地拿起她的手，说："我帮你看看手相……还记得当年我常帮你看手相……"她看他一眼，向他身边挪下屁股，轻柔地说："好好看看啊，不准要罚你的！"她的手很冰，像冰棍一样。陈文飞感觉她的手在战栗。陈文飞嗫嚅着说："我要犯错误，要犯错误了……"陈文飞还没说完，她就扑进他的怀里。这时候，门突然开了，进来一个男人，五短三粗的身材，手里拿一块水晶，一声不吭地走到昌晶晶身后，举起手里的水晶，狠狠地砸在昌晶晶的后脑瓜上，昌晶晶的脑袋突然响起来，像电话铃一样悦耳。

　　陈文飞一个激灵，被突然而至的电话铃声吵醒了，梦也碎了，伸手摸手机时，床边的一摞书被他碰到了床下，"哗啦"一声。

陈文飞一身冷汗，大中午的，竟做起了梦，春梦和惊梦。陈文飞顾不得回味，就接通了电话。

是曹小玲打来的。又是曹小玲，真该死，破坏了他的梦。

"猜猜我看到谁啦？"曹小玲惊恐而小声地说。

"谁？"

"猜猜。"

"没兴趣。不说我挂啦。"

"真没耐心，"曹小玲继续压低嗓门，"我看到你那个长脖子女朋友啦，她和一个男人逛街，真的，从我们店门口走过。哈哈，那个男人太丑了，还是个胖侏儒，你有机会啦！"

曹小玲竟然会这样说话，竟然会告诉他这样一个消息，陈文飞一时无语了。

"喂？在吗？"

"知道了。"他说，"我在读书，别闹啊。"

"谁闹你啊，真的。"

"什么真的假的，跟我有什么关系！"

"你说的呀？"

"怎么啦？"陈文飞略有后悔了，"真没关系……"

"呸！你这人，就是口是心非不好……好了好了，好心拿当驴肝肺，不理你啦，读你的书吧！看你也不像个读书人，我呸！"

陈文飞没有读书，连读书的意思都没有——曹小玲提供的信息还是挺重要的，她进一步证实陈文飞打昌晶晶的电话是多么错误。

陈文飞对曹小玲多了份感激。

第二部 加减

　　大约是为了证明自己没有撒谎吧，曹小玲又用微信给陈文飞发一张照片，虽然是背影，陈文飞也能认出那个女的确实是昌晶晶，可气的是，那个男人陈文飞依然没有看清楚，因为被另一个行人挡住了半个身位，而且是街的侧对面，那里离曹小玲工作的小饭馆有四五十米的距离，加上她发现时，已经失去了最佳拍摄位置，所以照片质量很差，放大了看，就模糊成马赛克了。
　　在一天余下的时间里，陈文飞都在翻看手机，看曹小玲发的这张照片。在这样的翻看中，陈文飞渐渐意识到了什么，他理解并接受曹小玲的良苦用心了。当曹小玲再次在微信朋友圈上发一组照片时，他毫不犹豫就点了个赞，虽然那是一组无聊的街景。这是要剧情逆转的节奏吗？陈文飞开始问，喜欢曹小玲什么呢？难道昌晶晶的出现，就是要下决心喜欢曹小玲吗？好吧，生活就是命运，得等明天再看看啦。
　　真让人惊喜啊，昌晶晶突然打电话来了。
　　陈文飞是在去老街的路上接到昌晶晶的电话的。确切地说，是在准备去小饭馆吃面的路上接到昌晶晶电话的。是的，陈文飞打算忘掉和昌晶晶邂逅这码事了，他打算重新回到去小饭馆吃吃喝喝的生活节奏中去了。而就在这时，昌晶晶打他手机了。电话里，昌晶晶没向他解释什么，直接邀请他去她家做客，就今天，就现在。她语气平和、温馨，没有一丝一毫勉强自己的意思，更不是和他商量的口气。这让陈文飞非常惊奇，她知道陈文飞给她打过电话了，不道歉也就罢了，应该解释一句吧？就算不解释，她又怎么知道他一定会答应赴约？好吧，也许这才是真的生活，既然她不解释，他也没必要再询问了。另外，曹小玲所拍的照片说明，她有男人了。那么问题来了，她男人在家吗？如果她男人在家了还邀请他去，说明她心底里特别安静。陈文飞心里既矛盾又期待。矛盾的是他不知道见到她男人时该怎么去面对，期待的是她男人此时此刻并不在家。

下午三点多，陈文飞走进了昌晶晶家所在的小区。

虽然是在老城区里，却是相对高档的住宅小区，名叫时代花园，大门在枫林路上，面向老街方向的是一个小门，平时都是关着的，进出必须刷卡。门卡也只有小区的住户才能办理持有。整个小区的风格，类似于江南园林。所以当陈文飞从枫林路大门走进小区时，立即有耳目一新之感。小区的绿化十分好，一进大门是个巨型的花坛，花坛中间是个喷水景观池，此时正在变幻着各种喷水的造型，忽而交叉，忽而心形，忽而莲花状。仅从这一点，就可见小区的奢华。正植夏季，花坛里生机盎然，各种常青树青翠欲滴，道路旁摆上的花卉品种多，有的花朵大，有的绿叶旺，足可夺目。走在美丽的花丛中，陈文飞只能走马观花，无暇细看——他性急地寻找昌晶晶家所在的那幢楼。

让陈文飞深感奇怪和惊喜的是，电梯所在的位置和他梦里的一模一样。

在等电梯的一两分钟内，陈文飞心里莫名地紧张起来，就要见到昌晶晶了。

陈文飞进入电梯，很快来到五层。还好，五层有门——和梦里还是有差别的，不需要他在墙上画门。不过也只有一户门，一梯一户，真是牛的小区啊。门的方位倒是和他梦里的如出一辙。

陈文飞轻轻敲响那扇暗紫色的防盗门。

门开时，是昌晶晶一张干净的脸。她微微带有笑意的样子让陈文飞紧张的心稍稍平静了些。陈文飞也回应她的笑而微笑着，同时把手里的一束花递给她。

"客气啊，还带花来，谢谢，谢谢。"她接过花，请陈文飞进屋，用脚轻踢她脚边的一次性拖鞋，而且站在一边，看着他穿好一次性拖鞋，才又说，"来，来，这边请，请。"

她在陈文飞前边走，穿过一个类似过厅的小厅，来到一间大客厅。

客厅真大啊，又气派又考究，用时下流行的话说，太土豪了。

她把花放在靠墙的一张红木案几上，引着陈文飞到一组沙发边，笑吟吟地说："站客难服侍啊，请坐，吃水果。"

陈文飞谨慎地坐下了。陈文飞不想吃水果，单刀直入地说："就你一人在家？"

"他出差了。"

她说的"他"，一定是她丈夫了。不知为什么，陈文飞心里有种如释重负的感觉。是因为"他"出差了吗？显然不是，是她真的有"他"了。也不一定对。她已经成家了，有男人了。而且能住这么豪华的房子，说明他们特别有钱，加上她滋润的肤色和随意而考究的装束，都在告诉他，她生活是安逸的、幸福的，甚至是奢华的。

"你家房子真好啊！"

"好什么呀，随便住住。"她话里充满得意，"我带你参观一下啊。"

陈文飞站起来，随她参观了几个房间，琴房、健身房、更衣间、饭厅、茶室，还有书房。在走进书房时，她说："这是我的小书房。你随便看，我去烧水泡茶啦。"

她的书房确实有女人味，说"小"，一点也不小。书倒是不多，书桌上有个苹果笔记本电脑，还有平板电脑、充电宝、充电器什么的，有几盆正在开放的花，陈文飞一样也叫不出名目。墙上挂一幅她的写真照片，侧身转头的那种，应该叫回眸一笑吧，露出了香肩和美臂，关键是她迷人的长颈，在这张照片上尤其光彩照人，细腻的、紧绷而光润的肌肤，若隐若现的蓝色的血管，都是那样感人至深。陈文飞心里突然窒息般地紧张一下，赶快从她的照片上移开目光。陈文飞怕她看出自己的心理反应，虽然只是照片。陈文飞走近书橱，参观一下她的书。不是有人说过嘛，书房轻易不暴露给陌生人，因为通过读什么书，就会知道这个人的斤两。陈文飞倒不是想知道她的斤两，他不过是对书的热爱罢了。和许多小女人一样，她也喜欢把一些小摆设放在书橱里，有她嘟嘴卖萌、娇艳如花的精美照片，有一把八卦龙头捆竹小紫砂壶，有各种首饰盒。可能是身处水晶之都的缘故吧，几样水晶工艺品也很有特点。关键是，陈文飞看到他那块水胆水晶了，昌晶晶显然是个有心人，给这块水晶配了个红木底座，更显精致了。出于好奇，陈文飞试图拿出这块水晶看看，却不小心带掉了一个小盒子。陈文飞赶快捡起来，看到盒子里是一枚镶了粉红宝石的金戒指。陈文飞紧张了，怕摔坏了她的戒指，多看一眼，却发现金戒指上镶的粉红色宝石并不是什么宝石，而是一枚纽扣。她领口丢失的那枚水晶纽扣，一跃变成这副模样了，哈，真是太有趣啦！

"过来品茶还是继续参观？"昌晶晶的声音传过来了。

陈文飞迅速把首饰盒放回书橱，佯装看书的样子，说：

"啊,都行。"

昌晶晶走了进来,也走近书橱,说:"乱死了。"

"挺好啊。"陈文飞敷衍着。

她整理一下凌乱的首饰盒子,说:"他送的,都是垃圾。嘻嘻,你这块水晶不是,是宝。"

陈文飞"呵呵"笑两声,随手抽出一本书,心思却不在书上,而是想着她的"他",这是个有趣的人还是个无聊的人?怎么送了颗纽扣?送纽扣是什么意思呢?是把心给扣住吗?还要把两颗心扣在一起?她的纽扣不会无缘无故掉下来的,一定是受了某种力。陈文飞突然间似乎明白了什么:啊?这样啊,这枚纽扣首饰,是李章鱼送的……没错,这枚纽扣也是被李章鱼扯掉的,在李章鱼的办公室扯掉的……怪不得。那么,这间豪华大宅的男主人也是李章鱼?

"没有几本书的,我读书就是玩。这边还有一间大书房。"她说,"带你来参观下。"

她在说"大书房"往后的话,口气突然不太自然,似乎还不安地瞟了陈文飞一眼,声音放低地说:"他的……书房。"

这真是一间大书房,风格也和她的书房完全不一样,全部是红木的家具,书也很少,有限的书多为精装本(豪华得像假书),书桌上略有零乱,地板上放着一个巨型紫水晶聚宝盆,书房的墙壁上,一幅超大的彩色照片吸引了陈文飞。照片是双人照,虽然做成了油画色调,增添了浪漫和朦胧,陈文飞依然能够认出女人是昌晶晶,男的呢,陈文飞没有大吃一惊了,他不是别人,就是李章鱼!这个发现如果没有那枚纽扣首饰的出现,他会感到太突然的,但当终于尘埃落定时,还是让陈文飞一时没有反应过来，脑子瞬间闷了一下，气息也没有调均。真的是他？怎么会是他？难道昌晶晶几年前的突然失踪，完全是假象？所谓的失踪，就是和李章鱼结婚？不，他们不是结婚，陈文飞恍然大悟了，昌晶晶是顶替了小爱的角色，顶替那个以假怀孕来欺骗李章鱼的漂亮东北女孩。这个剧情反转太大，以至于让陈文飞瞠目结舌。

屋里的空气瞬间凝固了。

"想什么……呢？"昌晶晶轻声问。其实她知道陈文飞在想什么。她定定地看着他，眼睛突然湿润，突然泪花闪闪。

"我……"陈文飞没说出来，向她靠近一步，怜悯地把她轻轻搂进怀里。

似乎早已约好一样，她谨慎地贴到他身上，喃喃道："知道你会……会骂我吗？"

她没等陈文飞说话，就用力把陈文飞抱住了，脸埋在他的胸窝，肩膀耸动着，还是没有憋住，恸哭起来。

她真切的哭声感染了陈文飞。陈文飞也渐渐搂紧了她，内心涌起的悲哀像潮水一样铺天盖地。陈文飞的眼睛也模糊了，低下头，吻她的头发和额头。她扬起泪眼蒙眬的脸。

他们情不自禁地疯吻对方，激情的潮水瞬间淹没了他们。

是陈文飞把她抱进大卧室的。陈文飞很疯狂，想到那个李章鱼，他把她从床上抱到床下，抱到客厅，抱到她家各个角落。他恶毒地想，他要在她家的每一寸地方留下他们的气息，气死那个李章鱼。她似乎看透他的心，顺从、迎合他随意摆布，还不时发出笑声、哼唧声、喘息声和尖叫声，先前的泪水，早已经化成了欢乐，化成了快意。

事后，他们双双躺在厨房的地板上，她凌乱的长发流淌在陈文飞的胸窝里，似乎感觉到了他的用心，她娇羞道："你呀……你呀……噫噫噫……喜欢你这个样子……"

"你要为他生个儿子吗？"陈文飞想起小爱没有完成的任务。

"我不想离开他……他改变了我们一家……"她不愿继续这个话题，"你工作好吧？"

"工作？"陈文飞想说他没有工作，但他还是把她岔开的话拉回来，"要生吗？"

她没吭声。

她没吭声就等于说是了。陈文飞也没吭声。

过一会儿，她问："你没有工作吧？需要我帮你吗？"

"不需要。"

"当时在硅微粉公司，真想你一直在啊……可是，可是是我先走的……"

也许这才是她的真话，但陈文飞心里却充满巨大的悲伤。

"还来吗？"她问

"当然。"

她搂了搂他，说："你来陪陪我，我感谢你……但是，我们不会相爱的，知道我的意思吧？我一点也不爱你……别问为什么，我也不知道为什么，就是不爱……我不是说假话，我不说假话。你也别爱我，知道吗？"

"知道。"陈文飞说。陈文飞知道她是在说假话。

"我可是要跟他……生儿子的……我们……这样也蛮好……"她终于还是说了，虽然磕磕绊绊，虽然气息老是不畅，老是有一口气憋着,不能畅快地喘出来,但陈文飞全听懂了。

陈文飞没有再接她的话,他脑子里出现的,是李章鱼的画面,是李章鱼的各种脸。陈文飞要一拳把李章鱼的脸打花,要在他脸上屙大便,把他的脸变为一坨大便,要在他脸上踩几脚,把他脸踩成一张纸,要调整他的五官,总之,要把他变成不像是人,不像是灵长类动物,最好什么都不像!

"想什么呀?"她轻声道,"去客厅说说话吧……"

他们已经恢复了正常。从厨房出来,昌晶晶拐去了卫生间,还喊陈文飞去卧室把她衣服送过来。陈文飞送了她的衣服,心情凌乱地来到客厅,拿起手机,看看新来的微信,有曹小玲的话:"别忘了提醒她,把花插在花瓶里哦,养好了,可以多看几天哦。"然后是一个调皮的笑脸。笑脸过后的内容是:"我不准备在那家小饭馆上班了,等找到工作我就离开,你别再东躲西藏啦,可以去吃饭了,我保证不认识你!再会!"

她真是个人精,居然知道他给昌晶晶送了花。她看似轻松的微信,还是透出了挺多的内容。陈文飞明白她微信中的暗示——原本那点若即若离的爱意,已经就此结束了。可以说是她主动结束的。

陈文飞没有和昌晶晶再"说说话",在结束了刚才的急风暴雨、又收到曹小玲的绝交微信后,陈文飞头脑冷静多了,他意识到她家是个是非之地,虽然她说"他"出差了,陈文飞也不愿多待一分钟,甚至拂了她留晚饭的美意,告辞走了。

"明天还来吗?"她送陈文飞到门厅里,"他走了狗屎运,订了笔大单,一家大型企业要用公司三年的优质硅微粉——他又发了,所以要在上海多待几天。"

06

陈文飞没有能力拒绝昌晶晶的诱惑，一连来了几天，不消说二人每次都缠绵了许久，还说了许多体己话。从昌晶晶的话中，陈文飞知道李章鱼的那笔大单给他带来幸福的烦恼，他自己公司生产能力不足，满足不了大量硅微粉的供应，想联络晶都另几家同行，共同生产。陈文飞对李章鱼的计划毫无兴致，也不喜欢听她说李章鱼，似乎李章鱼从她嘴里说出来，就是她吐出的一口痰、一片瓜子壳或别的让人恶心的垃圾，只有在昌晶晶的身体上施暴，才能给他带来小小的快感和成就感。但过后更大的烦恼又排山倒海般地袭来，特别是在昌晶晶对他的暴力施爱很享受、很赞赏时，他觉得李章鱼就是一颗丧门星，就是一只拦路虎。如果不是李章鱼，他就能堂而皇之地带着昌晶晶出入朋友们的聚会了，就有朋友把他和昌晶晶的故事，绘声绘色地讲给史丽娟听了，史丽娟听了他的故事，那个后悔啊，那个妒忌啊，真爽，真给力。可是，依照昌晶晶现在的行状，他根本带不走昌晶晶。让陈文飞气愤的是，这个李章鱼并非是昌晶晶合法的老公，她真的就是李章鱼的另一个小爱。而她和小爱一样，也心甘情愿要为李章鱼生个儿子——这叫什么事啊？他更加真切地体会到，钱不是万能的，没有钱是万万不能的，如果自己不是一百万的本钱，而是一千万、一个亿，他就能把昌晶晶解救出来了。

有一天，陈文飞又来了。

在客厅的茶几旁品尝昌晶晶泡的咖啡时，陈文飞内心的苦恼在渐渐地蔓延，渐渐地演变成愤怒，但，嘴上说出的话却和内心翻涌的情绪完全两样："晶晶，哪天我跟你家李老板谈谈，让他多上几条生产线，扩大生产，把企业做成晶都的龙头老大，银子就像流水一样哗哗流进他腰包啦！"

"别别别，你最好别露头，他能把你宰了——别看他人矮，他浑身都是精华，都是心眼，你玩不过他。"

"不会吧？我是为他好。"

"切，你那点心思，连我都看得出来，能逃过李章鱼的法眼？"

"那就互相伤害吧，谁宰谁还不一定呢。"

"何苦呢……文飞，真的，老李精得很，睡着了都睁着眼，你一露面，他就知道是怎么回事了，你们真要是互相伤害，你无所谓，我就死定了……可我还不想死……也不能死啊！"

陈文飞心里有所触动，低头不吭声，·稍停片刻，突然牛哄哄地说："敢不敢信我的话，晶晶，不就是钱吗？啊？明年这时候，我比他姓李的还有钱……你等着瞧！"

"文飞，怎么像孩子一样斗气啊？"昌晶晶有些哽咽了。

186

第二部　加减

放在沙发上的手机像附和昌晶晶的哽咽一样，突然响了，声音很大，正好岔开了昌晶晶的伤感。陈文飞看来电显示，是柏士驹打来的，更豪气地说："看看看看，我说吧，财神爷来了，送钱的电话——喂，柏老板……好呀，好好好，我晚上到……商量什么事？是不是要发大财啦？哈哈哈，我就知道是关于钱的事嘛……好，一会见！"挂断电话，他又对昌晶晶说："听到了吧？我现在玩资金——拿钱生钱，这是最赚钱的方法。我朋友柏老板约我在罗马假日咖啡——你这杯咖啡留着，我先去罗马假日咖啡店喝一杯，下次再来喝你的咖啡。"

陈文飞离开昌晶晶住处，匆匆赶到约定地点。

让陈文飞没想到的是，外号"吸钱兽"的柏士驹也会发生资金问题——柏士驹脸色像冷酱猪肝，眼睛突然就多了一圈白眼珠，对陈文飞说："出了点小纰漏——你先坐下——张老板一会也过来。"

陈文飞看他一脸的晦气相，知道出事了，不会是有人跑路了吧？一百万可是他全部家产啊，他一脸疑惑地望着柏士驹。

"别紧张——有一笔款发生点小问题，葛萍萍知道吧？你不知道？你点头不能使点劲啊？点头跟摇头一样，瞧你那点出息。对，就是这个葛萍萍，搞石英粉厂的葛萍萍，我知道你晓得她，她用款两百万——其中有你那一百万——当然，我只是给你做钱，贷给谁是我的事——但是，这笔款账期到了，就今天，其中你的钱连本带息一百三十五万，利息部分有你的三分之一，已经按月打到你账上了——这个葛萍萍呢，现在是活不见人，死不见尸体，我已经跟讨债公司的兄弟通过气了，明天开始行动。但是，葛萍萍躲债的水萍很高，听讨债公司的兄弟们讲，他们替别人追过债，几次都没有扑到她，最后她都是躲了几天后，才还了款项——找你来，是让你想办法找到她——听说她和你前妻是同学、好朋友。"

陈文飞松一口气，很轻视地看一眼柏士驹，觉得他是小题大做了，说："这年头找到好水晶很难，找个把葛萍萍太简单了吧？"

"别大话吹过了头，等你找到了再说——你打算怎么找到她？"

"打个电话。"

"你是哪个星球上来的？打个电话能找到她我还请你来？喏——"柏士驹把一张纸条拍到桌子上，"这是她的号码，你打试试。"

陈文飞颇不服气地拨了一串号码，手机里传出的是机械的声音："您拨打的电话暂时无法接通，请稍后再拨。"

柏士驹不屑地冲他吐着烟圈。

"我还有一个办法，叫史丽娟找她。"陈文飞想都没想地说。

"就是这个意思——你小子要学会动脑子。"柏士驹显然已经做了预案，"她们是同班同学，又是好朋友，总有办法能联系上。不过你和你前妻的关系怎么样？你也要考虑好怎么说——这个事先放放吧，等会张老板过来，我跟他说话，你别多嘴，能听懂就听，听不懂不要插话——明白了吧？"

陈文飞被柏士驹弄得神经兮兮，他摇动了一下头——不知是点头同意，还是不明就里。

一会儿，张老板到了。

张老板不知害了什么病，特别瞧不起陈文飞，他眼睛看着柏士驹说："小陈也在……柏老板什么事这样急？我正跟朋友谈事情呢。"

"出了点事。也不是什么大不了的事，不过还是要跟你通报一声，你在我手里的款，出了点岔子，有一笔款——数额还比较大，就是葛萍萍用的那笔，今天到期了，可姓葛的玩了失踪，本利无法按时回——我知道你会说这不是你的事，你只要你该得的那部分——这个你是要放心的，我柏某人不是不讲信誉的，只是呢，我们要共同制定一个方案，把这个姓葛的找到，挖地三尺也要找出来。我听说她还有别的欠款，肯定是谁先找到谁先得利——张老板交往广，如果我让讨债公司去收债，万一出什么岔子，啊，咱们可是一根绳子上的蚂蚱，要跑一起跑，要死一起死的。"

张老板听了，没说话。他能说什么呢？他说正跟朋友谈事情，所谈的事也是民间借贷出了差错，用钱的债主不是别人，正是葛萍萍——他有两笔钱都是借给葛萍萍的，看来这个葛萍萍真是摊上大事了，如果她真要是资不抵债，那可就本利无归了。不过姓柏的不是已经说了吗？该他的一分不会少，何况合同也不是白签的。

"就这么个事啊？电话里可以说嘛——柏老板是最讲究契约精神的……哈哈，圈内哪个不知？柏老板放心，你照你的思路出牌，不论出什么岔子，我都支持。再说了，欠账还钱，天经地义，她葛萍萍不会不知道吧？"张老板中气十足地说。他看桌子上的茶具，看容器里好看的茶汤和飘散出的淡淡的清香，心思并不在茶上，悠远道："柏老板真沉得住气，还有好心思品茶——我是陪不了你了，我朋友还等着我去请他吃饭呢，茶我就不喝了，改天我请你喝酒，先走啦！"

柏老板也没送他。柏老板的目的达到了——这种通报，实际上就是缓兵之计，等于提前打招呼。他又对陈文飞说："文飞，改天张老板请客你也来，我还要再等个客人。"

陈文飞听出来，这就是下逐客令了，也起身告辞了。

"有葛萍萍的消息及时对我说。"柏士驹对着他的后背说，"没有消息也说一声。看你的啦！"

包间里只有柏士驹一个人了，他自冲一杯茶，小饮一口，嘴里发出古怪的声音，不知是品咂茶香，还是觉得这两次接见很成功。其实他已经掌握了葛萍萍的行踪，葛萍萍哪里都没去，她就在自己的企业里，就在车间里干活，只是她像个地下工作者一样，化了装，谁也认不出来她了。据说她已经不是第一次以这种方式躲债了。当他的线人把这个消息告诉他时，他暗自得意，得意他能够精准地掌控了葛萍萍，可以随时随地采取行动，让她连本带息吐出钱来。

第二部　加减

07

　　陈文飞打电话给史丽娟时，史丽娟刚和江大海大吵了一架，冤屈还憋在心里，陈文飞正好成了她的出气筒，她把手机当成了陈文飞，厉声说："你打我电话干什么？毛病啊？脑子进水啦？你以为你是谁啊？不得了了还，敢打我电话？……别跟我说孩子的事，你心里还有孩子？孩子是我养的，关你什么事……对，怎么啦？我把孩子放在我妈家还错啦？什么？什么什么？葛萍萍？你找葛萍萍不会自己找……你打不通她电话我就能打得通？毛病了还是，不晓得！"

　　史丽娟愤愤地掐断了电话，还冲着手机骂了句"毛病"，仿佛手机就是陈文飞，她随手就把"陈文飞"扔到了沙发上，还对着"他"瞪眼睛——史丽娟还没有缓过来——不是因为陈文飞这个电话，是因为她和江大海刚刚因为葛萍萍的事而起了争执。

　　"谁呀？"

"还能是谁？最不想见的东西——他不是人，他就是一条狗，癞皮狗——呸呸呸，我可不想污蔑一条狗，他连狗都不如，就是一坨狗屎！"

"陈文飞？"

"不是他还能是谁！"

"陈文飞打听葛萍萍？"江大海若有所思地说，"他打听葛萍萍，可不是什么好事。"

史丽娟的气消了点，她愣愣地望着江大海，眨巴一下眼，担忧道："你的意思，陈文飞也在找葛萍萍？"

"我觉得是。"

"他找葛萍萍会有什么事？"

"你说呢？"

"我最讨厌卖关子了，有屁快放……我知道个鬼啊？"史丽娟这两天的脾气特别暴躁，对谁都没有好语言，对谁都没有好脸色。她跟江大海也是经常发些无名之火，发完了又后悔。这当儿她又觉得说话重了，说到"鬼"时，声音已经弱多了，仿佛自己心里藏着鬼。她若有所思地想了想，轻声道："葛萍萍再不济也不会欠陈文飞的钱吧？再说了，陈文飞哪来的钱借给她？不会不会……"

"这个嘛，你说不会就应该不会。我担心是有人托请陈文飞打听葛萍萍。你想啊，葛萍萍欠那么多人的款和那么多的利息——你别那样望我好吧，丽娟？你眼神就像一把刀子，我哪里知道葛萍萍会欠那么多债啊？还以为像她说的那样，只欠个两三百万呢。是的，你骂得好，是我误导了你，把你的七十万也搭上了，我们别再争这个了好不好？当务之急是找到葛萍萍，跟她商量怎么办——她现在日子更加难过了——看看看看,你又那样看我,你又要说我护着葛萍萍是不是?上次我亲眼看到她躲在车间里,化装成工人干活的,连我都没认出来,谁知道她现在又玩什么花招呢?"

"也怪我,我不应该责备你……我……我……责备你了吗?我也是急啊,自从那天和葛萍萍没有见上,这都好十几天没有音讯了,连陈文飞这种人都有人利用,看来是挖地三尺也找不到她了。"

江大海欠欠屁股说:"找能找到,可找到了又怎么样?我们得想好了办法,要么拿钱去救她,以钱砸钱,把她救活了,要么像别人一样,逼她还债。我担心的是,就算逼死她也还不起债了,所以这事很难,既要给她留条路,又要她拿钱来——你说呢?"

"我不知道。听你的——我往后都听你的了。"史丽娟声音软软地说,"我发现我越来越没用了。"

"那——先找到她再说吧。"

"好的呀,那还发什么呆啊!大海,我怎么觉得葛萍萍是叫你藏起来的?"

"瞎,又来了,你怎么会有这种想法?我发现你这几天小脑袋瓜里尽是些稀奇古怪的想法——好吧,我能藏得住她那才叫本事呢。我估计就算派出所带着狼狗都找不到她了。不过我还真的比狼狗厉害,走,我们去见葛萍萍!"

这几天,史丽娟一有空就和江大海说葛萍萍,有时在电话里说,有时在江大海的工作室里说,有时在小吃摊上说。每次在电话里说葛萍萍都会吵架,仿佛葛萍萍是个提不得的话题。从前，史丽娟没有离婚，和江大海也没有共同利益（借钱给葛萍萍）时，葛萍萍的话题还没有那么敏感，双方都还拿住劲，都还照顾对方的情面。现在是涉及切身利益了，情形就发生了微妙的变化。当然，钱是绕不开的话题。当初争先恐后借钱给葛萍萍的初衷，是要帮她渡过难关（可能也各怀一点点小九九），现在经过这些天的沉淀，逐渐理性了起来。江大海的意思，要么继续借钱给葛萍萍，以钱砸钱，让她尽快恢复元气，要么要回欠款，过各自的生活。前者谈何容易，一来他们也确实没有钱可以出借了，二来葛萍萍欠得也太多了，一个窟窿好堵，到处都是窟窿，马蜂窝一样，怎么堵？后者更难——葛萍萍要是有钱，还会躲起来？所以只要说起葛萍萍，争吵就不可避免。电话里争吵还不算，见面也是吵。有时不是说葛萍萍，可说着说着，就扯上葛萍萍了，还是吵。这回他们好不容易忍住了，不吵，是因为中间插进来陈文飞，陈文飞也在打听葛萍萍，明显地，陈文飞背后还有人，问题一下便复杂了起来，所以他们马上达成一致意见，去见葛萍萍。

从江大海的工作室出来，临上车时，史丽娟突然想起那些谍战片里的情节，觉得开车明目张胆地去葛萍萍的厂子里，会引起别人的怀疑，便扯一下江大海的T恤，小声说："不能开你的车，也不能开我的车，咱们打车去。"

"为什么？"

"不安全——大海，你回屋换衣服，我也上车化装化装，你不是说葛萍萍也是靠化装隐藏起来的吗？咱们也让她认不出来。"

"有道理，不仅要防葛萍萍，还要防其他人——斗争越来越残酷。"江大海说了句影视剧上的台词，又严肃又俏皮。

十多分钟后,当他们站在路边招手打车时,完全是另一道风景了,女的不知在哪里找到了一条秋裤,花色耀眼的秋裤,穿一双人字拖,露出一对大脚丫子。略略烫染过的长发不是原来的一束大马尾,而是披散在肩上。更可笑的是她上身穿一件校服,运动型校服似乎还小了些。墨镜倒是有些档次,可别抹口红啊。再看身边的男人,倒是简洁多了,一件染着污垢且不知是灰是黑的T恤,一条脏脏的大裤衩,一双破旧的旅游鞋,一顶大草帽,像极了一个走街串巷的破烂王。女的见到男的时,"扑哧"笑了。男的也对女的笑,露着一嘴大白牙,还做了个鬼脸,小声说她是"种菜的大妈"。他们在路边一连拦了几辆车,不是车里有客,就是方向不对,只好打一辆三轮。

挤在三轮车后座上的两人,倒是很搭。

"大傻丫啊?哪有现在穿秋裤的?别戴墨镜别抹口红啊,搭不搭?"江大海挤了下身边的史丽娟,小声说,"穿校服就以为你是小学生啊?"

史丽娟也挤了下江大海,说:"你才傻了,不穿秋裤穿什么?搭了又怎么样?不搭才叫厉害呢,懂不懂你?我就是大傻丫,嘻嘻嘻嘻,保证谁都认不出来。"

"不行不行,你得把秋裤换了——也不能真像个傻子啊。"

"那还不是方便啊,看啊——"史丽娟欠欠屁股,把校服往上窝窝,从里面拉出裙子的一角,得意道,"我根本就没脱,等会任务完成了,或情况有变,把裙子放下来,再把秋裤拎到大腿上,头发一束,墨镜一甩,校服一扔,姑奶奶就现原形了,哈哈哈,做地下工作者,你还差点火候。"

"别高抬自己了,还地下工作者?你就是一女特务。"

"机智机智!"

开车的老师傅不知这二位玩哪一出,惊疑地回望一眼,车身还颤了一下。

"看什么?开好你的车——我们在执行一项秘密任务。"史丽娟严肃地对开车师傅说,"知道保密条例吗?"

"知道知道——首长放心,我不敢乱讲的。"开车的师傅不知是真话还是也在玩幽默。

史丽娟得意地又用屁股挤一下江大海。

然而,让他们失望的是,葛萍萍不在车间里——江大海像上次一样,和史丽娟一前一后来到生产车间的窗外,透过窗户向车间里张望。车间里十分亮堂,工人按部就班地干活,生产线上一人顶一个窝,大家对窗户上出现的两颗人头,只是不经意地瞄一眼,继续专注于工作了。江大海有了经验,他不怕葛萍萍化装,任你怎么装,也不会把熊一样笨拙的体形装成一条美女蛇,只要有个女工的体形又肥又壮,不管她是什么样的长相,什么装束,那一定就是葛萍萍。可车间里的工人一共十六个,没有一个有着葛萍萍那样夸张的体形。就算是葛萍萍做了精心的化装,也不会在短短几天之内,把自己的体形改变了吧?没有葛萍萍,江大海冲史丽娟摇摇头。史丽娟也失望地摇摇头。二人又悄悄地来到办公楼前的花圃边。花圃里的花该开的开,树该绿的绿,和车间里的景象一样,生机盎然的——这儿可是观察办公楼的最佳位置。办公楼的门厅里空空荡荡的。不多会儿,才有人影一晃。江大海伸手捡起花墙上的两个矿泉水瓶,一个夹在腋下,一个拿在手里——门厅里的人走出来了,是一个三十岁左右的青年,青年的身后还跟着一个稍矮的青年。他们也看到江大海和史丽娟了。

第二部　加减

稍矮的青年几步赶上来，没好声气地说："嗨嗨嗨，捡破烂的，出去出去！这里是企业重地，懂不懂？"江大海不敢正眼看他们，拉着史丽娟走了。

在厂门口，他们也见到几个形迹可疑的人，獐头鼠目左顾右盼，对他俩还特别打量几眼。江大海和史丽娟沿着厂门口的大马路向城区方向一路急走，趁人迹稀少又有道旁树遮挡的时候，史丽娟脱了校服，扔给了江大海，放下裙子，把秋裤卷到膝盖以上，立马由一个卖菜大嫂变成城里的美丽少妇了，只是脚上的人字拖，无法变成旅游鞋或高跟鞋，略显不伦不类。史丽娟摇身一变后，这才放下心来，对江大海说："大海，我估计葛萍萍不在办公楼上，那两个青年人肯定是讨债鬼！阎王派来捉拿她的，你那天不是说，会议室都叫他们占领了吗？整幢大楼还不是都在他们掌控下？我看葛萍萍凶多吉少啊……妈呀，我热死了，快给我扇扇风。"

江大海取下破草帽，给她扇风。江大海动作夸张，把史丽娟的头发都扇飞了，裙子也嗖嗖抖动。

两人打了车，回到江大海的工作室时，已经浑身臭汗了。史丽娟爱干净，一头钻进了卫生间，半天才出来——她居然冲了个澡，还洗了头发。本来她想骂几句江大海的，他卫生间里居然连护发素都没有，几条毛巾也让人不放心去用，弄得她冲了澡反而更不舒服，可还没有张口，就听江大海急吼吼地正在跟谁通电话。

"……你在哪里？在哪？你也不知道？你自己怎么会不知道？……多少？六百万？先别急，我想想啊……你在哪里啊？在哪？好好好，不管你在哪里……啥？鸡血水晶石的观音？哦……

是，是，是的，是是是……是啊……我有……不就是鸡血水晶石观音嘛，你见过的那个……好的，你把电话给他……"江大海看史丽娟冲他发愣，指了下她鼻子，又晃晃手指，示意她别多嘴，又对着电话说，"喂……我是，是，我是葛萍萍的同学……对，我有一尊鸡血水晶石观音……六百万？六百万你欣赏一眼差不多，告诉你实话吧，有人出六千万我没出手，这是件稀世珍品，全球独此一件……卖啊，当然可以卖的，可我也不能因为要借钱给老同学就贱卖是不是？容我几天怎么样？怎么这么说话？杀人都有缓期执行的，何况欠这点小钱？当然是小钱，六百万还不是小钱？对了，怎么会有六百万？我没听说她欠六百万啊？好几笔？你是做什么的？要债的？好吧，钱不是问题……拿鸡血水晶石观音抵？笑话，六千万的东西抵你六百万？你家钱大是不是……三天不行，至少三十天……那也不能你说了算啊……五天？开什么玩笑，以为我这尊观音是青菜萝卜啊？五天会有人买？几天能卖不是你说了算，也不是我说了算，得有人掏钱才行……那当然……好，我等你电话。"

挂断电话，江大海有些慌乱地看着史丽娟，傻傻地说："我没说错话吧？"

"我怎么知道？什么情况呀？你说什么？云山雾罩的，我可是一句也没听懂。"

"是这样的，刚才的电话，先是葛萍萍打来的，她暗示我有一尊鸡血水晶石的观音菩萨像。哪有鸡血水晶石啊？我一听就知道她的意思，她凭空给我造了一尊鸡血水晶石的观音菩萨，就像你给我买了幢湖景别墅一样——对方要让我卖了这尊观音像，帮她还债——这也是葛萍萍的意思。"

"她在哪里？咱们去见见她啊。"

"你傻啊，她被债主控制住了，没有自由的。"

"控制？他们违法！报警！"

"欠账还钱，天经地义，报警有什么用？警察能替她还钱？你别急，我听懂葛萍萍的意思了，她现在只能指望我们了——后来，又是债主跟我通电话，落实一下我有没有鸡血水晶石观音像。我当然说有啦。他想让我拿观音像抵他们的六百万，休想，我的观音像要值六千万的，哈哈哈，我机智吧？"

"就是拖延时间，是吧？我听你说三十天了，三十天后你有钱？"

"可五天更弄不来钱啊，还不如先拖拖他再说。"江大海说，"他说等会儿打电话来的，我就咬死口，三十天期限，咱们设法救葛萍萍。"

"救她干什么？她是自作自受——当然要救啊，她还欠我们的钱呢——大海，你不会真拿六百万去救她吧？"

"你以为我傻啊？对了，刚才是葛萍萍的手机号码，她手机不是一直关机吗？不是一直打不通吗？我再打试试。"

江大海按了一串数字，果然还是关机。

江大海和史丽娟都没了主意，只好等着对方回过电话再另想办法。可放在茶几上的手机一直没有动静。史丽娟再次说起鸡血水晶石，问江大海到底有没有这种石头。江大海说他搞这么多年水晶，从来没听说过有什么鸡血水晶石。鸡血石倒是听说过，是另外一种宝石，比水晶昂贵多了。两人这样有一搭没一搭地聊着，都觉得没劲——这是他们近期难得的没有因为说起葛萍萍而吵架的一次聊天。此时屋里的空调凉风正好，身上的热汗早已冷却，而江大海的衣服还没有换，还是一身收破烂的装束。史丽娟便叫他去把衣服换了。史丽娟说完又嘀咕道："看着也难受。"江大海拿起手机，准备上三楼去，还没有移步，手机响了。不是江大海的手机，是史丽娟的手机。史丽娟看是陈文飞打来的，不想接，想想，还是接了。

"喂，什么事非要打我电话……你找不到葛萍萍我就能找到……什么，叫人打啦？谁没事手痒会打你这种废人？找不到葛萍萍就打你？谁信啊……不知道就是不知道，什么真的假的啊？我问谁打的你……你也不知道？切，被谁打都不知道……你不知道就对了，说明你这种人身上披着一张挨打皮，谁都可以打你一顿，不被人打就难受！挂啦！"

08

昌晶晶告诉陈文飞她怀孕的时候，是一个潮湿而闷热的雨后的下午。当时陈文飞刚到她家，一身臭汗的陈文飞还像往日那样，迫不及待地就抱她——云欢雨爱已经习以为常，不需要前戏的铺垫了。但昌晶晶却不像以往那样迎合他，她搂紧陈文飞的腰，仰着脸，眼里喷溅出水汽，激动地撒娇道："告诉你呀，我……可能怀上了。"

"啊？"陈文飞惊诧一声。

"是我们的……"

"啊！"陈文飞又更惊诧地惊叫一声。

他的两声"啊"，让她的两条胳膊渐渐松了——鬼知道他"啊"里是什么意思啊。

是的，她的话让陈文飞又喜又怕。喜的是，他们有了春种秋收的成果，也遂了昌晶晶的心愿。李章鱼不是一心想让自己有个儿子吗，可昌晶晶和她的前任小爱一样，肚皮一直不见动静。小爱一年多没怀上，自己不好意思，走了，临了还卷走了一些浮财，虽然价值不菲，但对于李章鱼这么大的家业来说，不过是毛毛雨。昌晶晶继任小爱的空缺已经三四年了，这可不是个短时间，昌晶晶也没觉得哪里有毛病，怎么就怀不上呢？昌晶晶曾悄悄去医院做过妇科检查，没有一点问题。这让昌晶晶很焦急。昌晶晶老家的事解决了，她也有抽身而退的想法，但她答应过李章鱼的，如果最终没给他生个儿子，她会很抱歉的。早怀上早生，也就能心安理得地离开了，也就早自由了。这是陈文飞喜的理由吧。可这样的喜并不足喜，感觉怪怪的。感觉像吃一只甜甜的苍蝇，虽然甜如甘蜜，毕竟是苍蝇。尽管，陈文飞从内心里只把昌晶晶当成超过一般的朋友，但从情感上还是不舍昌晶晶的，有了共同的孩子，而孩子又要归李章鱼，怎么想都不合算。他是真的怕了，是好多种的怕，具体怕什么他也不知道。怕就像春天的草芽一样，见风长。可陈文飞凭什么要怕呢？昌晶晶又不是李章鱼的老婆，而陈文飞又贵为离婚一族，他应该更理直气壮地要他们的儿子。但，问题是昌晶晶和李章鱼是有契约的，就是说，这个儿子名义上不是陈文飞的，是李章鱼的。如果真相被戳穿，昌晶晶无论如何是过不了李章鱼这一关的，仅李章鱼在她身上花费的钱财，昌晶晶都是偿还不起的，就算加上他陈文飞的所有财产也偿还不起。

"他还不知道。"昌晶晶收敛了喜悦，也感觉到陈文飞并没像她想的那么开心，便轻描淡写地说，"我准备这两天告诉他……可能……他一定会开心的……这几天我要少打你电话了，暂时不联系了，莫怪啊，亲爱的。"

昌晶晶的话，更加重了陈文飞的负担，他脑子里乱乱的，没有以前来时的那种迫不及待的疯狂了。他闪开她，走进客厅，看着沙发，没有坐。

她也跟着他，站在一边。她可能也意识到情况的复杂了。

"确认？"陈文飞问。

"什么？"她一时没反应过来。

陈文飞瞅着她的肚子。她的小肚子还是平平坦坦的。陈文飞的眼睛在她腹部停留片刻，想象着那儿很快就会像充气一样鼓起来了。陈文飞的眼角有一块银圆大的浅红色皮肤，那是结的痂刚脱落才有的嫩皮肤，很惹眼，是不久前被一群陌生人打的。陈文飞也不知道那群人为什么要揍他，下手那么重，又不至于伤筋动骨，都是皮肉疼。由于眼角有伤，所以他看某个特定的地方时，都会斜着眼——他就是斜着眼看昌晶晶的小肚子的，那神态像是一种不屑。

昌晶晶看到了他的眼神，想了想，点点头，又说："两周前就该来例假了……我用试纸测试一下……不用担心。我知道怎么说。他会相信孩子是他的。"

这不是陈文飞关心的。但陈文飞关心什么呢？谁知道陈文飞关心什么？他自己都不知道，真的，他乱了，方寸乱了，心思乱了。他屁股还没有焐热，不，根本就没坐，就想离开昌晶晶家了。他得理理思绪，得好好想想，不是他不明白，是这个世界太疯狂——怎么说怀就怀上了呢？跟姓李的搞了三年多都没有动静，跟他一个多月就怀上啦？这可不是小事，当然也不是什么大不了的事，陈文飞听到他心底里发出的一声"哼"，有点不当回事，有点无所谓，这可跟他刚邂逅昌晶晶时的心情完全不一样啊！那时候，他巴不得立马就娶了昌晶晶，立马把她带到朋友们面前，像展示高档商品一样摆摆脸。可昌晶晶并不是他想象的那样，她出不去，不能跟他出双人对地公开露面。而李章鱼的存在，又像一座大山一样横在他面前，现在，这座大山还在疯长。陈文飞看一眼昌晶晶已经恢复平静的神色，突然像有什么大事一样，惊讶地说："有个急事——哎呀，差点忘了，晶晶，我得先出去下了。"

"……要走啊？"

他指了下眼角的伤痕，说："不走不行啊，那帮人还要打我。"

"好吧……放心忙去吧，再等我一年……再见！"

接下来的两天，正如昌晶晶所说的，果然没有一个电话打给陈文飞。陈文飞也没有打她电话。他想，她肯定已经向李章鱼报告怀孕的好消息了，他们一定在为她的怀孕而庆祝了。互相打电话能说些什么呢？既然这个世界毫无道理可讲，那他的电话还有屁用！只是，他偶尔时还会想她——真是难以避免啊，想她的时候，会拿手机出神。手机上有她的一张照片，是他拍的，不是床上的照片，不是什么艳照，是她有一天煎鸡蛋时，系着围裙在厨房的居家小照，他特别喜欢她当时的样子，像个勤劳而顾家的小媳妇。这张照片，经常让他有点小小的感动，有时想起史丽娟，拿她和史丽娟相比，觉得她比史丽娟要强一百倍、一万倍，会莫名泪盈眼眶。她没有给他发微信。他要是想知道她的行踪或言行，只能靠猜测了，她是在什么样的情境下告诉李章鱼说她怀孕了呢？是在某一次做爱过程中吗？还是在某一个早餐时？或者是在一次闲聊中？无论如何，这对昌晶晶来说，都是个压力，因为她肚里的孩子并不是李章鱼的。他又为她捏把汗了。

有一天深夜,陈文飞在梦中被手机铃声惊醒了。谁在这时候打电话呢?陈文飞赶快拿起手机,看是昌晶晶的,接通了。奇怪的是,对方却没有发出任何声音。他起初以为是那个李章鱼在搞什么鬼,也不敢发声。

过了一会儿,手机里终于传出声音:"喂……"

是昌晶晶。陈文飞谨慎地说:"有事吗,晶晶?"

"没有事……你在干吗?"

"我在睡觉啊。"他以为她想他了,李章鱼肯定不在家,"你那边……一个人吗?"

"嗯……他走了……就刚刚……"电话那端突然响起哽咽声,接着就是昌晶晶平静的声音,"对你说啊,文飞……出事了,我上了姓李的当……"

"他怎么你啦?"

"他……他结扎了,这个老家伙根本就不会让我怀孕……"昌晶晶的话里明显是忍着什么,最后还是清晰地说,"这几天,我要处理一些事情,再联系了。"

陈文飞愣了下神,才反应过来,就是说,李章鱼并没有生育能力,他把女孩圈在家里,并放出风声,想要个儿子,结果……结果是,谁怀上就把谁轰出家门。

"对不起啊,文飞,再见啊……"昌晶晶又说,似乎有抽泣声。

没等陈文飞再说话,电话就挂断了。陈文飞立即又给她打过去,她没接。一连打了几次,她都不接。陈文飞担心她会出事,或者已经出事了,一直打,她终于接了:"文飞……不要再打了，不会有事的，放心。"

他正要说话，电话又断了。他再打她电话时，她的手机就关机了——她是下决心断了跟他的联系的。

陈文飞和昌晶晶再次失联了。她的手机"关机"到天亮后，到了中午，就变成"您拨打的号码是空号"的提醒了。她给他最后的信息是"放心"。可陈文飞怎么能放心呢？她接下来该怎么办，是回老家吗？她说过她老家是在广西南部的十万大山里，具体什么地方他并不知道。如果她故意躲着他，无论如何也找不到她的。如果她故意躲着他，就算找到她又有什么意义呢？他不知道她会怎么对待她肚里的孩子，那个还没有成形的小生命最终的命运如何？难道和她一样也会被抛弃？

整整一天，他都有些魂不守舍。

而这一天，注定又是苦恼的一天，苦恼不仅来自昌晶晶和李章鱼，还有柏士驹——早上他就接到柏士驹的电话了，柏士驹要他立即到水岸大酒店。陈文飞不想去，知道那是个不能去的地方。他曾被人没头没脸暴打一顿之后（他知道为什么被打），乖乖地听从了柏士驹的指挥，来到水岸大酒店一间客房改造的临时办公室，向一个比他还年轻的外号叫"大卡车"的胖子报到，在"大卡车"周围，聚集着十来个青年人，年龄大的跟他差不多大，不过三十出头，小的也就十八九岁，人人强健精干，像没扎鼻眼没戴辔头的小牛犊，气鼓鼓的，像全世界都欠了他们什么。陈文飞报到之后，再也没人理他，更没有人跟他交代工作，他也不敢问，像那些无所事事的人一样，找一个角落坐下，玩手机上的小游戏开心消消乐。正玩在兴头上，就听"大卡车"突然说声"走"，大家都像机器一样，随他一拥

第二部 加减

而出，分头上了两辆车，一辆是七座的奔驰R320，一辆是金杯小面。陈文飞糊里糊涂就上了金杯小面，小面像疯了一样跟着大奔急驶而去，不多会儿就到一个小区，在"大卡车"的带领下，一群人悄悄上了一幢老式的公寓楼，敲开了一户人家的门，屋里一个脸上干净、穿着考究的中年人，一看"大卡车"，脸色一紫，一屁股坐到沙发上，闷声闷气地说："你们怎么知道我在这里？""大卡车"说："这么说你知道我是谁啦？嘿嘿嘿，你胡老板自己都不知道我怎么知道？我只是奉命来拿钱的，你欠柏士驹多少钱知道吧？柏老板今天只想见到钱，连本带利，三十六万，多一分不要，少一厘也不行。"胡老板没好声气地说："就容我两天也不行吗？""大卡车"冷笑道："两天？今天扑不到你，明天你就飞往斯里兰卡了，也许尸首都见不到了。"胡老板说："谁说我要出国的？造谣！""大卡车"走到他跟前，朝他脸上啐了一口："呸，造谣？要不要我报下你的航班？你这种人，修好退路，就想赖账，要脸不要？我可没时间多说话啊，我也是拿了人家的钱要替人消灾的，晓得吧？不给钱你是走不出这间屋了。"胡老板低头不语了，一会儿又一副很懊恼的样子，说："我出去跟朋友借总可以吧？""大卡车"继续冷冷地说："借可以，不能出去。"胡老板急了："你们这是绑架！""大卡车"把头仰起来，说："绑架？谁绑架？你绑架我了吗？我绑架你了吗？欠钱不还还有理？胡老板，我知道你自有办法。"听话听音，陈文飞大致知道他们这次行动的目的了，他成了讨债公司的小跟班了。胡老板可能知道江湖上的规矩，也可能是被周围这么多人吓着了，知道今天不拿出钱来，不但出不了国，可能连门也出不了了。他转动一会儿眼

207

珠，拿出手机，没好声气地说："打个电话总可以吧！""大卡车"鄙夷地看他一眼，那眼神分明在说，打电话当然可以。胡老板电话打通了，他让对方汇三十万到他的银行卡——原来并不是没有钱，不过是想逃债。不过区区三十来万，陈文飞想，这些人也真是的，借钱时像孙子，还钱时怎么这么赖？他不觉联想到自己放出去的钱，虽然是托柏士驹代理，如果遇到这样的老赖，少不了也会动此手段，心里不觉有些紧张，万一姓胡的今天成功了，不是本利无归吗？正想问，胡老板的手机响一声，那是收到到账提醒的银行短信了。胡老板也不说话，在手机上操作一会儿，对"大卡车"瓮声瓮气地说："钱还清了，老子可以走了吧？""大卡车"和他一样也不说话，却给他一个大嘴巴，那"啪"一声十分嘹亮，打过了才说："你充谁老子！？等下。""大卡车"的手机也正好响起来，他接听后，收了手机，阴着脸对胡老板说："还想再吃一耳光？我可不想揍你啊，是你嘴里带屎——现在又想耍我——还差六万！"陈文飞不知道"大卡车"接听的电话是不是柏士驹打来的（应该是），但他眼睁睁地看到"大卡车"下手的狠劲，心里一阵惊悚，想起姓胡的耍小聪明，还留六万的尾巴不想还，又觉得他挨打活该。可胡老板挨打也不吸取教训，硬是不想还清尾款，找各种理由搪塞，还给债主打电话，和债主在电话里互喷垃圾话（从胡老板的口气中，陈文飞听出来，对方确实是柏士驹），然后继续和"大卡车"僵持。"大卡车"和他僵持一会儿，说："我的时间也是金钱，看到没有，我这些兄弟也要吃饭的，我拿不到钱，他们就没有工资，你让他们吃屎喝尿啊？"像是得到暗号一样，"嗖"地冲上来两个壮小伙，扭住胡老板的胳膊，又有一个人掐

第二部 加减

住他的头，另外几个人一起围上去，掏出腿裆里的家伙，对着胡老板头脸撒尿，弄得胡老板非常狼狈。

当柏士驹又让他去水岸大酒店时，他料想又不是什么好事，跟着一帮小混混后边讨债，他可不想做这个臭头。这种事当然要有人去做，但不是他，他可是和柏士驹一种级别的，怎么沦落成姓柏的跟屁虫呢。陈文飞越想越怨怪柏士驹了，觉得姓柏的没把他当人，没把他当棵葱。而昌晶晶的失联，昌晶晶怀着他的孩子后失联，更让他添堵——她实际上是被李章鱼算计了的，这更让他无法释怀，无法正常去做一件事，连吃饭都没了心情。这两件事就像两条牙齿锋利的毒虫，交叉在啃噬着他的脑袋和神经，有一种心痛感，针扎一样。

陈文飞精神恍惚了。

就在这种恍恍惚惚中，陈文飞来到了昌晶晶所在的小区。陈文飞先在小区的喷水池边发一阵呆。喷水的管头是由电脑控制的，分三个区域，有节奏地喷水，配上彩色的灯光，成为一道好看的景观，但陈文飞无心欣赏，感觉那不时喷溅的水花，就在他脑子里起起落落，或冲破他脑壳，或从脑壳上弹回来，让他头脑一阵阵发麻、发疼、发晕。他讨厌这个喷水景观，走进了一条廊榭，在美人靠上坐了一会儿，本想平静平静，好好想想，可一脑子居然就是起起落落的水柱。此时，星光黯淡，月色朦胧，知了是这个夜晚的主角，正在一个劲地嘲笑陈文飞，声嘶力竭地喊道："好笑——好笑——好笑——"陈文飞无法反击知了的嘲笑，也无力反击，他昏昏沉沉、迷迷糊糊，没有喝酒却像醉酒一样地就走上了通往昌晶晶家的楼梯，他腿上像被缚住了似的，迈不开，抬不起来，似乎走一步退两步，走了好一会儿才敲开了昌晶晶家的门。开门的是一个像极了昌晶晶的女孩——她不是昌晶晶,她只有十八九岁的样子吧,浑身洋溢着青春少女的活力。她显然被陈文飞吓着了,发出一声尖叫。而陈文飞像是着了魔一样,眼前一黑,一头栽进了屋里。

第二部　加减

09

又是一个平凡的夏夜。这个平凡的夏夜没有什么特别的。对于江大海和史丽娟来说，他们真的不知道每一天有什么不相同的地方——他们的同学，也是共同的好友葛萍萍从这个小城消失了，而且不是一天两天，也不是三天四天，十天二十天，究竟几天，他们也糊涂了。江大海和史丽娟已经适应了葛萍萍的"失踪"——她的工厂还照常运转，生产每天都没停，甚至产品还照常出库，照常流到四面八方客户的生产车间里，至于有没有回款，他们就不知道了，因为她工厂的核心人员和她一样，全都玩起了失踪。社会上各种各样的传言都有，有的说葛萍萍已经失去了对企业的掌控，有的说她已经资不抵债，老板易主，更有的说葛萍萍被司法部门秘密控制。江大海和史丽娟开始也被这些传言搞乱了，每个传言都相信，每个传言又都不相信。但是，史丽娟在某天某时的惊悚一念中，突然脑洞大开，认为葛萍萍并没有失踪，也没有跑路，更没有被司法部门控制，她不过是玩了一个简单的策略——躲债，而且是暂时的躲债，等她经济状况好转了，自然就会公开亮相的。史丽娟有了这个想法后，把自己都吓了一跳，觉得这是一个不容易被挑破的秘密，也觉得这才是葛萍萍的聪明之处啊。当她紧张地把这个想法告诉江大海时，江大海也呆了，他想了想，不仅认同了史丽娟的推断，还欣喜若狂地说："天啦，你太聪明啦，丽娟，你是怎么想到的？我都……来来来，让我抱抱。"史丽娟也得意地笑了，她缩着身子，说："来呀，抱呀。"可江大海只是嘴上说抱抱，他走到史丽娟跟前并没有张开双臂，而是跳跃着擦肩而过后才说："走，喝一杯去！"也难怪江大海开心，史丽娟的推断理顺了他心里难以理清的纠结，多天以来，他想了N种办法，想找到葛萍萍，都没有她的下落。开始他甚至想到再弄一笔款子，解救她于危难之中，让她能够起死回生，渐渐地，觉得她可能真像社会上传言的那样，是个无底洞，多少钱砸进去，都不会冒一个泡，多少钱砸进去，都是石沉大海。他又想把他和史丽娟借给她的钱弄回来，能弄多少弄多少，哪怕几万几千，也比一个子都不见好啊。至于同学情谊，屁了！在钱面前谁都是孙子！没想到正在他纠结不清、左右为难、无所适从时，史丽娟的一席话，解了他的围。是啊，凭葛萍萍的智商，怎么会让自己陷入这种麻烦当中呢？于是他难得地请史丽娟吃了一顿大煮老公鸡。此后，他们不再化装去葛萍萍在开发区的工厂偷窥、侦察了，也不再为葛萍萍欠款而绞尽脑汁了，经常去郊外的田野里转转，到西双湖大堤上去走走，到植物园的荷花池去看荷叶了。今天，他们就去了月牙岛玩了一天。月牙岛上有许多大大小小的湖泊，有长长短短的栈道把这些湖泊串成珍珠状,他们看湖,划船,在各个小岛上赏花,每个小岛上的花都不一样,有一个岛上全是薰衣草,一片蓝色的花海差点惊掉了他们的下巴,他们第一次像情侣一样出现在公众场合,一起照相,一起说说笑笑、打打闹闹。江大海还问史丽娟,月牙岛有没有什么传说。史丽娟并不知道有没有什么传说,但由于开心,她临时编了一个传说讲给江大海听,大海居然相信了,听得如醉如痴。玩了一天,回到城里天色已晚,便找个地方吃饭。史丽娟这些天和江大海常下馆子,把嘴巴吃馋了,转了好多一会儿,也没有找到好吃的。史丽娟不知从哪里勾起记忆,说有一种叫"薄荷茶"的冰镇冷饮,她在哪里吃过,特别爽口,一汤匙糯米饭,加一点红绿丝和冬瓜糖,还有两三颗莲子,用冰镇薄荷茶冲泡,简直是人间最美的美味。可他们转了好多地方都没有找到,不觉来到了老城区这条老街。

"这家馄饨饺子不错,我吃过,"史丽娟拉了下江大海,说,"大海,别走了,人家累了都,脚都走残废了,就吃碗馄饨饺子吧。"

江大海也来这儿吃过,记不得是什么时候了,感觉不坏,便也像那些食客一样,找一空桌坐下了。

这正是曹小玲工作的小饭馆,大约是五一期间挂的那几盏红灯笼还在,红灯笼下有许多吃客在撸串、喝啤酒,里里外外奔波的不是别人,正是曹小玲,她系着小围裙,穿着小T恤,牛仔裤把小屁股包裹得紧紧的,小步快跑,十分精干。她一边给客人上菜、拿啤酒,一边朝小马路对面的五楼的窗户上望,那一排窗户的窗帘和原先不一样了,原先是一排蓝窗帘,现在,她惊奇地发现,窗帘已经不是蓝色的了,而是换成了红色,紫红色,全部的紫红色纱帘，在夏天的夜色和灯影中，显得特别喜庆。这是什么时候换的呢？两天了还三天？不，似乎就是今天。曹小玲有点惊奇，莫非换了女主人？这个念头只是一个闪念，没来得及细想，因为又有人喊她了："点单！"

"来啦！"

曹小玲风一样旋转过来："先生来点啥？"

"一杯啤酒，一盘海蛎豆腐，一盘虾酱豆。"

菜谱好熟，曹小玲立马想起陈文飞——此人当然不是陈文飞了，他是一个接近于老人的中年男人，有可能刚过五十，也有可能小六十了。这种男人大多不出来喝酒，因为他们要么事业有成，要么事业无成，俗话说是定了品的人，没什么追求的。看眼前这个人面色疲惫、胡子拉碴的，料想属于后者。而且，还是个残疾人——有一根拐杖。

"好的，先生，一杯啤酒，一盘海蛎豆腐，一盘虾酱豆。稍等啊。"曹小玲报菜单时，还不忘看一眼那排窗帘。窗帘里当然看不出动静来了，就算是陈文飞躲在屋里，他也不会朝这儿张望的。对呀，莫非红色窗帘和陈文飞有关？陈文飞和昌晶晶的许多影像全在她眼前闪现和重叠。那一幕幕的影像，一会儿清晰，一会儿模糊，最后是彻底模糊了。

老先生被曹小玲的目光吸引，也朝那排窗帘看去，他当然不知道陈文飞和昌晶晶的故事了。他等菜时，没有像年轻人那样玩手机，而是在看一张报纸。邻桌是两个年轻人，他们也在喝啤酒等菜，他们没有注意到曹小玲的目光，而是注意到曹小玲的脸蛋，其中一个结实健壮的正是"大卡车"，色迷迷地说："小妹，好久没看到你啦？"

"好久是多久？"曹小玲见过太多这样的人了，知道他们自来熟，应付起来游刃有余。

"好久嘛……十几二十来天总会有了，哥都想死你了。"

"是吗？这不是来啦？"

"死胖子说你不干了，我真想给她一顿老拳，哈哈哈，她不是你亲老板吧？"

死胖子就是胖老板。

曹小玲乐了，调皮地歪一下脑袋："没错呀，差一点不干了——本来我是真不干的，老妈叫我回家相亲，烦死了都——所以我就回家了啊，嘻嘻，回家相亲的。可没有相成。相不成我还得回来……就这样，我就回来啦！"

"怎么没相成？""大卡车"看来不是对曹小玲有兴趣，而是对她相亲有兴趣。

"这个么，"曹小玲一本正经地说，"保密。"

"回来也不说一声啊？连微信都没动静啦？哥们路过这儿才来看看的，没想到瞎猫碰到了死老鼠——你还真在。"

"你不就是想骂人吗，我这死老鼠没吓着你吧？"曹小玲也嘴上不饶人。

"骂你是瞧得起你。"

"那还真要谢谢了。"

"听你这口音，西南荡的吧？""大卡车"开始套近乎了。

"错！"

"哪里？"

"说出来吓你一跳，你知道水晶大王出在哪里吗？就在我们村。"

"不会是你爸挖出来的吧?"

"不是,我爸那时还没出生——我爷爷参与挖了,怎么样?吓着了吧?"

"有点了——哎呀妈呀,好怕!""大卡车"鬼祟地说,手里正摆弄着的手机突然响了,他赶快接电话,"喂,查清啦?老板你太英明了……对,还是你判断准确……好,好,好,我听你的……好,我立即和胖骚婊通电话,然后赶过去……放心老板,我"大卡车"什么时候失过手?一定办好!"

"大卡车"挂断电话又重新拨号时,还不忘和曹小玲抛个媚眼,大约是手机响了一会儿才接通吧,他对着手机说:"喂,老六你忙什么呢,接个电话也这么拖拉……你少啰唆,让胖骚婊接电话……喂,葛老板,不好意思啊,那块鸡血水晶石的菩萨我不要了,你这个老骚婊,我差点就叫你骗了,全世界都没有你说的那种水晶,还鸡血水晶石,是你的血吧?亏你想得出来,鸡血水晶石观音,你以为观音会保佑你?老子也查到接你电话的那个男人了,摸清他的底细了,你就指望他救你吧!你的时间还有三天,不还清钱,你就准备在我给你的合同上签字吧——已经便宜你啦。"

"大卡车"的话,江大海和史丽娟听得清清楚楚。江大海当然不知道他叫"大卡车"了,史丽娟也不知道。开始,"大卡车"和曹小玲调情时,他们还饶有趣味地听,饶有趣味地看,觉得这是小饭馆特有的风情民俗。没想到这个健壮的男人居然和葛萍萍联系到了一起。他们找了多天而不遇的葛萍萍,他们电话一直打不通的葛萍萍,这个家伙轻而易举就联系上了。他们还说起了鸡血水晶石,还说了观音像,这不是葛萍萍又是谁呢?真是不是冤家不聚头,世上竟有这么巧的事,会在路边小饭馆遇上这伙人。江大海跟史丽娟使个眼色,又拿腿在桌底下碰碰史丽娟。史丽娟又碰他一下,意思是听懂了。

"大卡车"对上菜的曹小玲说:"不吃了!"

"菜都上了……"

"给钱还不行?来,买单!"

听说不吃也买单,曹小玲脸色才放松下来,报了菜名:"一盘水煮毛豆,一盘水煮虾婆,一盘麻辣花砚,两瓶啤酒,共五十六块。给五十五得了。"

在曹小玲报菜名的时候,江大海小声对史丽娟说:"我跟踪他们。"

史丽娟摇头,使劲摇摇头,拿膝盖使劲碰一下江大海的腿。这一下用力过猛,碰疼了自己,她又拿脚踢他一下。史丽娟要阻止江大海的跟踪,她突然觉得这伙人十分凶险,跟踪他们,弄不好要吃大亏。史丽娟今天穿白裙子,白色浅帮平跟皮鞋,很要得开,她为了强调自己的决定,不但给江大海使眼色,还接连地踢他。江大海要躲,却不小心弄翻了桌子上的醋瓶,把她白裙子弄脏了。史丽娟心疼裙子,更迁怒于江大海了,刚要责备道一句"你看你",突然计上心来,便勃然大怒地冲江大海喊道:"干什么呀!瞧你毛手毛脚的,把我衣服弄脏了,我要你赔!"

此招果然灵,邻桌的两个健壮青年看了过来。

江大海不敢跟他们对视,他赶紧拿一张面巾纸,给史丽娟擦裙子。

"大卡车"便和同伙匆匆离开了。

这时候,谁都没有想到,先他们离开的那个挂拐的残疾人,慌里慌张地又跑了回来，结巴着嚷道："不得了啦，那边有个死人——撞树上的——不死也是半死，不是半死也是三分死，快来看啊！"

残疾人冲着大伙说，神情特别兴奋，好像不去看撞树就是个大损失似的。

"大卡车"和他的同伙边走边往马路对面的大树下看一眼——他们有更紧迫的任务。

"死人"的景致都没能吸引那两个健壮的青年——史丽娟看着他们向另一个方向急急而去了，倒是松一口气，她半依半偎地靠着江大海，抱歉地笑着，满意自己阴谋的得逞——她是真心不想江大海去冒险的，如果引起他们注意的江大海要是敢跟踪，一定会引来不测之灾。她料定江大海还没有那颗胆。

"那边有人撞树了——又是个酒鬼，看看去啊。"史丽娟平时也不喜欢看这些无聊的热闹，但这次不一样，她就是要彻底阻拦江大海跟踪的意图。

其实江大海理解史丽娟，知道她为他的安全考虑，他也意识到跟踪那两个青年不是好办法，也不会有什么好效果。况且，就算知道葛萍萍在哪里，又能怎么样？又能有什么好办法呢？这些天来，该想的办法都想过无数遍了，还不是一点头绪都没有？好吧，那边有人醉酒撞树，看看去也不坏，反正夜晚的时间有大把，和史丽娟在一起，也会让他心身愉悦！他看她白裙子上的醋汁印，抱歉地说："对不起啊，真是的……我要送你一条新裙子。"

"稀罕。不是我计上心来，你要吃亏的。"

"我有谱。你以为我会往险路上走？我不过吓吓你的——酒鬼你不怕？"

"不怕。"

"看看去！"

"看看就看看。"

他们走到斜对面那棵巨大的梧桐树下，看到几人环抱粗的树干边，躺着一个人，此人麻花状扭曲，脑袋像插在路边的砖缝里，屁股朝天，肚皮朝下，光着的脚丫子又像是从砖缝里冒出来。他身上并没有酒味。这是谁呢？不像是醉汉，也没有打斗的痕迹，但他确确实实是倒在地上了。在他周围五米之内，没有一个人；五米之外，只有少量的行人驻足观看，观看者也只是几秒，便走开了——大家都不爱管闲事，都怕被讹上。远处的路灯照射过来，树下便是一大片阴影。他正好落在阴影里，成了阴影的一部分。他摔倒的造型很怪异，不像是自然摔倒，倒像是被摆弄过，或者，挣扎过。

史丽娟有些紧张，不知为什么，心头在发颤，不自觉地抱住了江大海的一条胳膊，嘴里轻声嘀咕道："要不要扶这个人起来？怎么没人送他去医院？他不会真死了吧？你看，他手动了下，头上边那只手。"

江大海没有看到那人的手在动，倒是感觉到她的颤抖。江大海伸出另一只手，在她肩上拍拍。江大海发现她的肩上很凉、很滑。他的手在她肩上没有收回来，半揽半拥着她。她深吸一口气，窝到了他的怀里。他们像老母鸡护小鸡一样地拥抱在一起了。

突然有人在身后惊叫一声："啊？这人我认识！"

是曹小玲的声音。

史丽娟离开江大海的怀抱——其实他们拥抱不过几秒钟。

史丽娟见是饭馆的服务员,问:"你认识?"

曹小玲没理她,抬头往隔着一道墙的一幢住宅楼上仰望——她怀疑此人是从楼上摔下来的。

"有人报警吗?我打110!"曹小玲的话干脆利落。

不到半小时,也许只有十分钟,或者五分钟,警车来了。一个先下车的警察,走近地上的黑影(他就是一个更黑的黑影),大声问:"能不能起来?"

看没有反应,警察便蹲下来,试图扳过他的身体,却只把他的头给拔了出来。警察伸手在他鼻子下试试,大声对后下来的警察说:"有气。"

有气就是没死。江大海和史丽娟都松口气。有了刚才的亲密拥抱,史丽娟又悄然地偎到江大海的怀里了。

后下来的警察打着一只手电,电光聚焦到那人的脸上时,吓了史丽娟一跳——江大海同时也看到,陈文飞!竟然是陈文飞!陈文飞苍白的脸上,布满青紫和血痕,嘴吧歪斜,鼻子也似乎塌了半边,即使这样,还是没有改变陈文飞的基本模样,还是史丽娟熟悉的陈文飞。史丽娟惊悚般地"啊"一声,倒吸一口气,紧紧抓住了江大海……

第三部　收付

晶都人

01

这是一个初秋的月夜,西双湖边,宽阔的湖畔公园里,隐藏着数条弯曲的小径。小径上的月光和树影交叉错乱,有一些蛙鸣,还有水碰子(一种水边的飞虫)的"唧唧"声,让寂静的夜显得更加寂静。

江大海和史丽娟在小径上散步,地灯的幽光制造出各种神秘,树影或灯影不时地分割他们,又聚合他们;他们的影子或长或短,或歪或斜,或重叠或分离。夜色很美,风色很美,月色更美。他们说了不少话,似乎都说得差不多了,路也走有一会儿了,不远处的广场舞也散了,夜鸟也瞌睡了,他们牵在一起的手,也太久了,该回了。但他们谁都没有想回的意思。在一处水榭边,他们抱了抱,又临湖而立,透过齐腰高的木栏杆,看到映着城市灯火的湖水。湖面上乌洞洞的,波光粼粼,水汽氤氲,刮来的风,吹动了史丽娟的长发,也让她心中的涟漪再次荡漾。

江大海看着灯影斑斓的湖面，虽然面色沉静，心中却静不下来。她心中的涟漪仿佛会传染一样，也牵连地波及他心中。他忍不住把说过的话又重复了一遍："都三个月了，这家伙搞什么搞，还没活过来。"

"要是没活过来就好了，"史丽娟的话依旧是淡淡的，"关键是死不了。"

他们在说陈文飞。

"会好转的。"江大海的话，似乎是安慰，其实是祝福。

"托你吉言。"

江大海话锋一转："究竟是谁害的他？"

史丽娟摇摇头："问他了，他只是摇头，再问，就不耐烦了，还骂人。公安局的人问过几次也没问出头绪来，人家都懒得再管他了。"

"还会骂人？你能听懂？"

"他那种人，没调屁股就知道他要放什么屁了——他嘴型就是在骂人，越是说不出来越是肯骂。"

"那么软的人，突然这样硬，这要多大意志啊。"

史丽娟冷笑一声："你这是夸他还是骂他？"

"不是夸，也不是骂……他身上的伤可不轻啊？可也真是奇了怪了，怎么就说不出话来了呢？哪根动脉神经堵塞了呢？不向别人说向你说啊，让你知道真相啊。"

"我也懒得知道——他这是报应呗，还不知道他干什么鬼事去了，不能说当然也能说，我听得懂。可能是不愿说也不敢说吧，也好，他自己受着，关别人什么事。"史丽娟声音低沉，"也是我的报应啊……"

"你跟着受罪了……"江大海的话里充满同情和怜悯,他知道多说了——有时候的同情和怜悯会起反作用。

她果然不说话了。

"那个叫曹小玲的,提供的线索没有价值吗?"

"公安局的人说价值不大。这种不疼不痒的案子,每天要发生多少?谁个爱管?他陈文飞又不是什么大人物。世界很大,多一个他不多,少一个他不少,谁知道他干什么鬼事才叫人打的……不说他了,说了没劲,说多了更没劲。他这种人,害了自己还拐上别人……你看到我那首诗了吗?"

"看了,你的公众号都推送学生的作文,讲析也好,自己的诗反而少了。"

"没心情写——说说我的诗吧,你的意见我想听听。"史丽娟拿出手机,打开自己的公众号,把诗又读一遍,她读出了声:

　　当我再次拐入湖边的小路
　　不得不因昨夜的积水停下脚步
　　眼前的水洼与一条河似乎没有区别
　　清澈安静,都有天空云影
　　当我弯下腰来
　　又多了一条未知的浮云
　　被天地挤得单薄
　　小过一张纸的厚度
　　当我们在浅显的水面相遇
　　风从对面吹来
　　时光轻缓地移动

第三部　收付

一切投射在水面上的事物都找到了
细小的波纹

　　史丽娟的声音很细弱，许多字、词，只在唇上发音，像无痕的风过。但江大海却听得入了心，觉得她还行。她确实还行，陈文飞在医院住了几个星期，也没有好转过来，是她把他接到家里，请了个护理工照料，她呢，有时间也会陪他坐一会儿。她其实很忙，暑假里的小作家培训班，从一年级到五年级，依旧招了五个班，请的老师还都优秀，孩子们学得有劲，家长也满意。江大海觉得她很强大，事业、家事，都没有耽误，一切都按部就班。史丽娟对他还说过，生活不是文学。生活就是生活，不需要深刻。生活就是要像生活那么简单，就是要让自己快乐，就是要让别人感受到自己的快乐。可江大海并没有感受到她的快乐，或者说，江大海感受到的她，并不快乐，那种做出来的快乐不算快乐。于是，江大海知道了，她嘴上说的和心里想的，并非一致，生活虽然不需要深刻，但她需要诗情、诗意。
　　"怎么样？"
　　"我不懂诗。我就是觉得好。觉得……好，就什么都好。"江大海背靠着栏杆，侧脸看着史丽娟。朦胧中，史丽娟的剪影很好看，眼是眼，嘴是嘴，鼻子也是鼻子，有一种很诱人的模糊的气息。三个月前，如果不是陈文飞的突然生变，他们感情的发展已经十分自然了，或接近自然了，拉手拥抱都很随意了，有点水到渠成的意思，很可能就要谈婚论嫁了。可陈文飞突然的遭遇，让他们情感的发展戛然而止，不但没有向前，还倒退了十万八千里。今天晚上的湖边散步，是多天以来他们第一次正式的约会。

之前偶尔的见面，只是询问一下陈文飞的病情，或关心一下葛萍萍的命运。这次月下长谈，让他们平添了一种陌生感。这种感觉很好，像初恋情人。难道不是吗？太熟的人是很难擦出火花的，因为他们会考虑世故，考虑以后的见面和相处，处理不好不但没了情感还断送了友谊。而初恋就没有这些顾虑了，初恋中暗含着陌生和冒险，甚至不顾一切、不计后果，爱就爱了，冲动就冲动了，暧昧就暧昧了，结束就结束了。江大海此时的心中就涌动着初恋的情绪——抑或是初恋的情结延续至今，终于找到发汇的出口了——就着夜色，江大海心里的涟漪开始泛滥，开始急速地涌动。

"丽娟……"江大海轻声唤道，后一个字儿乎忽略了。

史丽娟听他声音颤抖，自己的心也跟着颤抖一下，柔软得不能自控，化成了液体，心里突然产生巨大的悲伤，多少天来的委屈、隐忍齐袭心间，眼泪瞬间冲出眼眶，一头埋进他的怀里。

他们紧紧抱着对方……

水榭在呻吟，湖水在荡漾，美人靠几乎被撕裂……

天地昏昏，星月黯淡，树叶纷纷坠落……

真是太疯狂了。在湖边水榭里，他们的呼吸和湖水、和天空、和花草树木相融相亲。真是太美太好了！当一切风平浪静时，江大海意犹未尽地抚摸着她瘦削的肩，轻声说："选个好日子，把事办了！"

江大海没有听到预料中的史丽娟喜悦的同意声，她也没有拒绝。没有拒绝就是默认了。

江大海再次感动了，情不自禁地说："娟，我爱你！"

顿了顿——真是漫长的停顿啊，空气仿佛凝固了，湖面微波的轻漾都能听见，湖岸树叶的私语也可闻声息，而史丽娟细细的喘息似乎分外明晰。江大海在急切地等待，终于，她冷冷地、言不由衷地说："我不想被别人同情，也不想被可怜……更不想结婚……你不用解释，不用申辩，我什么都不听，不听不听不听……我有些冷。我要回去……"

她的话，和江大海完全不在一条路径上。事发突然，她的回答也很突然。江大海没有料到，细一想，她这样想、这样说也在情理之中，谁没有自尊呢？江大海不能不解释。可她像知道他要开口似的，赶快捂住他的嘴，说："我不许你说话！"

江大海"唔唔"着点下头，把外套脱下来，披在她身上。

"我不冷……"她说。

"披上吧。夜深了。"

"你不冷？"她回身抱了抱他。

他感到很温暖，说："不冷。"

她说要回家，却没有即刻要走的意思，而是依偎得更紧了些。

在他们面前，是浩渺的西双湖，中心湖堤上的灯光，倒映在湖水中，迷离而浪漫。

这一刻，真的很好。

湖面上亮闪闪的，像是跳跃着的小精灵，为他们喝彩的小精灵。

"是小鱼吗？"史丽娟看到了。

"鱼儿看我们了。"江大海说。

"看呗。你怕啦？"

"为什么要怕？"

"大海，昨天从开发区路过，看到葛萍萍的厂子里，有好多好多建筑工人，还有好多好多机械设备，他们要干什么？"

江大海还沉浸在美好里，不愿意说别的，不愿意打破梦幻般的好情绪。但史丽娟提葛萍萍他也不能不答呀，便认真地说："丽娟，为什么我们到一起，就要谈葛萍萍呢？那已经不是她的厂子了。"

"为什么不能谈她？我知道不是她的厂子了。她拿厂子抵债了，抵给了柏士驹。"她放开他，坐到美人靠上，"她欠那么多债。"

江大海知道她的意思，葛萍萍也欠他们的债。但她没说出来。没说出来，说明她和他一样，对葛萍萍的同学情谊还在。葛萍萍正处在困难期，把开发区的厂子抵出去了，幸而还有收购的江大海的厂子。现在，她就在果园路上江大海的厂子里，不，她已经把那个厂子改了个名，叫"自立石英精粉有限责任公司"，意思不言自明，她要"自立"了。自不自立先不说，至少她现在把"自立公司"搞得红红火火了。她把原厂的生产线拆来重装了，原材料也拉来了，工人还是那批工人，销售团队也没变，看起来居然不像个伤筋动骨的人。江大海和史丽娟没有乘人之危落井下石跟她要钱。她也知礼识事地向两位表示感谢，并承诺，一旦手头转机，首先清了两位的款子——在葛萍萍看来，史丽娟和江大海是二位一体的。

江大海也坐到史丽娟身边来，拿过她的手，轻轻握着。他知道她需要钱。她是砸锅卖铁把七十万筹给葛萍萍的。那时候，她还能撑得下来。现在，陈文飞半身不遂瘫痪在床，要花很多钱，她的经济压力空前地大。可她嘴上并没有说。而江大海也不便替葛萍萍圆话——他何尝不想拿到钱啊。他已经改变策略，把乐晶轩当成一般的水晶精品店了，已经开业多日，不仅卖各种水晶工艺品，还卖各种价位的水晶首饰和各种把玩件、摆件，至于他自己设计的作品，反而被琳琅满目的水晶商品淹没了。

这都是为了钱。

但江大海不想说这些，怕影响史丽娟。

史丽娟又何尝不知道呢？她也不想说葛萍萍。她想说她自己。可她有太多的话，反而一句也不想说了——她从他手里慢慢抽回了手。

02

如果能雕出一种水晶工艺品（当然要漂亮），能吸引顾客的眼球，还能自动显示其价格，最好能够开口说话，向客人推销自己，把自己夸得天花乱坠；见人说人话，见鬼说鬼话；人见人爱，花见花开；还能唱歌，还能和顾客哈哈大笑，跟顾客调情、开玩笑，跟顾客道"你好""再见""欢迎再来"，那会省多少事啊，连店员都省了。要是不用讲话，直接就能让顾客掏腰包，岂不是更绝？

一清早，天还没有大亮，也就五点多钟吧，江大海坐在工作台上，又开始胡思乱想了。

江大海最近特别爱胡思乱想，胡思乱想成了他的日常，成了他生活的一部分。就说昨天夜晚吧，和史丽娟分手回来，心里特别不甘心，他梦寐以求的目的得逞了，那种美，那种好，那种慰藉，那种成就，是什么语言都形容不了的，或用什么语言来形容都不过分的。可史丽娟却并没有像他这样喜出望外,并没有迫不及待地要嫁给他。细一思之,也符合她的一贯作风。她是什么作风呢?形容一下,可以用一个字来代替——"肉",不是性感的肉,也不是下流的意思,简单说,就是不爽快、不利落,不能快刀斩乱麻。这些年来,她都是这样的。但如果说不爽快,倒是在两件事情上又非正常地爽快:一是和陈文飞的离婚,简直神速,没有任何预兆,没有打闹争吵(也许她会隐藏自己吧),也不是因为外遇(谁知道呢),说声离就离了,闪电一样;二是陈文飞莫名其妙地落难、成为植物人后,又毫不犹豫地把他弄回家,承担起老婆的责任,给他吃,给他喝,给他端屎接尿,这要多大的境界啊。江大海一早的胡思乱想,就是受后者的启发,他想象着,半死半活的陈文飞在史丽娟的照料下,居然完全恢复了,开口说话,下地走路,蹦蹦跳跳,吆五喝六,比正常人还正常,甚至比发病前聪明了几十倍,变成一个超人,不但把害他的家伙找出来,绳之以法,还在感谢他的前妻、跪下磕了几个响头后,远走高飞,杳无音讯,不再做害人的陈文飞了——多懂事啊,多善解人意啊。从此,史丽娟不仅留下好名声,还一无牵挂地改嫁了,新郎正是水晶大王江大海。对,江大海成了水晶大王了——江大海先是觉得这个江大海不是自己,是另一个江大海,是哪一个江大海呢?幻想的思路因此更是左冲右突,天上人间,还扎上翅膀,驮着史丽娟,飞上了水晶般纯净的蓝天……唉——白日梦终究还是梦,虽然美好,终究还要回到现实中来。

先不想着做水晶大王了,也不想着飞上蓝天了,空想误事,先把眼前这个手把件雕出来吧,做一个人间的江大海吧。江大海努力让自己回到现实中,回到乐晶轩,回到他工作室的小小世界里。

　　这个手把件，被隔壁的张老板相中了。

　　张老板做生意和别的老板不太一样，他是剑走偏锋，并取众家之长，谁的东西他都收，地摊名店，从不计较，更不讲门户，不记仇恨，看准了，拿下，眉都不皱一下。他看乐晶轩炸鞭营业后，没事就踱过来。江大海开始以为他不过是过来看看，会热心跟他招呼，还会扔一根招待烟过去。后来觉得此人不是来取经偷艺，也非来祝贺道喜，只是看看，看看而已，和江大海不去过度热情，保持和从前一样的交往。但有一次，他一口气拿了三件东西，放在柜台上，说："我要了，说个价。"江大海有些懵圈，不知是真是假，只好说："看中就拿去玩，谈什么价啊，老邻老居的。"张老板说："那不行，朋友归朋友，生意归生意。生意做好了，朋友才会更近，拿捏好金钱关系，才是做朋友的基础。这次要是讨你的便宜，下次你就不理我了，朋友也就尽了。说一口价格，合意我就留下，不合意，东西还是你的。"江大海觉得他的话有理，想想，又看看标价——标价都是不作数的。他根据自己心里的最低价，又减去和张老板的人情价，报了个数。张老板想都没想，拿出手机，面对面转了账。张老板的爽快，让江大海大开了眼界，觉得像张老板这样的老板才是做生意的，才叫生意人。这不，这件手把件，也不是什么好料子，普通不过的东海水晶，江大海不过是就材施法，雕了件猴子，也是圆雕工艺，主要是不想破坏那根俏皮的猴尾巴（一道棕色的棉絮，延伸进石头里形成包裹体）。张老板说要了，他自己报了个价。江大海心中暗喜，比他的心理价位高出不少，便给他了。但他提出一个条件，再细加工一下，并强调把左上角那个弧形鼓点取直。江大海看了看，觉得张老板的提议有道理，当初他保留那个弧形鼓点，一是想尽可能地保留晶体的体量，二是那块弧形鼓点也不影响美观。经张老板提醒，他也觉得，那个鼓点，影响了猴子的动感，有点别扭，不流畅，便夸张老板道："懂行！"张老板也只是谦虚一笑，付了款，说了句"明天来取"，便走了。

　　昨天说的"明天"就是今天。江大海做事也不是拖拉的人，一大早起来只想干这一件事，赶紧干好，把手把件交给张老板，就可以去找史丽娟了。

　　找史丽娟，没有别的事，就是要找她，找她，找她（重要的话说三遍）。昨天晚上，在西双湖边的水榭里，他们完成的"仪式"，对于江大海来说，意义重大，相当于求婚了，岂止是求婚啊，简直就是完婚。可史丽娟从他手里慢慢抽回自己的手时，江大海感觉她的手轻微地痉挛了一下，那是她内心的反应啊——身体的痉挛，也是情感的痉挛。江大海不想在微信里和她说话，也不想用手机通话。他觉得任何通讯方式，都不如见面。见面时的气息、表情、眼神等是电话、微信所表现不出来的。而且，还有更直观的感觉，那种气息、表情和眼神等无法表现的感觉，只有见面时才会有。

　　这种改造的小工艺，对于江大海来说，驾轻就熟，很快就收拾停当了。看看，当然很满意，小猴子很波俏，很有猴性，露出特有的聪明劲，加上水晶的料子也不差，江大海有点舍不得了。舍不得归舍不得，定了的事就不能反悔，何况又是邻居又是老主顾呢。

　　时间还早。

　　他请的营业员到八点才来上班，现在还不到七点。他一边把玩着水晶雕件，一边思量着要不要打开店门还是要不要再做点什么时，门被敲响了。

"咚咚咚，咚咚咚……"

敲门声不是太有礼貌。

江大海去开门。

他从工作室出来，要穿过柜台。柜台外边还有橱架。橱架里展示的是一件件高档水晶工艺品，大都出自他自己之手，也有一部分是从街头地摊淘来又经过精心加工的。他在通过橱架前踟蹰了片刻，想了想会是谁这么霸道地敲门。他先想到了张老板，觉得他最有可能赶早来敲门，毕竟付过钱的东西没有拿到手是放不下心的。但他又不希望是张老板，觉得张老板敲门声不会这么粗鲁。那么是那个摆地摊的"葡萄糖"？"葡萄糖"姓唐，因为脸圆如葡萄，江大海给他起了这么个绰号。他对"葡萄糖"印象不坏，在他地摊上买过几件东西，张老板花大价钱拿走的三件作品，其中两件就是"葡萄糖"送来的。江大海几天前跟"葡萄糖"说过，收到好东西，拿来看看。他确实也经常在清晨来敲门，送些货来请他过目。他也不希望是"葡萄糖"。他最希望是史丽娟——这是他瞬间的闪念，只有史丽娟才会这么"粗鲁"，因为粗鲁有时候也是一种姿态，是要看对象的，不是谁对谁都能粗鲁的，有资格粗鲁的。这就是他为会在开门的途中要停下来想一想的原因——史丽娟赶早来敲门的理由更为充分，因为昨天发生的事不会对她没有触动。经过一夜的发酵和酝酿，经过一夜的深思和熟虑，她会产生新的决定——她就算一句话不说，只要大清早能来，能这么粗鲁地敲门，江大海就知她的意思了，那一定是接受了他的"求婚"。

第三部 收付

江大海没有隔门相问就打开了门。

门外站着的人既不是张老板,也不是史丽娟,是他无论如何都没有想到的葛萍萍。

他不太愿意见到葛萍萍。但事实上他和葛萍萍的见面并不少,特别是她的厂子被抵出去的最初那段时间里,葛萍萍几次跟他解释为什么要抵押工厂,理由听起来都不实际——她始终不承认经营失败。她不断解释的最终目的,是要让江大海相信她,她能够东山再起,她还是和以前一样的女强人、女企业家,是个乐观主义者。此外,她不断地规划要如何把这个"自立石英精粉有限责任公司"(江大海转让给她的)改造好、经营好,还跟江大海多次说她的打算,说她的销售思路,说她的后续手段如何强大,甚至还夸下海口,要不了多久,开发区的厂子还要回到她手里,等等。后来江大海的乐晶轩开门营业,她还给他送来作为开业大礼的一块水晶观赏原石,江大海识货,一看就知道这块坐在红木座上的水晶是花了不少钱的。但近一个月来,她没有来。一来她的公司业务风生水起,二来听说正在干什么大事。江大海非但对她要干的什么大事没有兴趣(隐约听说是和上海一家大玻璃厂搞合作,又说是搜集不少证据在状告柏士驹),还担心这个破败的老厂也保不住哪天再被别人抵了去。不过要说这个葛萍萍也真是块头大心也大,如果不是了解她的遭际,还以为她是一个多么成功的年轻女人,她不但一如往日那样大大咧咧,还更加嘻嘻哈哈,就算是讲述她被逼债人"烤全羊"的经历,也没有丝毫的怨恨和恐慌。但从她讲述中,江大海能体会到,那是多么痛苦的经历。所谓"烤全羊",就是几个人把她双手双脚捆起来,串在一根钢管上,像烤全羊一样悬空挂着,虽然身底下没有加火,但

235

凭借她二百多斤的体重，也够她受的。不过，她在讲述时，增加了些许喜剧效果，说两个小鲜肉还试图推着她在钢管上荡圈圈，怎奈体重过大，把钢管压弯了，掉了下来，把屁都跌出来了，"噗"一声，又臭又响的屁，惹笑了小鲜肉们，把他们笑得昏天黑地，"烤全羊"也就不了了之。但会说不如会听，江大海还是听出了其中的悲惨。特别是小鲜肉们在她放了屁之后，为了报复，其中一个还把裤子脱了，堵在她脸上放屁，居然一连能放出好多个屁来。他的表演，得到了同伴的哄笑和喝彩。江大海能想象她受到了怎样的污辱，对她超强的承受力真心表示无比的赞赏。

"怎么？不欢迎？"葛萍萍从江大海瞬间的表情上发现了他内心真实的情绪。

江大海露出了笑脸。他知道这副笑脸露得晚了，弄不好是个二皮脸。

"送块石头给你，估计你会喜欢。"葛萍萍识趣地说，"我不进去了，一大早的，本来想请你吃吃早茶——你忙吧——既然不欢迎，本姑娘就不厚脸皮了。"

"不忙不忙，进来进来！"江大海使出比平时百倍的热情，双手接过她送过来的一个报纸包裹——好沉啊，"谁说我不欢迎啦？我是惊异，惊异懂不懂？"

看来葛萍萍并没有计较，大脸盘上开出了几圈笑容，跟着他进了店。

"哇，几天不见，这么多货啊？哪里弄来的？"葛萍萍环顾着，惊讶地说。

"收来的，也有送来的。当然，好东西都是我自己做的。"

"动真的啦?这要发财的节奏啊。厉害啦,大海!"

"哪里厉害啊,这不是……"江大海想说"这不是被逼的嘛",突然觉得不对,她会以为向她哭穷,哭穷不就是想要账嘛,便打住了,改口道,"这不是刚起步嘛。"

"起点真高……大海,我要重新认识你了,佩服佩服!"葛萍萍在店堂里转一圈,口气很大地说,"我聘你做我的副总吧?算了算了,做副总屈了你的大才,你好好经营你的水晶店,等着我来收购!"

江大海知道她的狂妄,也知道她真能说到做到,便不接她的话茬,打开报纸,看看她拿来的是什么宝贝,居然是一块黑面包一样的石头,体量不小,七八斤有了,如果能吃,两三个人都吃不了。什么东西?江大海心里"咯噔"一下,凭经验,越是丑石头,越有可能是好石头(对上等水晶的昵称),这块石头太丑,颜色丑,造型也丑(太不像水晶了),说像黑面包是高抬了它,它实际上更像一坯牛屎,一坯冒着热气的刚拉下来的牛屎,如果发出臭味,没人说它是石头。

"你瞧瞧看。"葛萍萍也走了过来,"送你的。"

"好东西你能送我?"江大海的话有三层意思:一是既然你说是送的,就要先堵住你的嘴,不许后悔;二是预先告知,肯定不是好东西;三是对你这件东西,并不领情。

"瞧你这话,好心拿当驴肝肺!大海,你什么时候能成熟点哦!我都给你愁死了。"

江大海阴谋得逞,赶快转移话题:"哪来的?"

"家里的。"葛萍萍没有露出内心的得意——她厂子抵给了柏士驹后,转移原料时,从一堆石英的底层,捡了几十块这样的黑石头,她大致上能想起来,还是十多年前她初创企业时,有人卖了这批石头给她,她不收——肯定不是好石英,不能打粉。卖主也嫌弃,不愿拿走,丢下了,工人就把这几十块石头扔在一个角落里。直到抵押后她转移厂子时,才发现还有这批石头,觉得很可能有用,便一起转移到新公司了。由于一直忙,也没顾上看,这几天有了点空闲,觉得这玩意儿好奇怪,就选一块稍微好看些的,趁早拿来了。她知道江大海是学矿石出身,能懂。

"不像水晶。"江大海说。

"我也没说是水晶啊。"

"也不是一般的石英。"

"是什么?别卖关子好不好?你是专家。"

"屁专家,可是不是水晶是什么呢?"江大海反问她,也是反问自己。

"我怎么知道?"葛萍萍乐了,"一大早就像喝醉了似的。"

"谢谢你啊。"

"你看看,什么都不是还谢,谢什么?"

"留下我看看。"

"送你的,慢慢看吧,家里还有。"

"还有?"

"是啊,好多,你看要是能用,都送你了,你手巧,搞个雕件什么的,能派上用场。"

"好——这会儿可以说谢谢了吧?"

"客气啥啊,走啦!"葛萍萍对他开门时流露的不悦的表情,还耿耿于怀,"你也不欢迎我。"

"哪里话啊——真走啦?"江大海送了两步。

走到门口,葛萍萍又回身,说:"好久没看到丽娟了,你也不去关心她。"

江大海心想,你怎么知道我不关心她?江大海知道这是葛萍萍在套他的话,还是愿意被她套,但他没说昨天晚上还和史丽娟在一起的,而是说:"陈文飞那个样子就够她忙了,真是难为她。你多久没见到她啦?她老了,几个月老了有二十岁,像个五十多岁的老太婆了。"

"说什么呢,大海,你可不能嫌人家丽娟,什么成老太婆啦?我把你的话告诉她,你就死定了。"

"真的见老了。"

"是啊,这事摊在谁头上也能磨死人,唉——"葛萍萍的话里充满了同情。

江大海后悔评论史丽娟了,让葛萍萍有了发挥的余地,他想解释这个话题,又怕引起她更多的话,便打住了。

葛萍萍果然改了话题:"看没看到我瘦啦?"

"好像……瘦了点么。"

"真的呀?太好了,减肥成功——告诉你呀,大海,我去庙里烧香了,大和尚还给我算了命,说这几年不顺,都怪我太胖,我下决心减肥了,哈哈,实话告诉你吧,我都减了三个星期了,我准备减掉五十斤赘肉!"

江大海并没觉得她减了肥,只是感觉她黑色长褂子又小了很多,腰上的肉快把衣服胀破了,还有硕大的胸。江大海不敢想象,如果真瘦了,那对山峰一样的胸是跟着瘦呢还是显得更大?

江大海鼓励道:"好,祝你减肥成功!"

"谢谢谢谢,嘻嘻,我就爱听这话,走了啊。"

江大海看她上车了，车身重重地歪斜着颠簸几下——她体量真是太大了。

回到店里，江大海赶快把那块黑石头抱进工作室，开亮了大功率台灯，拿出激光笔，开始研究这块石头。说实话，以他的经历和眼界，他确实不知道这是什么东西，大功率台灯加激光笔也照不透它，说明它不透气，肯定不是水晶。为了保全它，又不能轻易切开（那相当于毁坏了）。江大海读书时，在平岭做过几天地质实习，知道有一种石矿叫闪长岩，就是黑色的花岗岩。但这块石头显然不是闪长岩。闪长岩比它要灰一些、浅一些，石头里还掺杂一些砂点。这块石头太黑，面部润滑，有肉感，又不是传说中的煤精（它比煤精重多了）。葛萍萍说她家里还有好多。那这是什么玩意呢？江大海也纳闷了。

第三部 收付

03

屋里有一股异味。洗衣液味还是臭味,还是没有泡开的奶粉味,没人说得清。说得清又怎么样呢?曹小玲已经习惯了这种气味,长期被这种气味所浸泡,已经同化了,连她自己身上也有这种气味了。其实曹小玲知道这种气味,她只是不愿说罢了——几年前,她在她去世不久的奶奶的房间里,闻到过这种气味,没错,就是一种死人味。曹小玲一是不愿说,二是不敢说。她怕一说到"死",陈文飞就真的活不成了。

曹小玲在洗衣。她鼓着腮,一百个不情愿。难怪,现成的洗衣机,她不能用。本来她可以用,是她自己不愿意用。她觉得陈文飞的衣服太脏了,会脏了洗衣机的。她觉得他连脏了洗衣机都不配。她宁愿戴着橡胶手套,"吭哧吭哧"地手搓手淘。当然,他也没有几件衣服可洗——确切地说就是一片被单。她仅仅是为他洗一片被单而已,甚至他连这片被单都不需要。

曹小玲出出进进，围着小围裙，一脸的怒气，脚下也是怒气，小碎步快走，像生了火不敢落地似的。洗衣服时，手上也是怒气，"嚓嚓嚓，嚓嚓嚓"，恨不得把衣服搓碎。她把他想象成衣服，搓碎了才解恨！

陈文飞躺在床上，身上盖了一条毯子。毯子拉到下巴那里。他的下巴有几根发黄的浅灰色胡须，如果不是毯子的浅白，他那几根胡须倒是像从毯子上生出来的。他的下巴很尖，脑门很宽，眼很大——是眼眶很大，黑眼珠像是被白眼珠吃了不少，感觉眼睛全是白的。他脸色也和毯子的颜色差不多，说不上是白是灰还是黄，如果仅看他的脸，认识陈文飞的人，没有人会说这是陈文飞。

屋里的空调有些冷。这几天有些怪，都十月了，还那么热，曹小玲便开了空调。虽然是二十七度的标准温度，虽然曹小玲感觉还有点热，额头上还沁出细密的汗珠，但曹小玲估计他是冷的，他萎缩的样子，就是冷的意思了。冷就冷吧，曹小玲想，有人还出汗呢。曹小玲才不管他的感受了。曹小玲擦了把汗，把温度打到二十五度上。她可不想让自己出汗了。帮他擦洗，给他喂吃喂喝，再出一身汗，凭什么啊？

"看？"曹小玲手脚麻利地换一盆水，冲陈文飞吼一声——陈文飞眼珠子正转向她，在吼声的余音中，她又一迭连声地说，"看，看，看，看……看什么看！"

陈文飞被她一吆喝，眼里全是白眼珠了——他眼睛一转，不知把那点黑给转到了哪里。

"别不服，有本事开口说一句。"

陈文飞开不了口，当然就没本事了。

第三部 收付

　　曹小玲虽然知道他废了，植物了，没有表情，没有动作（除了偶尔转转眼珠子），但感觉他心里有数，便有事没事地呵斥他几句，也是为了平衡自己心里的委屈。她心里有什么委屈呢？有的，比如她急躁、不耐烦、无聊、憋闷的时候，呵斥他几句，数落他几句，心里立马会好受不少，清静、敞亮了不少。
　　"听也不许听！耳朵聋了才好！"
　　曹小玲转过身去，回背朝着陈文飞，继续淘洗那件被单。
　　曹小玲是史丽娟找来做家政的，说白了，就是护工，专门护理陈文飞。陈文飞倒在街边的大梧桐树下，一副惨不忍睹的怪样子，是曹小玲报警找来了警察。曹小玲也没有想到自己报警还惹了一身事，先是警察找她谈话。谈了一次不行谈了两次，又谈了三次四次，开始她只是作为报案人，做了简单的笔录和签字。都怪曹小玲自己说多了话，把陈文飞如何来吃饭喝酒，如何和一个女人邂逅，等等，一股脑儿都倒了出来。警察就抓住这根线，往下追。好在没有追出什么东西来，便不了了之了，她也难得清闲了几天。可史丽娟又找她来了，问她在小饭馆能赚多少钱。曹小玲说了个数，还把零头凑成了整数，多说了几十块。史丽娟出了三倍的钱请她去照顾陈文飞。三倍的钱啊，那就接近一万了啊。曹小玲想都没想就答应了。原本以为陈文飞没有大问题，一个年轻力壮的大男人，挨几拳头，挨几巴掌，摔了一跤，就成了植物人，谁信呢？何况她对他的打牙嚼嘴还有过好感，认为他对她有那么个意思。能多挣钱当然重要，能在她的照顾下，康复身体，也是她愿意干的。谁知不是她想的那么简单，几个月了，这个当初满嘴跑火车的家伙，身体不但没有好转，还日渐萎缩，往小里长了。照这个速度发展，要不了多久他就小得跟婴儿一样

243

了。曹小玲的情绪就多变起来，就反复起来，而且喜怒无常，常常冰火两重天地落差很大——想想史丽娟付出的钱，就对他好点；想想他见到昌晶晶后表现出来的那副嘴脸，最终"死"在昌晶晶手里，就气不打一处来，就对他恶声恶语，话里话外都是怨恨。

曹小玲洗了被单，到阳台上晾好，才坐下来。

他屋里有台电视机，本来以为他能看的。他开始的确还能看看，还能眨眼、抖抖嘴唇，脚丫子也会动动，虽然像是抽搐，但毕竟动了，他在搞这些小动作时，是表示对电视内容的有所反应。后来连抖动嘴唇的功能都消失了，眼睛也不能眨了，更不要说抽搐脚丫子了，只剩下一双空洞的白眼珠子了。电视还看个屁啊！曹小玲偶尔再打开电视机，就完全是自己看了。有时候看到精彩的地方，她会不自觉地大笑或大骂，还会问他一句什么，突然觉得这是个废人时，像是趟了鬼一样地对自己不满意。

曹小玲才不管电视的声音会影响他的休息了——鬼知道他是休息，还是想主意。曹小玲还觉得他心里的鬼主意、毒主意一定不少，而且他的鬼主意、毒主意都是下三烂。她一早忙到现在，两三个小时没住手，看一会儿电视怎么啦？曹小玲要等到他吃了第二顿饭之后，才离开。她看一眼墙上的电子钟，第二顿饭的时间马上就到了。

曹小玲打开电视，还没来得及调台，就感觉到他那双白眼珠子又看她了。看她，就是有事了。他如果想吃了，会看她，想喝了，也会看她，想屙想尿同样要看她。曹小玲讨厌他的白眼珠子，管不了他那么多，吃多屙多，喝多尿多，想提前吃，门都没有，一天不吃一口不喝一口才好了。

曹小玲只好把电视又关了。

"想干什么？"明知道他不能回答，还是要关心他。她发现他白眼珠子又扩大了——他唯一向外散发信号的，就是白眼珠子的大小和白光的强弱。

通常情况下，曹小玲受不了那白煞煞的眼光，感觉满屋都是白眼珠子，连电视里都是，甚至后背上都多了一双死鱼眼。曹小玲摆脱不了，往往会走到他床前，对他没有好声气地说几句。曹小玲今天不爽快（莫名其妙地不爽快），又被他白眼珠子刺激了，便变本加厉地对他说："你不要这样看我好不好？是不是想吃啦？没到点不能吃，好人一天才吃三顿，你一个病人，一天吃五顿，不怕撑死啊？你七点刚吃过了，第二顿是十点，第三顿是下午两点，第四顿是下午五点，第五顿是几点？是晚上十点好吧，少给你吃一顿啦？一顿没少吃你还看，看，看，看！看什么看？！"曹小玲伸出两根手指，做剪刀状，还用力挖一下，恨不得要把他的眼珠子挖出来："还看，还看……这双眼睛三十多年了还长在你脸上真让我奇怪，拿出来喂猫算了，别以为我是说说而已啊，隔壁老王家那只大黑猫天天饿得鬼叫，给它吃了还解个馋，留在你脸上有屁用？当初在大梧桐树下怎么没把你眼珠子给跌出来？当初要是跌出来，你看我敢不敢上去踩一脚！还敢流口水啊？流着口水看啊？我有那么好看吗？我要有那么好看，你会被那个小狐狸精迷住？你的魂能丢？你要不被那个骚腥烂臭的小狐狸精迷住了，你的魂就丢不了，你的魂丢不了，你就跟好人一样，还天天去吃面喝啤酒，一碗虾酱豆，一碗海蛎豆腐，一瓶啤酒，多幸福的好日子啊。可你把幸福的好日子，当成大便一样屙了，当成尿一样尿了，当成垃圾一样扔了。你还好意思看我？你看我是什么意思？啊？安什么心？啊？回答呀？跟你说话呢……哈哈，本姑娘晓得了，你是觉得姑奶奶好看还是不好看？来，看在你要死的分上，就给你看，看吧，看吧看吧看吧看吧！"

曹小玲越说越激动，脸上的表情也很复杂，似笑非笑，似怒非怒，似急非急，总之，不是她平时的表情了，不是平时的曹小玲了，似乎换了一个陌生人。她把一张变形的脸往他白眼前凑了凑。其实只是做了个凑的动作，距离上并没有靠近——她怕他身上有异臭味。但他发灰的白眼珠子，突然亮了下，像是雨后的云突然退去，清澈了很多。曹小玲知道他听懂了刚才的一番话，索性顺着刚才的话说："这下知道我的好了吧？那个骚腥烂臭的小狐狸精呢？差点把你害死——其实要把你害死你就幸福了，把你害成这样，还不如死了，你是生不如死，是不是？是不是？是不是？像我这样好人是不是天下难找？你都成这样了，还不是我来服侍你？你以为我服侍你真是为了钱啊？还看？看吧看吧看吧……你要是看我能把你这病看好了，你爱怎么看就怎么看。可你怎么看都好不起来了。你看我不过是拿我跟小狐狸精比，是不是？是不是？是不是？"曹小玲说着，把衣服掀了起来。曹小玲穿一件长袖的白衬衫，是那种瘦身款的，掀起来觉得费劲，干脆解开了纽扣，露出了胸。"叫你看……你胆子真大啊，你胆子比笸斗还大啊，真看了还，好看吗？好看吗？我的好看，还是小狐狸精的好看？"曹小玲看他的眼神似乎没有变化，又把文胸拽了。曹小玲的胸很好看，她自己对自己的胸部很满意，相信男人们也会满意，当然也包括这个病秧子了。曹小玲气急之下开始露出自己的胸时还脸上出火，还有点难为情。看他躺在毯子里一动不动的身体，胆子更大了，冲着他的眼睛还晃了晃胸，摇了摇屁股，说话也卷了舌头："后悔了吧？后悔了吧？就是要叫你后悔。就是要叫你眼馋，就是要叫你白看……你这个狗吃的……你……你都告诉我你家住哪里了，是不是已经对我有那个意思啦？是不是在引诱我？你这个花心大萝卜，都引诱我了，一看到小狐狸精，魂就丢了，就屁颠屁颠跟她走了。怎么样，有好果子吃吗？是她把你废了，可不是我……我不想废你，是她……"

曹小玲说着说着，突然哭起来，她哭得不要不要的，一声赶不上一声地抽。突然地，她把裙子上的腰带解下来，飞快地解下来，往自己的腿上猛抽一下。这一下抽疼了，超出了自己的预料或本来就没有预料到会这么疼，反正那条腿不由得弯曲，不由得跪了下去，抽泣声突然炸开来，变成一声惊叫。

曹小玲的脸色更紧了，她狠狠地摸过一片尿不湿，猛地站起来，腿还是软了下。

她瘸着挪半步，要给他换尿不湿，却忍痛跳到了床上。

她掀了他身上的毯子。

他完全暴露出来了，四肢苍白，又瘦又小，皮肤打成皱，一挂一挂的。

他的身底下垫一块油布。

曹小玲伸手摸摸油布，还放在鼻子上闻闻。

曹小玲在给他换尿不湿时，并没有扣上自己的上衣纽扣，那双精致的小乳房就这么忽隐忽现、晃来晃去——他在她眼里完全不是人了。

"留着你这双眼吧，你这个只有一口气的死人，你要想看我，天天给你看！"曹小玲把沉重的尿不湿扯出来，随手扔到床下的大盆里——那里堆着好几片尿不湿，"少吃点会死啊？尿这么多。"

曹小玲掰开他一条腿,给他换一片新的尿不湿。

曹小玲在他新换的尿不湿上拍拍,恶心地说:"真丑!跟花生米似的。你看你那双眼,你还流泪了你……你这种人也会流泪?鳄鱼的泪吧?你害了多少人我问你?你害了娟姐,你的前妻……你还害了我……别不承认啊,你把我害惨了都……今天本姑娘豁出去了,让你看个够……让你死了也瞑目!"

曹小玲不知哪根筋搭错了,或脑子短路了,自虐般地把裙子撩了起来:"看……光淌眼泪不行,还要让你淌口水——馋不死你!"

曹小玲解了恨,从床上跳下来,哼了两句什么歌,又说:"时间才到,勉强算到了,可以吃第二顿了——要看抓紧看啊,喂饱你这条狼心狗肺的狗,我就走了,有本事你让你的狗眼长两只脚,跟着我!"

曹小玲打开奶粉罐,先挖一汤匙送到自己嘴里,咂吧几下。

曹小玲给他冲小半瓶奶粉,摇摇晃晃,手试试不烫了,才拿给他喝。他嘴巴含着奶瓶嘴,像是吸了点,眼睛却在看曹小玲,那眼神,不知是眨动,还是痉挛。曹小玲的气消了些,对他的看也不在意了——曹小玲觉得他确实不是一个人了。

"吃吧吃吧,吃饱了明天给你看!"

可小半瓶的奶,他连一半都没有喝。曹小玲再怎么劝他,他就是喝不进去了。曹小玲从他的白眼里,看出他吃得真是绝望,就不再勉强他了。

对付陈文飞告一段落以后,曹小玲开始做自己的事。她自己的事在另一间屋里,是帮一家水晶加工厂穿项链、穿手串。这个工作她刚进城时干过,后来在小饭馆工作时,也兼职过,不难。自从当了护工,有了大块的时间,她又去这家厂里领了活。干这个工作,一天下来,也就挣二三十块。不知为什么她特别愿意干这个工作,觉得赚陈文飞的护理费对不起自己似的(这笔钱对她来说是巨款,她不愿意放弃)。有了穿项链、穿手串的事做,挣钱不挣钱无所谓了,仿佛她干了份多么正当和体面的工作了。但是,她腿还有些瘸,还隐隐地疼。她从脖子上抽下裙带,发现那枚平时不起眼的金属扣子了。她撩起裙子看看,腿上有一块瘀青,瘀青上似乎还有一些泛红的血印,她觉得自己对自己也够狠的,便又用裙带在腿上比划比划,最终没有再抽。

  曹小玲来到自己的房间前,要到卫生间给自己净手,在客厅重新换衣服,甚至连拖鞋都是新换的。现在才十点,到下午两点还有四个小时,她要在自己的房间里呆四个小时。这四个小时是她一天里最开心、最快乐的时光,她可以一心无挂二地干自己的活,还可以玩手机,发微信,看朋友圈,甚至在微信群里和别人互聊几句,就是高声唱歌,也不在乎任何人的感受。曹小玲的床上放一个柳匾,柳匾里是许多水晶珠珠,打好了洞的水晶珠珠晶莹剔透,大小均匀,灯光下会折射出耀眼的光芒。曹小玲用带有弹力的尼龙线穿手串。她已经穿了好多串了。一进自己的房间,看到眼前的景致,就像进了另一个世界,她随手在柳匾里划拉一下,听清脆的水晶碰撞声,又拿几个手串,戴了自己的手腕上,她一串一串地戴,往手腕上套了好几个手串,沉沉的,凉凉的,也美美的。她完全忘了刚才对陈文飞干了什么事了,也完全不觉得当时是在气头上,更不觉得自己的行为有多么龌龊,多么不适合,所以她现在忘我地只顾干活了,她在选配珠珠时,喜欢不停地在柳匾里划拉着，划拉着，喜欢听水晶珠珠互相碰撞发出的好听的声音，就像小姑娘的笑声。曹小玲好久没听过这么笑了，她也好久没有这么笑过了。她不停地划拉着，不停地笑着。她的心也跟着笑了。

快乐会让人忘却很多事情，包括周围的异动，这不，有人敲门，她都没有听见。

"嘭，嘭……"开始是这样的。

后来是这样的："嘭嘭，嘭嘭……"

再后来是这样的："嘭嘭嘭，嘭嘭嘭……"

当曹小玲确认有人敲门时，吓了一跳。

她跑出去，隔着大门问："谁？"

"我……"史丽娟的声音。

曹小玲赶快又跑回房间，取下腕上的手串，把手串放到柳匾里，藏在被子底下，跑出去开门了。

"怎么到现在？"门外的史丽娟脸上一脸不悦的表情。

"我我我……睡着了。"

"睡着？噢……是啊，辛苦你啦……"史丽娟进了屋，朝陈文飞的房间门上瞥一眼，坐到一张简易沙发上，又朝关着的门扬一下下巴，"怎么样？"

"还那样。"

其实，史丽娟知道（医生也早就说过了），陈文飞好不了，一时半会也死不了。

静了片刻，史丽娟站起来，朝那扇门走去。曹小玲以为她要进去看看。曹小玲立即有些紧张，不知道自己做没做错什么事。史丽娟好久没来了。好久是多久，她也想不起来。她只知道史丽娟在陈文飞刚搬进来时,来过两三次,也或四五次吧,反正很少,后来就没再来过(因为来和不来,都一个样),有事都是电话里说。电话里也没说什么大事,就是问陈文飞还能吃吗?身上烂了没有?曹小玲的回答是能吃,身上好着呢,一天换洗好几遍,干干爽爽的。曹小玲也会打她电话,无非是尿不湿用完了,奶粉喝完了,让史丽娟网购了寄来。这当儿,史丽娟突然地来,莫非知道她刚才对陈文飞使了怪招?不会,她史丽娟不会算命,知道个鬼呀。

史丽娟就要走到门口了,曹小玲反而不紧张了,你要去看就看吧,房间里倒是没什么,卫生搞得还行,只要陈文飞不开口讲话,她就不怕。

史丽娟并没有进去,她走到房门口,停下了,说:"还那样?"

"还那样。"

"对了,你以前说过,他住在哪里?"

"啥?"曹小玲一时没理解。

"你不是说他以前有个住处吗?什么小区多少号楼几几几单元?就是他没伤之前住的地方。"

"啊?我想想啊……"曹小玲皱紧了眉,想了会儿,才断断续续地说了个小区名和门牌号。

史丽娟重复了一遍。

曹小玲点点头,说:"没错。"

"这个月的护理费打你卡上了,收到了吧?"

"收到了。"曹小玲嘟起了嘴,"大姐,我……我不想干了。"

她说过就后悔了。这并不是她想说的话,她心里根本没想说这话，但就说出来了。

"不干……"史丽娟没说下去，她看着曹小玲，长吁一口气，一脸的凝重。

"对不起啊，娟姐，你再找人吧？"她索性说。

"给你再加点钱吧。"

"不是钱的事。"

"那，等我找到人了，好吧？钱再加两千，从下月开始。"

曹小玲点点头，挺勉强的意思。但无意一句话，又增加两千的收入，她也是满意的。

史丽娟也没再说什么，曲回头，走了。她临走时，望都没朝陈文飞的房间望一眼。

第三顿吃饭时间到了时，曹小玲进去喂陈文飞吃饭，他居然生气了——半瓶奶一口没喝。他这样子还敢绝食。曹小玲估计他是听到了她和史丽娟的谈话了，便说："是你不吃的，不是我不给你吃的，饿死了不怪我啊！"

04

江大海正在琢磨这块黑石头时，张老板来了。

这块黑石头给江大海带来了不少烦恼，主要是不知道它是什么东西。他又是翻书，又是查资料，还给久不联系的矿院徐老师打电话，拍了照片，通过微信发给他看。见多识广的矿业学专家回复说没见过，猜测是外星球掉下来的，叫陨石。笑话，怎么可能是陨石？原来满满的对老师的崇拜，瞬间有了些怀疑。不过要真是陨石，也许值大钱的。可那是陨石的钱，陨石的价值，就不是水晶了。如果能给这种石头命个名，就说是水晶的一种，哪怕叫墨晶（完全胡扯，因为真的墨晶也是透气的），也是很光耀的事。从石头花纹的密度上判定，硬度应该够了，做雕刻、切割、打磨、抛光等工艺应该不成问题，只是做成普通的名牌或挂件，怕是不太吉利，毕竟是黑色嘛。可要做成手串呢？精细的手串或许能博得时尚女孩的喜欢。

张老板的到来，正是时候——暂时消解了江大海的纠结。

江大海没有迎出去，也没有隔着柜台只打声招呼（以往他都是这么做的），而是出乎意料地请张老板到他的工作室来坐坐。江大海一般是不请别人到工作室的，怕现了底，当然个别好朋友除外。张老板算不上好朋友，江大海对这位邻居一直敬而远之，要不是他接连地来买几块水晶工艺品，多半还是这样君子之交。但生意上一旦有了往来，有了成功的合作，又是一条街的邻居，再生分下去就不地道了。

张老板是来拿手把件的。

再说这个一向以貌取人的张老板，本来没有瞧得上江大海，即便是江大海还在经营石英粉厂的时候，就看出来他不是个有大出息的人。后来搞这个"乐晶轩"，又迟迟不见营业，还听说厂子转给了从前的旧相好，社会上也是颇多非议。不过张老板不太喜欢听别人的私事，大老爷们，天天像小媳妇一样嘀嘀咕咕，还能干什么？不过他也是戴有色眼镜的，他看中的人什么都好，看不中的人，什么都不好。他不屑对方的习惯动作，就是用鼻子当眼睛。但他从来没有用鼻子看过江大海，跟江大海说话时，眼睛也没有望天，都是用双眼平视江大海的，就是说，江大海在他心目中，虽然没有什么位置，但也不至于一无是处。既然江大海热情让座，他也乐意和江大海聊聊，便走进了工作室。

张老板扔一支烟在江大海的操作台上。

江大海拿起烟，递给他："我不抽烟。不好意思啊，没拿烟招待你。请坐请坐！"

张老板坐下，点烟，吐出烟圈，在一团朦胧的烟雾里，脸上露出客套的笑脸，说："你这是宝地啊。"

言下之意是，他受邀很荣幸。

江大海就把手把件拿给了张老板，说："弄好了，你看看。"

张老板拿过手把件，没怎么看就点头说"好"，而且一连说了几个"好"。然后，他才挺会做人地说："江老板，咱们接触不多，你给我印象不错，在晶都水晶圈里我也算是个老人了，见人不少，遇事也不少，像你这么稳的年轻人可不多。"

"张老板夸我啊，不年轻啦，奔四了。"江大海说过又后悔了，因为"稳"，不像是夸人的，不过是没有进取心的另一种说法而已。再说，才三十多岁嘛，在一个五十多岁的大叔面前还是年轻的。

"奔四也是年轻人，我奔六都不敢说老——我是说真话，这么多搞水晶的人，出什么事的都有，就说出国那些家伙吧，有发财的，也有砸了锅的，还有连命都赔上的。全国各地搞水晶的晶都人，少说也有二十万人，各色都有，我遇过的太多了，骗子、流氓、小丑，还有投机者、掠夺者和贪官污吏者，说大话使小钱的，吹牛不打草稿的，男的女的，老的少的，高的矮的，胖的瘦的，比水晶品种还多得多。你入行也这么多年了……挺好，挺好……你当初刚刚把厂子转让时，圈里不少人都以为你要出国的——有出国打算没有？"

"出国嘛，还真没有打算。"江大海听出来张老板的话太好听了，前边都是虚的，只有最后一句算实的，不免有些警惕，一想，也许生意合作愉快，说几句恭维话也是人之常情，就接着他的话说，"出国的事，也不是没有想过，想过，也计划过，可那得有一大笔钱，钱少了还不如不去，钱多了也不一定去——这话说得矛盾了哈哈——其实也不矛盾，出国为了什么？不就是为了钱？有几百万几千万，谁还出国冒险？如果手里没有钱，出国要饭啊——我嘛，主要还是经济能力不够。再说了，我也不是爱冒风险的人。如果爱冒风险，可能就不是现在这个样子了。"

"这是掏心窝的话。江老板，你这个朋友，我张某交定了，你说得对，没钱才冒险，有钱谁还冒险？犯不着——在晶都也能发财的——我看你现在就很好？有个门店，稳当，慢慢做，会越做越好的。"张老板猛吸一口烟，把烟屁股在烟灰缸里揉一下，改变了话音，少有地鬼祟道，"听说了吗江老板？"

"啥事？"

"没听说？"

"没有。"江大海摇头，眼睛看着对方，满满的都是好奇——这才知道，张老板接下来的话，才是他这次来的真实目的。

张老板也看着江大海，似乎要从他眼里读出什么，几秒钟，或只有零点几秒吧，才犹豫地说："这个……这个这个……董小七……董小七听说了吗？"

"董小七？"

"是啊……"

"出事啦？"

"这个么……而且……"张老板摇头又像是点头。

江大海听出了张老板话里的犹豫，马上就知道，他要说的，不是董小七。董小七一直就说要出事出事，可一直都没有出事，也没有确切的消息说他出事了还是没出事。关于董小七的消息，一直都是云里雾里，看不清，也摸不着。有人希望他出事，出事了才有话题。关于董小七的传说，江湖上一直不断。张老板说

256

董小七和不说董小七，董小七都那个样，都是传说中的人物，所以，他没必要在江大海这里探听董小七的消息，况且他也不知道董小七。董小七要是人人都能知道，随便都能知道，那他还是董小七吗？

"我跟董小七……还真没做过生意。"江大海说。

"是吗？这样好。生意嘛，跟谁都能做的……董小七算个人物，传言太多了。可他吃在哪里，睡在哪里，在哪里发财，跟咱们还是远了些，不说他了。"张老板又掏一支烟，点上，一口吸了半截，做若有所思状。

第二支烟，让江大海有点不好意思——张老板并不急于走，来取手把件只是借口，他一定还有别的事。有事就说嘛，没把咱当朋友？多个朋友多条路，有什么不好呢？江大海脑子里开始灵活转动了，既然人家想和你交，你也不能假装不懂啊。江大海想起自己书房还有一包刚开封的软中华，"3"开头的，便热情邀请道："张老板肯给面子，我们楼上喝茶去，请，请请请！"

张老板也爽快道："好啊，参观参观，学习学习。"

"学习不敢，还要向你多请教啊。"江大海庆幸邀请及时，否则还真得罪了人，失去一个朋友了。

到了书房，江大海烧水泡茶时，把烟也敬了张老板。张老板接烟的动作十分自然，就像他递烟给别人一样，他简单环视两眼房间，说："果然是知识分子，客厅布置很有……书香，应该是书房啦。"

"多个空间而已。"江大海也比刚才自然多了，"只顾忙了刚才，怠慢怠慢！"

"客气客气。"

"佩服张老板很久了,一直不敢请教,以后还靠张老板多多罩着点。"

张老板爱听这话,心里爽快,脸上也有了笑容,老朋友一样地跷起腿,抖动着,说:"哈哈,罩着……不敢啊,互相关照差不多——其实我是爱交朋友的……刚才咱们说董小七……你说咱们说他干什么啊,八竿子也打不着——岁数大了就爱扯,瞎扯。说个人,这个人你应该认识——你肯定认识,晶都这点地方,放个屁,南街臭到北街,你江老板也搞了多年石英厂,谁不认识呢——柏士驹……想起来了,瞧我这记性,你们还是朋友呢,在我店里,你们还打过招呼的,是不是?瞧我这记性,嗨!"

"柏老板啊……"

"嗯嗯嗯……"张老板不住地点头。

"吸钱兽啊。知道这个人,厉害的!"江大海估计张老板不想走,犹豫着说还不说,就是和柏士驹有关。

"是是是……哈哈哈,你说吸钱兽,像,他就是吸钱兽!"张老板又取出一支烟,在指甲上磕着,打火机拿在手里却不急于点燃,痛快地说,"他做资金发财了。人有多大胆,地有多大产。可人有多大胆,风险也就有多大……葛萍萍是你同学?她的厂子抵给了柏先生,他现在不玩资金了,手里有了厂子,也不搞生产了,改玩了房地产,在开发区盖一片房子,叫什么?"

"世界石英粉交易中心。"江大海脱口而出。

"对……没错。"张老板点燃烟,深吸一口,徐徐吐出的浓烟后边,是一双紧眯而深邃的眼。

江大海知道抢话了,收不回来了。也好。柏士驹搞擦边球,在工业用地上搞商住两用房的开发,还冒名"世界石英粉交易中心",尽人皆知。而且江大海也只局限于知道这些,关于柏士驹的后续的故事,江大海不是不想知道,是他没有知道的渠道。葛萍萍也不知道,她把厂子抵给了别人,人家干什么不干什么,她是无权知道了。如果张老板能有最新消息,他当然愿意听听啦,毕竟那块地方是葛萍萍的地盘——曾经是。从葛萍萍的零星话语中,她是不甘心的。

张老板的烟瘾真大,如果没有看错的话,他的新点燃的这支烟,共吸了三口,就烧到黄色的过滤嘴了。

"还有谁欠你钱?"张老板说。

"谁欠我钱?"这话题有些突然,江大海一下就想到了葛萍萍。但张老板为什么要问这个话呢?这应该算是隐私吧?

"我们做生意的,经常你欠我我欠你的,不是?"

"没有。"江大海又摇摇头,"没人欠我的钱。"

"没有?"

"没有。"

"没有好。"张老板终于端起杯子喝了口茶,"有一个人,你们是朋友……"

"你是说葛萍萍?老同学了,她……确实欠一点,小钱。"

"你看看,刚才还说没有,不过葛萍萍欠你的,我不担心……"

"是是是……"

江大海立即知道自己又错了,抢话了——从张老板的口气和神态中,他要说的肯定不是葛萍萍,而是另有一人。

"除了葛萍萍,没有别人欠你的钱?"

"没有。"江大海肯定地说。

"有没有人欠你朋友的钱？"

"这个嘛……还是葛萍萍。她欠我一个朋友的钱，可这个朋友和葛萍萍也是同学，应该没事吧？"江大海心想，这个张老板是怎么啦？为别人操这么多心？他担心什么呢？担心谁呢？谁欠谁的钱让他担心？

"不是这个……"

江大海本想等着他再说下去，可他站起来，要走了。

"再坐会儿……"

"不了，你也事多。"张老板这才重新拿起那件手把件，认真地欣赏着，说，"好手艺啊，是吃这行饭的料，小江，等我这几天忙完了，我请你吃饭。"

江大海听他改口不叫"江老板"而是叫"小江"，有点小小的感动，对亲近的人才这么改口啊。还要请吃饭，还夸他好手艺。江大海感觉这个张老板有点反常，在感动之余，心里自然地防了一手，本来想叫他看看那块"牛屎坯"的黑石头，也觉得可以等等再说了，别一次性把家底全漏了。

江大海送他到了门口的街上。

"你朋友当中，有没有人放款给柏士驹？"张老板没忍住，还是说了。

"没有。"江大海脑子里迅速闪过几个要好的朋友。

"再想想，"张老板看样子一心要帮江大海了，"柏士驹有没有欠你朋友的钱。"

张老板这里所指的"朋友"，其实是有特指的，那就是陈文飞。张老板知道陈文飞有一大笔钱委托柏士驹做资金。他今天凌晨得到确切消息，一家讨债公司的十几个人被抓了。他们讨债的手段涉嫌违法，在人家院子里支锅造饭，大便小便遍地都是，不仅限制了人身自由，还涉嫌暴力，出手太重，出了事（可能有伤残甚至命案）。张老板脑瓜聪明，他知道柏士驹和这家讨债公司有生意上的瓜葛，柏士驹也有可能被抓。就在他到江大海这儿之前，他才从柏士驹那里回来，抽回了自己的款项。他一来怕自己的钱受到株连，二来是看不惯柏士驹的敛财方法，对这种人也能发财愤恨不已。他想起了陈文飞。陈文飞出了那么大的事，在晶都是尽人皆知的。陈文飞那笔巨款，有可能随着柏士驹的出事而成了死款。他知道陈文飞的前妻跟江大海是朋友。所以，他想做这个人情，又想给自己留条后路，开始还吞吞吐吐，现在索性全说了。

"没有。"江大海的口气还是很坚决。

"再说一个人，"张老板还要提醒他，"陈文飞该是你朋友吧？"

"是……"

"他的事你可能不太了解，但是，好像你说过，你和他前妻……啊，是同学……"张老板说，"今天就是随便聊聊，聊聊，再会啦！"

张老板走了。

江大海从他的身体语言上，看到他还意犹未尽。他怎么又扯到陈文飞身上啦？这家伙到底要说什么？

张老板又回来了。

张老板看着江大海，不再犹豫了："是这样的，柏士驹不但讨债惹了一身事，葛萍萍也把他告了，告他敲诈，告他强行在文件上签字,把厂子抵给他的。我估计,姓柏的这次要跨不过去了。好啦,我的话完了。"

张老板这才如释重负地走了。

第三部 收付

05

张老板的神神叨叨,让江大海无心做事了,也让他更加想见到史丽娟了。近午时分,他来到了史丽娟家。

史丽娟不在家。

旁边的教室也锁上了门。江大海隔着窗玻璃向教室张望。教室里的桌椅橱柜很整洁。墙上贴着不少卡通图画。图画中间是一张长年招生的启事。还有一个墙报栏,里面"发表"了许多同学的优秀作文。有两三个学生书包塞在桌肚里。一支卡通杆子的笔孤零零地放在桌子上。江大海算算,今天是周三。周一到周四的白天没有作文辅导课的。只有周五下午、晚上有课,当然周六、周日更是全天有课的。史丽娟既然不在教室,肯定办事去了,傻等是没有结果的,江大海便打她手机。

"在哪儿?"江大海直接问。

"出来办点事。"

"又辛苦啦？几点回来？我在你教室门口喽，中午请你吃饭啊。"

"又吃饭。"

"嘻嘻。"

"好吧。等我。"

江大海看看时间，十一点十分，知道史丽娟不会太久就到了。他不敢走远，准备在小区花圃里到处看看，他进来时，看到水池里的几株残荷，挺有韵味。残荷边还有几棵高大的水蓼，拖着长长的红蕙。岸边有一棵银杏，果子已经发黄了，摇摇树干会掉下来很多吧？挤出里面的银杏果，洗洗，晒干了，可以剥米炒菜吃。趁着这点时间，再去重新领略一下秋日好风光，采几枚银杏果，倒是不错的收获。可只离开教室门口几步地，手机又响了，一看，是史丽娟的，赶快接通："丽娟。"

"你在哪儿？"

"在你家门口啊。"

"我知道……你到教室门口，到了吗？"

"我这就回去，几步地……莫挂啊……到了。"

"看到门上的春联了吗？"

"看到啦，门对千竿竹，家藏万卷书。哈哈，这副联我也要贴。"

"别多嘴，谁不许你贴啊？看到没有？'万卷书'的上边，你摸一下，有把钥匙，摸到了吗？"

"有。"

"那是教室的钥匙，你打开门，到南窗左边那个书柜的上层，取一把系着黄色水晶挂件的钥匙。那是隔壁我家的钥匙。"

"我进门了。看到南窗边的书柜了。"

"拿橱顶上的钥匙。"

"拿到了。干吗?"

"别出去吃了,吃一肚子垃圾,我昨天吃的今天还没消化。你现在已经到我家了,咱们在家做饭吃。你打开教室隔壁的门,看看厨房和冰箱里都有什么菜,有什么你先做什么,别说不会啊,等会儿我再从街上带点菜。"

"你想吃什么?"

"我爱吃好吃的。看你的了。"史丽娟口气里充满快乐,"开门了吗?"

照着史丽娟的指示,江大海进入史丽娟家。

江大海是第一次到史丽娟家。江大海在客厅里谨慎地走两步,有种特别的感觉,新鲜,好奇,眼睛不够用地四下打量,心里涌起小小的兴奋和激动,甚至有一度手足无措,以为史丽娟已经在某处窥见他的一举一动了。他想在沙发上坐坐,看上面随意堆放的几件衣服,一看便知是她昨天晚上穿的裙子和内衣。他在那堆衣服边坐下,感觉史丽娟就坐在他身边,她身上的气味,还有细微的喘息,他全能感受到。他抬起头来,看到电视机上有一尊水晶雕像,那是根据史丽娟高中时代的一张照片雕塑的。他太熟悉这尊雕像了,熟悉到几乎刻印在他的脑海里。雕塑的上方的墙上,是一个造型好看的电子钟,他看了看时针和分针,不敢久坐,史丽娟交代他做饭的。这当儿他想好好坐坐,发发呆,想想,那可是享受啊。好吧,做饭也是享受,是另一种享受。

放心地让一个男人回家为她做饭,这绝对超出一般同学或朋友的关系了。江大海给自己鼓鼓劲,要把这顿饭做好。

厨房的冰箱里没有什么菜，两只西红柿，一个紫茄子，装在塑料袋里已经蔫了的几棵菠菜，还有一块豆腐，鸡蛋倒是有几个。江大海一直单身，这里吃一顿，那里吃一顿，没做过什么正经菜，最爱做的是开水泡大碗面，复杂点的就是把大碗面放锅里煮了，加个鸡蛋、几棵青菜而已。可今天怎么能水煮方便面呢？他想起逢年过节在家时，母亲做的菜，有一道烫菠菜，把烫好的菠菜堆在一个盘子里，堆成圆柱体，在上面堆放些海米，吃时再淋些酱油、香醋和麻油，喷香可口。好啊，现成的材料，先来这么一道。

这道凉拌菠菜刚做好，史丽娟回来了。

江大海听到开门声，从厨房探出头来。

"嗨！"江大海冲她招呼道，"回来啦！"

史丽娟拿了好多东西，肩上一个挎包，手里拎着几个塑料袋（采购的菜），还端一个纸箱。纸箱不小，旧的，不像是新买的东西。可能心急的吧，她脸都憋红了。她一逮眼，看江大海从厨房里探出的脑袋，兴奋地说："辛苦啦！"

"为你服务！"

"哈哈……怎么不开抽油烟机？"

江大海看她拿这么多东西，跑过来要帮她。

"……你把菜拿着。"

江大海拿了菜，看她把纸箱放下来，又看她把包扔到沙发上，顺手拢了那堆衣服，一屁股坐下来。

"看我做啥？累死我了。"她说。

"你歇会儿。"江大海要把纸箱挪开。

"别动，脏东西，等会我来收拾。"

江大海收住手,看着她,说:"给你倒杯水啊?"

"不喝,我要看看你做啥菜。"

"欢迎领导视察!"

她随江大海来到厨房,看到料理台上已经做好的凉拌菠菜,惊讶地说:"耶,手艺这么高呀?还搞了个小造型!"

"尝尝。"

她把凉拌菠菜端在鼻子下闻闻,夸道:"唔——香,香,真香!"

江大海看她可爱的样子,也凑到她脸上,闻道:"你也香。"

"就做一道菜呀?刚开始嘛,嘻嘻,不用做了,看我买了什么?白切香猪肉,还有卤牛肉、拌干丝,加上你这盘凉拌菠菜,够了,够吃了,来,开吃!"

江大海轻轻揽住她,说:"我不想吃了。"

"你想吃什么?要吃我呀?"

"说对了,我要吃你。"江大海开始吻她。

"别动,菜要洒了⋯⋯"史丽娟已经无法控制自己了,她被江大海控制了。江大海已经紧紧抱住了她。她艰难地把菜放到料理台上,也情不自禁地吻他。两人在厨房里亲密了好一会儿,史丽娟梦呓般地说:"抱我⋯⋯到卧室⋯⋯"

江大海把她托抱起来,从厨房,穿过客厅,来到了卧室⋯⋯

后来,他们双双躺在床上,都不想起来,胳膊还纠缠在一起。

"这两天老是犯错误⋯⋯一定是偷吃了什么东西。"史丽娟说。

江大海开心地说："还能是什么呀，禁果呗。"

"刚才都要饿死了。"

"现在呢？"

"现在不饿。"

"我也不饿。"

"别动……不许你起来。"史丽娟说，"饿了也不许吃……我要减肥。"

"我真不饿……怎么谁都要减肥呀？你这么瘦。"江大海说过就后悔了。他想到葛萍萍也说过要减肥的话。他觉得敏感的史丽娟肯定会追问他，谁要减肥。

史丽娟没有说，她翻身扑到江大海的身上，说："大海，我发现我很久以前就爱上你了。"

"才发现？我早就发现了。"

"发现我爱上你？"

"是啊！"

"真不要脸，你怎么……不早说，嘻嘻嘻……"

"我说了，你不信啊哈哈哈。"

谁的手机突然响了。手机在厨房里，或者在客厅里，声音很远，却很清晰。

"不要理！"

"不要理！"

他们像共同干了什么坏事一样开心，任手机铃声消失。接下来，他们真不想吃饭了，轻声慢语地说了些话。不知是谁起的头，说起中学时的许多同学、许多趣事。他们都很感慨，一转眼就下来十多年了，时间好快啊。再一转眼，再下来十多年，会是什么样子呢？会不会老得不成体统啦？也许谁也不认识谁了。史丽娟说起她不久前和一个学生家长说话。这位家长在毕业后改了名，居然一时没认出来。而对方也不敢认她了，怕是重名。这也太傻了吧？而这个同学说他认识班里唯一的大名人就是葛萍萍。葛萍萍都成大名人了。史丽娟"痴痴"地笑两声，说："葛萍萍都成大名人了。"

"她名她的。"江大海尽量避开葛萍萍这个话题。

史丽娟也没有再提。

爱情还是难以抵挡饥饿，何况厨房里还有那么多好吃的呢。他们几乎同时提议："吃饭啊？"话音一落，双双一跃而起，往厨房冲去。江大海没有跑过哈哈大笑的史丽娟，让她占了先，跑到了前头。

史丽娟还开了一瓶红酒，一瓶陈年的"江苏红"。

当江大海的手机再次响起时，史丽娟说："接呀，别跑了大生意。"

电话是葛萍萍打来的。

"葛萍萍的。"江大海说着，接通了电话。

"早上送你的那块石头怎么样啊？"葛萍萍的声音一直是那么直来直往。

"没认出来呢，我抽时间请朋友看看。"

"是不是传说中的冻晶？"

"呀？会是冻晶？怎么会呢，什么眼光！"

"抓紧找人看，我这里还有不少，都送给你了。"

"你自己留着吧，万一要是好东西，你就亏大了。"

"不在乎，值多少钱也给你了。我有新目标……新追求了，以前真是太笨，太不尊重自己了，哈哈，连带也拖累了你……不说这个啦，反正钱对我已经不重要了。"葛萍萍话风大转，以前是开口必谈挣钱，开口必谈厂子，现在居然不重要了，"也许以前很重要，现在形势变啦。这样吧，你下午来一趟，这把堆黑石头都拿走。拿走了省心！"

"那……我……我一会儿和史丽娟去看看。"江大海说。

"什么呀？"史丽娟小声问。

"我正和丽娟一起吃饭呢，你要不要跟她说两句？"江大海把手机递给了史丽娟，小声对她说，"她有一堆石头。"

"大企业家，你又拿什么宝贝勾引我家大海啦，哈哈哈……当然是我请他……那是，我家就是他家，嘻嘻……他呀，那么小气，什么时候请过我？还不是你面子大？哈哈哈……得罪得罪，我不是说你脸大，我哪敢说你脸大啊，哈哈，我是说面子大……当然当然当然，面子也是脸……好呀，不跟你费嘴皮子啦，一会儿去，一会儿大海开车去，装后备厢……能装下吧？装不下我再开车……好，一会儿见！"

江大海没想到史丽娟会这样和葛萍萍说话，这等于公开了他们的恋情啊，太让他开心了。

史丽娟也快乐地说："我这样说还行吧？"

"不是行，是太好啦！"

"谁都抢不走了！"

"来，干！"江大海举起酒杯，在史丽娟的酒杯上碰一下。

吃完饭，才下午一点多钟。史丽娟一定要化妆，说去见老同学，不能太邋遢了。江大海想告诉她，现在就很漂亮，不化妆也漂亮，化妆了当然更漂亮。但江大海知道她的心思，就耐心地坐在沙发上等她了。她先在卫生间洗了脸，又去了卧室。隔着卧室的门，江大海看到坐在化妆台前的史丽娟的半个身，隐约能看到她细心地描眉涂唇。江大海心里有一种满满的成就感和幸福感，仿佛完成了一件大作品，又感叹自己这些年来所走的路，虽然没有大出息，也没出什么大纰漏，能和史丽娟最终修成正果，也是他的福报。唯一心里有点疙瘩的，就是还在康复中的陈文飞了。陈文飞成了植物人。虽然他和史丽娟已经离婚，原则上没有关联了，但事实上他们毕竟曾经是夫妻，而且陈文飞还是孩子的父亲，史丽娟能在这时候伸出援手照顾他，已经难能可贵了。从小里说，是她心地善良，不计前嫌；从大里说，是她品格高贵，无私奉献。江大海看得清楚，这时候，他也一定要表现出和史丽娟匹配的思想境界和情操来，不能因为陈文飞而产生什么情绪。

化好了妆的史丽娟，江大海看着欢喜，想起一句台词，"芙蓉如面柳如眉"，反过来，正是说史丽娟的。

但她又为穿什么衣服而犯愁了。上午穿的这身衣服显然不能穿了，得选一件全新的。她一连换了几件，走出来，在江大海面前展示，问江大海怎么样。江大海都说好。可江大海说好没有用，她还是觉得不好，又回卧室重换，还说江大海眼光不行，只会说好。江大海是觉得真好，觉得她穿什么衣服都好看。可她却觉得穿什么衣服都不好看，真不知道这些天都穿了些什么。最后，史丽娟泄气了，一屁股坐到江大海身边，说："真是悲剧，没有一件能穿的衣服……我不去了，你一个人去吧！"

江大海安慰她说："就这身衣服很好的。"

"很好什么呀，都三年没穿了，你就会哄我……"史丽娟看到搭在沙发扶手上的那条蓝紫色的长裙，眼睛一亮，"我还是穿这条裙子吧。"

"当然……"

"就昨天穿一个晚上,好看吧?"

她没等江大海说好,就抓起裙子往卧室跑了,一会儿走出来,还换上高跟鞋,说:"就它了?"

"就它啦!可以出发啦?"

但,当车子行驶到大街上时,她又后悔了,觉得鞋子搭配不当,说休闲裙子不应该穿高跟鞋。江大海问她,要不要回去换?她说:"行啦,开车吧,下次可要提醒我啊。"

江大海心里美滋滋的,史丽娟说出"下次可要提醒"这样的话,可是她内心真实情感的流露啊。

这段路,对于江大海来说,曾经很熟,厂子他当然更熟了。可几年下来,路上的环境越变越好,而厂子反而显得更为陈旧了。看着破败的厂容厂貌,怎么看,都觉得葛萍萍不像一个要干大事的人。院子里的水泥路上,布满大大小小的坑塘,不知哪里的水管破裂了,抑或是洗石英的水冲了出来,不大的水泥场地上也是这里水渍那里水汪,像雨季里的阴雨天。就是沿墙那几棵树,也比别的树苍老了许多,树叶过早地枯黄、零落,如果不是车间里隐约传来机器轰响声,还有几辆翻斗车停在厂房门口,这里根本不像一个正在生产的工厂,倒是像垃圾存放站。

可能是知道江大海、史丽娟要来吧,葛萍萍早早就在厂办门口等候他们了。

"这下好啦,我放心啦!"葛萍萍笑容可掬地迎着刚钻出车门的江大海和史丽娟,大声嚷道,"出双入对啦!来来来,我给你们照一张!"

葛萍萍的嗓门本来就很大，加上她故意夸张地开玩笑，听起来像是在话剧舞台上的表演。

史丽娟嘴巴也不饶人："你这个小妖怪，哈哈哈……"

因为葛萍萍举着手机边走边拍，没注意极差的路况，不承想脚下一滑，庞大的身躯差点摔倒，而她虽胖却灵活的扭腰摆臂的样子，反而引得史丽娟哈哈大笑了。

江大海倒是一惊，觉得她这样的摔倒，弄不好会摔伤。

"丢人丢大了，这个路，差点把我小蛮腰给闪了。"葛萍萍自我调侃道，一手拿手机一手抓住了史丽娟的手。

"你这小蛮腰可闪不得。"史丽娟握着她手摇着。

"说你自己的吧？"葛萍萍打量着史丽娟，似乎要从她的腰身上看出什么内容来。

"看什么看？瞧你这小眼神就不对。"史丽娟笑笑，挺挺小腹，说，"平的，没你想得那么夸张！"

"夸张也正常啊，哈哈，不开玩笑啦。现在我要正式致欢迎词啦。"

"拉倒吧，还欢迎词，快带我们参观参观。"史丽娟说，"听听你的宏伟大业。"

"哈哈，哪有什么宏伟大业——就算有，现在也不是说的时候。那就装石头吧。"葛萍萍指向着一个方向说，"呶，在那边的配电房里。"

史丽娟、江大海，还有葛萍萍自己，都望向远处墙边的配电房，绿树下的一个红砖小房子。江大海熟悉那里，那是他十年前亲手建造的。

就在他们说话当儿，有一辆摩托车悄悄开进了院子。大家都没有注意到这辆摩托车,就算注意了,也以为不过是来厂联系业务的客户,也不会上心的。但是这辆摩托车在院子里若无其事地绕一圈后,在向大门口驶去时,突然加速,向葛萍萍他们呼啸着冲来。此时的葛萍萍正背对着摩托车,而江大海也正准备开车去配电房装货。只有史丽娟发现了摩托车的不正常,她变了声地大叫道:"葛萍萍……"

葛萍萍一扭头,飞驰而来的摩托车已经离她近在咫尺。她只有两个选择了:一是,她被摩托车撞飞;二是,摩托车被她弹飞。但她却还有第三个选择,只见她和庞大的身体不相称地腾空而起,腾得很高,似乎还有一点轻盈,就在摩托车即将撞向她的同时,她向一侧飞去,重重地撞开了史丽娟,把自己横陈在水汪里,溅起的泥浆,喷在了同样倒下的史丽娟的裙子上,也溅到了已经启动了的江大海的车窗上。

这一切,只发生在一瞬间。

等江大海回身时,葛萍萍和史丽娟已经双双倒在地上了,而那辆无牌照的摩托车,已经冲出了大门。

06

医院的病床上,葛萍萍正在输液。

吊瓶里的液体不紧不慢,一滴一滴,很有点难依难舍,极不情愿地往她的身体里注入。她看着心急,脸上一直憋得通红,不时跟史丽娟和江大海翻白眼,趁护士不在的时候,第五次(记不得是第几次)抱怨道:"你们二位啊……最能神嘘了,屁大点事也要闹出天大的动静来,我说不来不来偏要来,多大点事啊,医院有什么好来的?擦破点皮也叫伤?跟蚊子咬一口似的,小娇娇啊?打完这针就回!"

她的口气不像是在说自己,仿佛是在说一个不听话的孩子。

"还擦破点皮,亏你嘴大!大腿上都炸开一朵花了!"史丽娟一脸很疼的表情,"幸亏你皮厚肉多!"

葛萍萍要发笑,也想骂史丽娟嘴欠,又怕幅度过大,带动伤口疼,只好使劲咧嘴,说:"要是你那根芦柴腿,就垫穿了。"

"还乐！那人到底是什么人？那么凶，不相信他不怕报警。"史丽娟愤愤不平地又提到肇事的那个家伙了。

"他是故意的。"江大海帮着史丽娟说，"这种坏人，垃圾人，就应该得到处罚！萍萍，我听说你告了某个人？会不会是他找这些垃圾人来威胁你的？越是这样，越要报警。"

"算了，报了警更啰唆。"葛萍萍说，"我现在要耐心。"

史丽娟说："你就是老好人，大事化小，小事化了。可你做到了吗？做到了吗？他就是故意的。戴着大头盔，蒙着大口罩，还有墨镜，怕见人啊？报警怕什么？咱们在院子里好好的，他开车撞过来，那么大的摩托车，还没有牌。他就是犯罪！是杀人犯！你不报警，他还会祸害你的！"

"我让他们没有机会祸害不就行了吗？"葛萍萍说，口气是轻描淡写的。

"什么意思？你呀，我不信你还能从地球上消失了，我最瞧不起你这种惹不起还能躲得起的人了，真没劲！他要是想找你，你躲到地心里，变成水晶，都会找到你！"史丽娟说，她的口气依旧那么激动，因为她和葛萍萍不一样，葛萍萍没有看到事故的全过程。也和江大海不一样，江大海看到时，葛萍萍和史丽娟已经双双倒地了。史丽娟不仅是目击者，同时也是受害者。她被葛萍萍撞那一下，当时很疼。葛萍萍多重啊？二百多斤。在毫无预防的情况下被一个二百多斤重的物体重重撞击倒地，那是什么滋味？但当时葛萍萍摔得更惨，在溅起泥浆的同时，发出一声尖厉的惨叫，像被鬼拿鬼捉一样（史丽娟事后语）。史丽娟比葛萍萍先爬起来。她的左胯大面积地疼痛，掀起裙子看看，居然完好无损没有擦伤。再看葛萍萍时，她只能在泥汪里像大肥猪一样乱游了——其实只是一条腿的抽动,她紧紧抱住另一条腿,咬紧牙,一动不动,牙缝直抽冷气。江大海已经发现不妙了,他从车里冲出来,没有去拉葛萍萍,而是去扶史丽娟。史丽娟瘸着腿挪半步,让他快去把葛萍萍拉起来。但江大海也拉不起葛萍萍了。葛萍萍脸色青灰,头发凌乱,像忍着寒冷一样上牙打着下牙说一声"别动",就流泪了,就"噜噜、噜噜、噜噜"地哭了。没错,她哭声特别难听,不是"呜呜呜",也不是"哇哇哇",而是"噜噜、噜噜",这哪像是女人的哭啊,像一种鸟叫,不,像一种大型动物在放屁,或者是饲养员在唤猪,一点也不让人可怜。江大海也拿她束手无策——拉她起来是不可能的了,她一定疼得不能站立了。看她表情,就知道摔伤了,就是骨折也有可能。江大海只好俯下身子,试图托住她,把她抱起来。葛萍萍还是清醒的,她把话逼在喉咙里说:"你……抱不动……丽娟来帮忙啊。"史丽娟这才忍着疼,不顾水汪里的泥浆,抱住她一条腿——主力还是江大海,一手托着她宽阔的屁股,一手托着她的腰,把她移到了一块干燥的水泥场地上。葛萍萍腿上的血,立即就渗透了湿衣服,洇出来,流到地上了。二人又齐心协力,把她弄到车上,直奔医院而来。在车上,葛萍萍已经查看了自己的伤。伤在大腿上,也或是屁股上,因为她的大腿和屁股的界限根本分不出来。伤口不轻,一块刀一样锋利的三尖石英石穿透衣服刺进了肉里,在搬动她时,三尖石已经掉了出来,血正往外涌。葛萍萍说:"皮肉伤,别去医院了,我有创口帖。"史丽娟当时就骂她不是人皮,是猪皮,这么大伤口,多大创口帖能把血止住啊!而葛萍萍还有心情苦笑。史丽娟和江大海主张立即报警,要打110。葛萍萍制止了她俩,不许报警。史丽娟说:"你认识他?"葛萍萍说不认识。"不认识为什么不让报警？"葛萍萍没有立即回答。她没有立即回答，史丽娟和江大海就知道她一定有什么难言之隐。

这会儿在医院里，又说到报警的话题了。

"你们啊，你们啊……你们就是要害我，报警报警的，你以为警察是你家的呀？还把我弄到医院，好玩是不是？我厂里还有一大堆事情好不好！我还有一大堆事情好不好？"葛萍萍还是喋喋不休、耿耿于怀，说着说着，都带着哭腔了。

"要是撞死了也要去厂里啊？你那一大堆事情，就让鬼帮你办吧。"史丽娟真是一点情面也不留给她。

"不是没死嘛！"她的话也轻巧。

江大海用腿碰了下史丽娟。

史丽娟知道，他的意思是让她说话注意点。

"究竟怎么回事？"史丽娟不依不饶，一定要知道原委，"那人就是冲你小命去的，你怎么得罪了他？"

"他们吓不倒我。"葛萍萍自我安慰似地说，"没事，他们只是吓唬我。"

"他们是谁？"史丽娟像个法官，一句赶一句，"你是不是还欠他们的钱？"

"不欠，我厂子都抵上了，欠谁的钱？谁都不欠。"葛萍萍知道话没说完整，改口道，"我只欠你们两人的钱了，真对不起你们一家啦！不过放心，我会还你们的，超额还，大不了再把厂子抵押给你，哈哈。"

"都这样子了，还开玩笑，谁和谁是一家？谁让你超额还啦？"史丽娟揉揉腿，她越来越觉得腿疼了，是那种胀胀的疼，便坐到相邻的一张病床上。

"也撞疼你了吧？"葛萍萍问。

"我没事，小疼。"

"要不你也顺便检查一下？"

"我也没有破皮烂肉，检查什么？"

"看看伤没伤了骨头啊。还是查查放心。"

"不查，我有数，伤不了。"

"不检查就回吧你们。看你也没事，嘴巴这么毒！你们也不用陪我了。我把这针打完也回家。不会有事的。"葛萍萍"哈"地笑一声，夸张地大声道，"他们把姐想得太简单了！"

"他们是谁？仇人？"

"我有那么多仇人？我最大的仇人就是你！哈哈，就是你！"葛萍萍说完，自己乐了，"不开玩笑了，丽娟，真的，不能耽误你们的事啊，你们照样去拿黑石头，就在配电房里。大海，你知道的，你识货，找人看看，或许有用呢。雕个东西、做个景石什么的，至少给你们的店充充货架，放我这儿也没用，将来还不知便宜谁了呢。"

"听你这话，好像交代遗嘱似的。"史丽娟说。

"丽娟你就跟我对着干吧，看我出院后不天天请你胡吃海喝，把你也养得跟猪一样，比我还胖！"

"这话我爱听，哈哈哈……"史丽娟笑了，"什么宝贝石头啊，改天再拿不行啊？我要回家换件衣服。"

"真对不起，把你花衣服弄脏了。赶明儿我赔你两件……三件行了吧？"葛萍萍跟他们挥着手，"这地方不需要人了，你们忙去吧，丽娟事也多，各回各家，各找各妈，都各忙各的，我一会儿叫个人来就行！"

江大海和史丽娟向葛萍萍告辞。两人不放心,又到护士长办公室,问了葛萍萍的伤情,确认没伤到骨头后,这才离开医院。

在车里,史丽娟要直接回家,说衣服脏了,晚上还要去见客。

江大海不知道她要去见谁。

史丽娟说:"苗运涛老师从国外回来了。都回来好几天了,我也没见着。昨天一早老先生就打我电话,说许多徒子徒孙要为他搞个活动,一来是为他接风洗尘,二来是想听听老先生讲讲国外的见闻感受。老先生不允,今晚要先在自家搞个小型聚会。让我也去,还要我朗诵一首诗,嘻嘻,我都不好意思了。不过听说还有古琴家和吹铜筲的去演奏,肯定很雅的。我答应要去的,你陪陪我啊?"

"我也没受到邀请,去了好不好?"

"有什么好不好,你是我请的。"

"苗老德高望重,是晶都文化的一张名片,我小时候就对他高山仰止,可惜未能成为他的门徒。好吧,我去,傍晚我去接你啊。"

"好呀。可是,我没有衣服穿啊,本来我想穿这条裙子去的,这裙子我有点喜欢,古色古香的,有点旧时人物的意思,可都脏成这样了,怎么见人啊。"

"娟,不如这样,跟你商量下,听听我的意见啊!现在才三点一刻,时间还有富余,我们先赶到厂里,把那堆石头装上——葛萍萍的话不是没有道理,万一真是好石头呢?夜长梦多啊,你看今天的事……是不是?然后呢,我带你到我朋友开的旗袍店,选一件旗袍——你穿旗袍的感觉一定非常棒!"

"好呀,我朋友说我气质很适合穿旗袍的。"史丽娟开心了。

"你朋友也看出来啦?何止是气质啊,你这身材,和旗袍更是绝配的，何况，今晚的聚会，又是很适合穿旗袍的。"

"是啊，穿着旗袍，朗诵自己的诗，还有古琴……"史丽娟沉浸在自己的想象中了，"听你的啦，不过咱别急啊，慢慢开你的车。"

"好的。"

让江大海没有想到的是，半道上有一辆大型摩托车，不知从哪里跟了上来。江大海起初没有注意，当几分钟后，他发现这辆摩托车也紧紧尾随而至时，他才意识到，被跟踪了，摩托车和撞葛萍萍的摩托车是一伙的——虽然车子的型号不一样，开车人的打扮却是如出一辙。江大海一惊，脑子里立即构思着，这伙人为什么要跟踪？是不是以为葛萍萍就在车子上……不，不不不，他们不会这么傻，只要在医院安排一个人，就都明白了。那一定和那堆黑石头有关了。

看来石头不能去取了。

前边就是葛萍萍的厂了。江大海准备过了厂再看看，如果摩托车还尾随，他就一直往前开，从另一条道拐进城里。

"看！"史丽娟指着石英粉厂门口的一个骑摩托车的人说。

江大海也看到了。在厂门口的大树底下，有一辆黑色摩托车，车上是一个头戴头盔、面蒙口罩的人，一身黑色夹克，眼睛正盯着他们的车。

"咱们不进去了，前边是海陵路。我们从海陵路进城。"江大海说，"那堆石头肯定是宝，被人盯上了。"

"那怎么办？葛萍萍说把石头放在哪里的？配电房？那也太不安全了吧？"

"你不懂，看起来越不安全的地方，越安全。"

果然，江大海的车子从石英粉厂门前经过时，后边尾随的摩托车只跟了不到五百米，就减速调头回去了。

"我有些害怕——葛萍萍可真能作啊，她怎么就不消停点呢？"史丽娟也看了眼那辆调头的摩托车。

"她要不作就不死了。可不作也干不了大事啊，你瞧那些成大事的人，哪个不作？"

"你是说你自己的吧？我看你也作，你能干成大事？"

"我作吗？"

"你不作……可也全无用处。大事干不了，小事也干不了——你不是不愿干，你是干不了。"史丽娟的话不像是抱怨，倒像是夸他。

"小事愿意啊。我们还是干点小事去吧，给你买两件漂亮的旗袍！"江大海说，"你穿旗袍的样子一定好好看。"

"还没穿就夸了……两件啊？你发财啦？我自己买呀。哎，你说，葛萍萍知道有人跟踪她吗？"

"估计知道。"

"她在医院可不安全了……"

"她自己应该有数吧？丽娟，我们晚上再去医院看看她。"

"你给她打个电话，就说石头没取……有人跟踪——对了，让她报警啊。"

"她不会报警的，再说，怎么报？说有人跟踪？谁跟踪？为什么跟踪？她自己要是有为难事情呢？各人家里一本经，有些事，警察也帮不了。报不报警她会拿捏好的。"江大海还是比史丽娟多想了一层。

"打电话说一声总是可以的吧？"

"好吧。"江大海说，"电话还是要打的，石头还没拿嘛。"

07

江大海朋友的旗袍店躲在一条整洁的老街里，周围的环境古旧而安静，很适合穿旗袍的女子出出进进。

史丽娟人还没进去就喜欢上了。

很快，他们就选中了一件。

真没想到，史丽娟穿上旗袍，像是变了个人，变成从民国图画上走出来的少奶奶，一副雍容华贵的样子。旗袍的式样是传统的，颜色略有些艳丽，淡红色藏着暗花，经得住看，耐得住品，特别是她的身材，被旗袍衬托得恰到好处，腰是腰，胸是胸，屁股是屁股。可惜她半边腿有些疼，走路老是吃不上劲，稍微有些点，又想要克制，神色就稍显紧张了。江大海发现了她的紧张，要去安抚她，并问一句"还疼吧"，被她小声呛一句"疼死也不要你管"。这明显是撒娇生气的话音嘛。不过江大海欣赏的是，她穿古典旗袍的丰姿雅韵，加上略微的点腿，倒是有一种

283

遗落风情的旧时美人的感觉。如此，江大海便顺理成章地搀她胳膊了。她的生气也不是真生气，被江大海扶了胳膊后，干脆就靠着他了，似乎那点隐约的疼痛也突然消失了。

就这样，在旗袍店里，她依偎着江大海走了几趟，惹得旗袍店的女学徒眼都感动得湿润了，冒了句"真是一对神仙"的感叹。

要是回家重新换衣打扮更会耽误时间，史丽娟干脆就把试好的旗袍穿在身上了，把脏了的裙子放在装旗袍的纸袋里，搁在江大海的车上。史丽娟本想再补补妆，一想有江大海在身边，无需太讲究，便心情不错地前往苗运涛的水晶艺术馆了。在车上，史丽娟告诉江大海，苗运涛这次出国，不是去巴西，很多人以为他去巴西了，其实是去了马岛。江大海知道，马岛就是马达加斯加，是晶都人闯荡国外的人次仅次于巴西的国家，那里有一种水晶叫"聚宝盆"，就是来自这个非洲的岛国。她还告诉江大海，苗运涛这次带了整整一个集装箱的聚宝盆回来，当然是几个人合伙的了。

"神秘吧？许多人天天叫着出国出国，老师不吭不响悄悄就从国外吃进了一批货，这才叫水平，这才叫低调。"史丽娟一脸钦佩的表情，又略有得意地说，"老师说要送块水晶给我的，不知是什么高级水晶。没你的份哦，别嫉妒哦。不过看你表现怎么样，也许我会转送给你呢，给你的乐晶轩增加点内容。"

江大海学乖了，说话不再呛她，而是直接说到她的心窝里："那么贵重的水晶，也只有苗老师才会送你，或许就是紫晶洞、聚宝盆。"

"要真是紫晶洞、聚宝盆，那一定是晶都最好的聚宝盆，聚的可都是宝啊，你要好好保护哦。"

"你也是宝，我的宝，我的任务就是要保护好你呀。"

史丽娟从心里往外地乐。如果不是他在开车，她又会粘他一会儿的。

苗运涛的水晶艺术馆，是集收藏、展览与销售为一体的综合馆。在他离开晶都这几个月里，水晶艺术馆处于闭馆状态。他这次回来，因为要有新内容加入，有意在朋友圈里高调宣布重新开馆。但又怕树大招风，不愿铺张和排场，就搞了这么个雅聚，邀请的人都是他喜欢的朋友和学生。

史丽娟是两天前就接到苗运涛的电话邀请的。她本来不想带上江大海。可今天发生的事情太多，不，算上昨天晚上，简直把半辈子的事情都经历了。她确认自己是爱江大海的，真的确认了，内心的欲望和需求是骗不了自己的。特别是欲望过后的理性思考，越来越觉得江大海就是她内心的支点了。女人的心里不能没有支点，特别是在对某件事情失望或绝望后，或对某个人失望或绝望后，这个支点一定越发显得重要了，因为只有支点才能把她撑起来，把生活撑起来，把命运撑起来，把未来撑起来，也把感情支撑起来，如果一定要把爱情扯进来，也可以说把爱情也支撑起来了。而江大海又是一个现成的人，似乎一直都在（身边）。江大海的毛病（缺点）很多。但又都是那些说不清的毛病，拿不上台面的毛病，简单说，就是那些她能够接受的毛病，甚至这些毛病在有时候又让她心生喜欢。比如他没有大志向（把厂子卖掉了、店铺迟迟不开业），比如他的磨磨叽叽（和葛萍萍这些年的当断不断），等等，如果拿时间来衡量的话，他的这些毛病又不失为一种策略或战略。她不想带他出席老师的聚会，是想给自己留下回旋的余地。而昨天晚上情不自禁、水到渠成的情感释放，加上今天去看了陈文飞的现状，给她的情感带来了很大的冲击，没有支点的内心完全塌陷了。同时又连带地想到葛萍萍的遭遇，让她觉得生活中缺少支点太可怕了。想一下葛萍萍此时一个人在医院是多么的孤独，多么的无助，多么的怕——如果那帮跟踪她的人来到医院怎么办？如果直接把摩托车开进医院怎么办？史丽娟不禁打了一个寒战——而且在葛萍萍身边究竟发生了什么，发生了多大的事，都是她一个人要去面对和要解决的。想到这里，史丽娟就决定了，决定带上江大海出席老师的雅聚。她知道，当她和江大海一起出现在老师的雅聚现场，一起听琴、唱曲、喝茶、朗诵诗，无异于向大家公开宣布了她和江大海的关系——上哪里去找到这样一个水到渠成的机会呢？

史丽娟和江大海到苗运涛家的客厅时，聚会已经有一会儿了（他们挑选旗袍的时间耽误太久了），一个头发两边分、穿亚麻中式服饰的男人正在弹奏古琴，他坐姿端正、相貌古雅，正适合古琴演奏家的身份。史丽娟喜欢这种单调、苍凉的琴音，还在门口时，她和江大海就听到了。史丽娟拉一下江大海，小声道："古琴，听出来了吗？可能是《流水》，来晚了，咱可别多嘴。"史丽娟说话时，已经改变了手型，把拉，改成抓了，她抓住江大海后又改成了挽，实实在在挽住了江大海的胳膊，把江大海当成了拐杖，这样她的腿就不会明显地一点一点了，同时也是一种宣言。江大海自然是喜不自禁了。

刚进门来，所有的目光都聚拢过来了。

厅里的人并不多，史丽娟没敢细看，因为她第一眼就看到苗老师向她示意的手势了。史丽娟根据他的手势，带着江大海来到古琴演奏者的左前方，那里正好闲着两张鸡翅木的方凳子，方凳子上垫着绿丝绒坐垫，仿佛专门为他俩准备似的。

江大海对古琴一窍不通，在没看见古琴之前，他连古琴是五根弦还是七根弦都不懂，更不要说什么广陵派、虞山派了。但他知道玩古琴的人，不但有闲、有才、有情，还更要有钱财，不是一般人能随便玩玩的。简单说，他对这么一群人还是打心眼里佩服的。但由于听不进去，不能入心，也便没机会跟他们来往和交谊了。这次听琴，虽然是为史丽娟而来，但也得表现得专业些啊，至少投入些啊。怎奈坐下后，他眼神就开起了小差，看了看周遭都是何人。苗运涛不用说了，主人，又是晶都名流，谁都认识。让他惊异的是，柏士驹居然也在。还有一人，他也非常熟悉，是他曾经的同行李章鱼。简直太奇怪了，会在这里遇上他们。柏士驹和他有过经济上（借贷）的往来，就在今天早上，张老板还提到了这个"吸钱兽"，还讲他牵进了一桩什么案子里。李章鱼这个曾经的竞争对手，也有过不少的交集，早先他想转让厂子时，李章鱼也是潜在的买家，还派人报了价。后来让葛萍萍听到了风声，过早下手截了胡，才没有他的事，为此李章鱼还骂江大海重色轻友。就说几个月前吧，为葛萍萍筹款时，江大海还把自己心爱的一件水晶艺术品卖给了这个李章鱼——几乎也被他打劫的——这家伙太精明，只可泛泛之交，不可深入相处。江大海思想游走在柏士驹和李章鱼之间，对琴声几乎没有体会，再看李章鱼和柏士驹面前茶几上的茶——泡的是绿茶，看出来是花果山特级云雾——已经喝淡了。看来他俩早就到了。还有一个人，在和江大海四目一对时，对方似乎向他有额首的意思——动作太不明显了，不能确定。但还是引起他的注意，觉得此人有点面熟，皮肤黝黑，方脸大眼，戴一副墨镜，穿戴休闲而随意。谁呢？他猛然想起来，这不是董小七吗？没错，确实是董小七，传说中的董小七。董小七回来啦？对于董小七，社会上有好多传说，有的说他在巴西找了个葡萄牙美女，生了一窝混血孩子，还有的说他在南美的深山密林里有好几座水晶矿，闷声发了大财，更有的传说他死在了马达加斯加的一场和水晶有关的械斗中。江大海心里起了小小的波澜，觉得今天的聚会，人员构成虽然很杂，却也证明了苗运涛的能量。好多年前，他和董小七有过不多的几次接触，算不上交情，更没有来往。但江大海觉得董小七刚才确实认出他来了，确实是冲他微微点头的，至少，在他来之前，苗运涛向董小七介绍了他，这让他心里很有面子。最显眼的客人，是靠窗的沙发上并排坐着两个年轻的女宾，衣着不凡，略施淡妆，气质高雅。江大海不认识。

　　一曲终了，响起掌声。掌声匀速而持久，说明大家的真诚。

　　苗运涛在掌声中站起来。

　　掌声这才住下。

　　苗运涛说："皇甫先生不愧是广陵派高手啊，了得了得！来来来来来，我介绍下——这回可是正式介绍啊，人都齐了——瑞藏馆主人潘先生临时接待贵宾不能来了——刚才这位古琴演奏大师，就是大名鼎鼎的皇甫江上先生，他的古琴演奏拿过全市比赛一等奖，而且，他不光是演奏家，还是古琴制作师，他制作的古琴名声更响，一把好琴上万元。他还是古琴方面的非物质文化遗产的传人。我挨着介绍过来呀，这位是著名企业家、亿万富豪、市私营企业家联谊会副会长李章鱼先生，李先生，你等会儿介绍你的助理啊。这位是柏士驹先生，做资金的，是个大金融家。自我吹捧一下啊，他二人都是我的优秀学生。隆重介绍一下传奇水晶大王董先生，说他的真名，可能有的人还真不一定知道，但说他的小名，在水晶圈里，可谓如雷贯耳啊，他就是受人尊敬，而且无人不知、无人不晓的董小七董先生，关于水晶方面的资讯，他等会儿会有权威的发布。后来的这位美女是诗人，也是教育家史丽娟女士，她还给大家带来一首她新近创作的诗歌，等会由她亲自给大家表演。丽娟，介绍一下你带来的客人，有喜事要跟大家分享，别隐瞒哦。来来来，大家鼓掌！"

苗运涛调侃式的介绍，引起大家善意的笑声，特别是让史丽娟先介绍带来的客人，肯定有令人兴奋的包袱。

史丽娟落落大方地站起来，有些含蓄地微笑着，说："老师夸奖我啦，谢谢老师！先更正一下啊，我不是诗人，也不是教育家，更不是美女；写诗呢，是业余爱好，做教育是为了生存，希望大家多关照啊。"

"还有呢？"有人说。

"他叫江大海。"

"还有呢？"

"还有……"史丽娟幽默道，"我们是一伙的……"

在大家的笑声中，江大海弓腰曲背向大家作揖。

"丽娟，祝贺你！祝贺你们……这个，成伙结伴！"苗运涛又对江大海说，"欢迎啊！"

"其实，苗老师，"江大海不失时机地说，"我认识你的，小时候就认识，我妈也是文化馆退休的……"

"是吗？你叫江……"苗老师恍然道，"哎呀，我知道了，你随你妈姓的……你也是来自艺术世家啊，你妈的版画在晶都可是一绝啊，获过全国奖的。欢迎欢迎啊。"

苗老师说完，又冲史丽娟竖竖大拇指，表示认同了她的"同伙"。

"章鱼——瞧你这名字，到你啦，把你带来的朋友介绍一下。"苗运涛也开起了学生的玩笑，说，"你们不会是一伙的吧？"

"老师，她是我公司人事部的主任，听说您这儿有古琴听，一定要来欣赏，小会，站起来给大家认识一下。"

两个并肩而坐的女孩的其中一个，站了起来又坐下去。她脸全红了。她确实很漂亮，也就二十出头吧，很紧张，眼皮都没敢抬一下。

论到皇甫江上了，这个古琴大师主动说："露露，你站起来给大家认识一下——她叫马露露，我学生，是广陵派正宗传人，享受非物质文化遗产的津贴资助，现在就请她来给大家表演一曲。"

大家都给这个朴素的女孩送上了热情的掌声。

露露坐在琴前。一个现代感很强的女孩，白衣布裙，脸色明净。屋里的气氛显然又是另一番味道了，不是到了古代，不是回到了从前，而是切实的当下。她的坐姿很稳，神情盯着琴弦，似乎要在琴弦上读到什么。大家都屏息敛气，准备看她拨动第一根琴弦，听琴弦送出远古的琴音。

琴音确实好听，缓慢、深沉、遥远，不知什么古曲。史丽娟听不懂。江大海更是云里雾里。但所有人都在静静地听，苗运涛的身体还跟着节奏轻轻地晃动，很陶醉的样子。这个曲子很短，或者只是一首名曲的片段。古雅的琴，精致的演奏家，深邃的琴音，整个世界都仿佛在分享这美妙的乐曲。

大家献给她的掌声比刚才献给她老师的掌声更响、更长久。

苗运涛一边鼓掌,一边看史丽娟。

史丽娟知道老师的意思。当掌声刚一停下时,她站了起来。

"下面由美女诗人史丽娟表演。"苗运涛声音很响,很得意。

史丽娟这回没有解释"美女",也没有拒绝"诗人",她向前走了一步,抑或只是半步,两脚呈丁字形——这是一种很好的铺垫,让自己更从容、更自信。她身体笔直,目光平视,声情并茂地朗诵道:

  那麦地,多么广阔。
  好像可以供我们走很久。
  那绿色,多么蓬勃,
  像世上的好,所有的好。

  我想跟你说说话,很多话,
  像小羊的咩咩。
  我想和你拥抱,长久地拥抱,
  像两棵并生的树。

  然而,很长的时间里
  我踩着你的脚印,
  认真地,认真地
  不知走到了哪里。

  像我领着你,又走丢了我自己。

她声音甜润、节律感很强，把诗意很好地表达了出来，仿佛一对情侣正行走在田垄麦苗间。关键是她刚一开口，古琴声便响起，好像事先合练过，琴音和她的朗诵非常奇妙地融合在一起。

江大海听懂了诗，知道这首诗和他有关，心里很惬意、舒服，而古琴天依无缝的配合，又给史丽娟的朗诵增添了艺术感染力。老实说，江大海开始还对这种聚会略有怀疑，此时所有的疑虑都消失得一干二净了，觉得这个苗运涛果然名不虚传，是个高档次的商人兼艺术家。朗诵一结束，江大海也和大家一起鼓掌。在掌声中，他看到一道玄幻的目光，没错，那是李章鱼的目光。李章鱼的目光直射过来，在和江大海目光相遇时，并没有躲闪的意思。江大海觉得他的目光不仅玄幻、虚拟，还有一丝类似于嘲讽和不屑之间（外）的意思，似乎看透了眼前的一切，又似乎一切尽在他的预料之中。好在目光对视的时间只有零点几秒，那目光就又关注了史丽娟的朗诵了。江大海觉得自己和他没有什么纠结，卖给他的那头战象也是他讨了个大便宜了，水晶圈内的规矩应该由公平而外的讨巧一方请吃一顿。这笔账以后是要记着的，包括刚才那眼神也不能忘。秋后算账的机会总会有的。柏士驹相比李章鱼就坦荡多了，他"吸钱兽"的心态表露无遗，嘴唇似乎更厚了，眼神也更贪。他谁都不看，听史丽娟朗诵诗时也似乎注意力没集中，而是在算账。他神情总是在算账，一直在算账，总有算不完的账，神态、表情，一眸一动，都怀疑对方欠他什么。是的，在他看来，和钱打交道的人，谁都有可能欠他的账，不欠他的账怎么能做得好生意？不欠他的账怎么在晶都混？不欠他的账还是生意人吗！

江大海想起葛萍萍的遭际,想起张老板早上一番反常的话。想起前者,江大海觉得柏士驹这家伙太狠,能把人逼成这样。想起张老板的话(不知是真是假),又觉得这家伙的气数要尽了,好日子要到头了,心里顿生快意,觉得他不过是一条秋后的蚂蚱了,看你还能蹦跶几天。但柏士驹显然没有意识到自己的处境,他做出一个出人意料的举动都把大家逗乐了,也让李章鱼下不来台。他摇着胖手,高声说:"李章鱼,你也来一首诗朗诵好不好?来一首献给爱情的……诗。"他嘴上喊李章鱼,眼睛却看着李章鱼带来的小会,那个精致、小巧、美丽的"人事部主任",他的眼神仿佛要给这个"人事部主任"打打价,看她能不能抵得了李章鱼欠他的钱。大家都知道李章鱼带来的这个"人事部主任"并非仅仅在单位分管人事,而事实上可能只分管李章鱼这一个人的"人事"。大家听了柏士驹的激将,有人在心里暗笑,有人忍不住咧嘴微笑。大家知道,这个柏士驹跟李章鱼是好朋友,姓柏的一定了解姓李的底细,这时候拿对方开开涮逗逗乐,也是一种调侃和放松吧。好在苗运涛老谋深算,没有被柏士驹带下水,他适时地说:"章鱼爱好文艺我是知道的……也写过诗……今天就免了吧。大家听了丽娟的诗什么感受啊?从大家的掌声中我听出来了,丽娟的诗是我读过和听过的最有情感、最有深度的诗,这个……怎么说呢,说简洁明快、形象生动都太俗了,说朴素啊、含蓄啊也是太一般的表扬了……那么……那么……我用好来表示吧,诗好,朗诵更好,好啊……真的好,真的像世上所有的好……我都要落泪了。好,谢谢小史,给我们带来美好的诗。来,大家再给点掌声!"

掌声又响起来。

苗运涛说:"好,第一阶段活动告一段落,现在请大家移步,到隔壁房间用餐。"

在大家纷纷起坐时,谁都没有注意,进来三个人。

江大海还以为他们也是来参加这场雅集的,还给走在前边的高个子让了路。

高个子也没客气,他急走两步,挡在了柏士驹的面前,轻声问:"你是柏士驹?"

柏士驹愣一下。

另两个人已经一左一右站到了他身边。

"请问你是柏士驹吗?"高个子提高的声音比刚才更严肃。

"是……"

这时大家都停下了。

苗运涛看情况不妙,大声问:"干什么?干什么?你们是什么人?"

"我们是公安局的,找柏士驹了解点情况。没有你们的事,都请冷静。"高个子冷峻地扫视大家一眼。

柏士驹已经被另两个人掐住了胳膊,情形非常不妙。此时的他,和刚才的机智、调侃简直判若两人,眼睛里全是惊恐,面部呈青灰色,被两个人簇拥着,像一只猫咪,只能乖乖地跟着走,脚都好像抬不起来似的,裤筒里往下滴水——吓尿了。

走到门口了,柏士驹才想起来反抗,他晃动两下肩,屁股往地上赖,大叫道:"你们不能随便抓人……来人啊……救命啊……他们不是警察……我我我……我不是柏士驹……"

高个子亮出手铐,铐住了他的手,又亮出一个蓝黑色的小本本:"看清了吗?请你配合我们的行动,你就是柏士驹,我们不会错抓的，走！"

　　柏士驹最后几乎是被拖拽着拉到大门外的，在他行进的路上，流下了断断续续的水渍。

　　苗运涛也慌了，他跟随到门口，虽然一脸焦急，也是伸不出力使不上劲的一脸无助。

　　江大海本想也跟着去大门口的，却被史丽娟拉住了。

08

柏士驹被抓走半个小时后,史丽娟接到了葛萍萍的电话。此时在苗运涛水晶艺术馆举行的雅聚因为柏士驹的被抓,已经提前结束了(事实上是不欢而散)。

还是在柏士驹刚被带走时,苗运涛就流露出失望和懊恼的情绪,在他的想象当中,这次高雅的聚会是在多年后要被人记得和反复谈论的。他一面抱怨柏士驹不省心,一面大骂警察胡乱抓人,而且抓到他家门上了,事先连个通知都没有,太霸道了。按苗运涛的意思,宴会照常进行,不能因为出了纰漏,就坏了大家的兴致。但气氛显然受了影响,大家的情绪都不高,更不在一个层面上。首先提出离开的是他的另一个好学生李章鱼。李章鱼在柏士驹被抓走后,就表露出心神不定的神情了,任凭他怎么装,他的眼神里都掩饰不住慌张和错乱,仿佛兔死狐悲,接下来就要抓他似的。他向苗运涛告辞时,甚至紧张得语无伦次了,他是知道史丽娟和陈文飞的关系的。而陈文飞的现状他更是一清二楚。他如何能坐得住呢?董小七接了个电话后,也推说有事,走了。董小七倒是从容多了,可能新近从国外回来,身上没有什么可怕的事,而他对柏士驹的被抓也没有表现出足够的关心,说走就走了。至于那位行为高古的古琴师,觉得有些扫兴,再待下去有可能更扫兴,和女弟子一起向苗运涛辞了行,背着琴也走了。只有江大海和史丽娟没有理由要走,而苗运涛又很是看重地让他俩留下来陪他坐坐。本来史丽娟就有些同情老师,好好的雅聚闹得不欢而散,老师心情不爽,大家又都走了,不是显得老师更没面子吗。但坐坐也是个负担,聊什么呢?安慰安慰老师?还是分析下柏士驹的下场?公安局可不会乱抓人的,而且还上了铐,感觉事情不小。史丽娟一直想听听江大海的议论。但当着苗运涛的面,他显然也不便议论。况且,苗运涛除了骂人,就是唉声叹气。

葛萍萍的电话就是这时候打来的。葛萍萍还在医院里,她憋不住了,要史丽娟赶快去把她接回家。

史丽娟感觉这个电话很适时,解了她的围。她和江大海礼貌地向老师告辞了。苗运涛知道人家有事,也不便挽留,他关照史丽娟和江大海有空常来艺术馆玩,还不忘祝福了他们,并说本想送给史丽娟一件水晶作品的,现在改主意了,等他们结婚时,送一对聚宝盆。

在去医院的路上,史丽娟还想着礼物的事,说:"看看看看,就因为你,连礼物都没拿到。"

"不是没拿到,也许比原来还多了——我都听到了,一对聚宝盆哦,不是一件,是一对,其中有我一件哦。"

"哈,那你也是沾了我的光。我都后悔带你来了。"

"嘻嘻……"

"还笑……"史丽娟碰一下江大海,"唉,问你呀,我今天没给你丢面子吧?"

"是我跟你来混的好不好呀?这话应该我问你。"

"就是呀,又上了你的当!"

"不过收获也挺大的。"江大海说,"看到一出好戏。"

"你是说古琴演奏吗?确实好听呀。"史丽娟明知故问。

"古琴当然好听——其实我也听不懂,我说好戏,还另有一出——你知道我说什么,你就装吧。"

"看我笑话是不是?我就不该朗诵诗,丑样子都落到你眼窝里了。"

"不是不是,你的诗好啊,我都陶醉了你没看出来?你还装……我是说柏士驹,尿都下来了。"

"你这人也不好,笑话人家落难,当心报应。"史丽娟半真半假地说,"可别五十步笑百步啊!"

"你以为我会像他那么低级?"

"你不像他,你也没有干坏事的胆。"史丽娟惋惜地说,"姓柏的干了坏事不假,把葛萍萍给坑了,还把人家的厂子讹了去,活该他有今天。但是我觉得我们也不该看他笑话,当然也不是同情,不能同情这种人,他太狠了、太黑了,算是前车之鉴——也不对吧?怎么说呢,唉,吸取教训,做好自己吧。"

"当然,我当然能做好自己了,不但要做好自己,我身边还有一个能让我做好自己的人,美人,大美人。他柏士驹没有,他柏士驹身边缺一个好人,所以,他干坏事了,所以,他被带走了，这才是事实，对不？"

"你不就是想拍我马屁嘛，嘻嘻，好好拍，今天也让我好好享受享受。拍不好过不了关哦？"

"刚才那些话，拍得怎么样？"

"勉强及格吧，哈哈！"

就这样，两个人嘻嘻哈哈来到了医院。

葛萍萍还在医院里，她的第二针消炎水已经打完了，要出院。办个手续出院倒是很简单的事，可她执意要史丽娟和江大海去接她。理由是吃饭，说她庆幸没有摔死，却差不多要饿死了——两顿饭没有吃呢，要庆祝一下，大吃一顿。等江大海、葛丽娟来到病房时，她像见到美食一样开心："哎呀两位宝贝，终于把你俩给盼来啦，走走走，扶我下床，吃东西去！"

葛萍萍不是躺在病床上的，而是趴在病床上的。医院的病床很窄小，连九十厘米宽都不到，一米八长也没有吧，她肥大的身躯几乎覆盖了整张病床，肥硕的屁股摊在床两侧，感觉不是趴在病床上，而是把床抱在怀里的。史丽娟看她姿态太怪异了，忍不住要笑，又不敢笑，知道她腿上的那个洞可不是轻伤，这样趴着，伤口不被她的身体压迫，会好受些。但让史丽娟去扶她，实在无从下手，拉她，又肯定拉不动。

"你来！"史丽娟跟江大海说。

江大海也无从下手。江大海想了想，她是伤在左大腿上还是右大腿上？应该是左大腿上了。怎么才能让她左大腿不吃劲呢？是让她左脚先落地，还是右脚先落地？他比画着好一会儿还没弄清，看来还真是个问题了。

"算了，指望你们俩我是起不来了，非饿死在床上不可。使

299

狗不如自走，我自己起，谁来让我扶一把？"

"我可吃不住她一掌！"史丽娟把江大海推了过去。

"我是熊掌啊？"葛萍萍说。

三个人齐心协力——葛萍萍拽着江大海的手臂，在史丽娟的辅助下，走到了医院的停车场，上了江大海的车。三个人都累得气喘吁吁、满头是汗了。

"到哪里吃啊？"把葛萍萍塞进了车里，江大海就说，"今天我请啊，替你压压惊。"

"我受惊了吗？"葛萍萍看起来很开心，"你是说我授精了还是受惊了，哈哈哈，今天不要你请，今天我请你们，是你们受惊了……哎呀，就别授精授精啦，真难听，我们谁都没受惊，今天本姑娘高兴，摔一跤也高兴，摔出福气来了。知道为什么吗？你们当然不知道，等会到了饭店我告诉你们。我们去哪里吃？吃小龙虾吧，我知道一个地方的小龙虾好吃，十三香的，吃五斤送一斤。今天我要吃个痛快，来个二十斤！二十斤会送多少斤？四斤？那就吃二十四斤。走，到晶南路！"

坐在车里的葛萍萍有些亢奋。

亢奋的不仅是葛萍萍一个人——史丽娟几次想把柏士驹被公安局带走的消息告诉她。史丽娟相信这个消息会让葛萍萍更开心的。可葛萍萍突然变成了话痨，别人没有插话的机会。她一会儿说厂里的产品销售，说工人的加班，说以前离开的工人还要通知他们来上班，还说真是好事成双，接了个大单子，是上海海鸥玻璃厂跟她签订了长期的供货合同，之后又自我解释地说，扩大生产规模不需要扩建，因为被抵押出去的厂子，马上就要回来了，就要回到手中了。特别说她受伤又受到跟踪、威胁时，用一句"值"结尾。说到这时候,史丽娟和江大海都听出来了,柏士驹被抓的事,她已经知道了。怪不得她又要庆贺,又要吃龙虾,还说这么多话呢。

"我们看到了。"史丽娟说。

"我们在现场。"江大海说。

"我知道,在苗老的水晶艺术博物馆里,听说姓柏的屎啊尿啊屙了一裤裆——他好日子到头了。"葛萍萍冷静下来,声音有些哽咽,"他害了多少人啊……"

车子行驶在晶都宽阔的街道上了。街灯明亮,街上的行人车辆比白天明显地少多了。史丽娟完全理解了葛萍萍,她不顾肥胖,要大吃一顿,确实值得庆祝一下啊。但是,刚刚还是其乐融融的气氛,一下子又变得凝重起来。

小龙虾还是要吃的,没有要二十斤,是十斤。三人要吃十斤十三香小龙虾,真是疯了。

"一大盆啊?这要撑死的节奏啊?"史丽娟惊讶道,"还有人吧?谁啊?"

"哈,还是丽娟了解我,一会儿你就知道了。"

"耶,还搞个小神秘了,得得得,我们不问,你自己别提早交代就好。"史丽娟更是了解她这个同学,只要有好吃的,可以暂时忘记很多事,不管不顾先过了馋瘾再说。

"开吃!"葛萍萍戴上专吃小龙虾的塑料手套,抓了一把红红的小龙虾放在面前的盘子里,嘴里带着水声地说,"吃呀吃呀!"

然而,对于史丽娟来说,今天注定是个难忘的日子。就在他们风风火火吃小龙虾并准备把一大盆小龙虾干掉的时候,她接到了曹小玲的电话。曹小玲几乎是哭着说了陈文飞今天的状况，无非是本来情况很好，还吃了什么什么，什么什么，但她刚刚进屋时……

曹小玲没有说下去，而是让史丽娟赶快回去，立即回去。

听了她断断续续的讲述，史丽娟多余地问一句："立即回？"

曹小玲说："是……"

史丽娟拿手机的手腕软了下，又问："他……怎么样？"

"你回来就知道了。"

史丽娟脸色铁青地呆了。

"谁电话啊？"葛萍萍问，把一个小龙虾送进嘴里，"滋"地咂一口。她面前已经堆了一堆小龙虾壳了。

"护工的——陈文飞的护工。"

"啊？"葛萍萍看史丽娟紧张的神色，知道情况不妙，便对江大海说："回吧回吧，你们快回吧……别管我了，等会……等会儿有人来管我。"

对于葛萍萍后半句话，史丽娟和江大海都无心去多想了，或许他们根本就没有上心。

史丽娟也没再问曹小玲，知道情况不妙，就和江大海开车走了。

正如她预感的那样，陈文飞死了。

"我也不知道……准备喂他今天最后一顿饭时，他他他……他……"曹小玲脸色青紫而紧张，流着泪，胆怯地看史丽娟一眼，只顾抽泣起来。

史丽娟倒是想让自己平静。她知道这一天迟早要来。陈文飞的生命其实在她心目中已经没了,维持他的一口气,维持他的生命迹象,也只不过是出于自己的良心而已。但当死神真的带走陈文飞时,她还是慌了手脚,还是有些措手不及。她对自己说,平静,平静,平静。她还是平静不下来。她百感交集、爱恨交加,内心有一股东西汹涌着、澎湃着。史丽娟最终也没有静下来。她就是带着忐忑的心跳和紧张,走进了陈文飞的房间。她轻轻揭开盖在陈文飞脸上的毯子。陈文飞像睡着了一样,眼睛微闭,面色安详。

她发现自己的手在哆嗦。

她慢慢盖上毯子,退了出来。

退出来的史丽娟,心情这才稍许平静。

她毫无力气地坐在沙发上,面无表情。

江大海在她身边也坐下了。江大海轻抚她的肩,说了些什么,大致是,事已至此,夜色已深,丧事安排,等到明天吧。

其实,江大海说了什么,她根本没听见。

史丽娟这才有哭的冲动。但她又控制着,不让自己哭出来。江大海的安抚,一下子打开她内心的闸口,哭像一头怪兽,一跃而出,她不能自已地扑进江大海的怀里,先把哭憋了回去,片刻之后,哭声像奔腾的江河,欢畅,痛快,滚滚不息。她完全不再克制,完全放开的哭声异常震撼,吓得在一旁默默流泪的曹小玲也大声哭了。

这一夜,史丽娟一夜未眠。

09

　　三天后的下午,史丽娟的心情相对稳定多了。她在父母家吃了几天来最可口的一顿饭菜后,还和儿子一起吃了点水果、零食,陪儿子看了两册绘本。

　　她是心情愉快地回到家里的。

　　她思路异常清晰。往事已不那么难堪。她想到了那只纸箱,几天前带回家的那只纸箱。那是她从陈文飞曾经居住的出租屋里带回来的。纸箱里没有什么东西,史丽娟是知道的,他能有什么贵重物品呢?她打开了纸箱,有几本书,其中两本"小木屋"的系列儿童小说,分别是《大森林里的小木屋》《在梅溪边》,书很新,连塑封都没有撕下来,可能是他买了还没来得及送出的儿子的生日礼物吧。还有手表、手机、充电器、充电宝、笔记本电脑等杂物。有一个纸袋,牛皮纸的。对于这只纸袋,当时也没有细看,纸袋里是类似于银行存款存根和购物收据什么的,还有几张纸,她也无心细看,一并带来了。当时她只是觉得这些东西是陈文飞的,没必要留给房东去处理。现在,这个纸袋引起她的好奇,觉得能从纸袋里发现陈文飞突然提出离婚的蛛丝马迹,特别是几张写满字的A4纸。她抽出那些纸。纸上的内容吓了她一跳。这是一张用款合约,陈文飞是债权人,用款人是柏士驹,用款额度是一百万元。一百万!史丽娟的心跳突然加快,都听到"嘭嘭嘭"的声音了,甚至一度还出现了"乱码"。一百万啊!陈文飞哪来的一百万?这可不是一笔小数目。她让自己冷静下来,把这张用款合约又细读一次,没错,陈文飞拿出一百万元人民币,委托柏士驹放款,什么叫放款?就是民间所说的高利贷。陈文飞每月有百分之一的收益。百分之一是什么概念?就是说,他一个月有一万块的利息收入。史丽娟马上想到柏士驹被抓了,这一万块钱肯定不会发了,如果发了,又会发在哪里呢?肯定是打入银行卡了,可在他致残后,整理他的物品时,他有四张银行卡。史丽娟的第一印象,他不会有多少钱的。就算陈文飞和别的男人一样也会藏些小金库,也不会有多少,就随手丢在电视柜的抽屉里了,等稍停了再去银行查查。史丽娟拿着协议,赶快去把银行卡找了出来。会是哪一张呢?中行的,农行的,工行的,交行的,哪一张都像,哪一张又都不像。而且陈文飞病倒后这几个月里,柏士驹有没有发出这个利息也是未知的,只有查银行卡才能水落石出。还有,那一百万的巨额本金会安全吗?史丽娟立即担心起来。陈文飞已经死了,柏士驹还认同这笔款吗?那,这笔巨款,柏士驹会不会也做了技术处理了呢?

史丽娟脑子有些懵,她一下子不知如何处理这件事,一百万?高利贷?柏士驹?她立即想给江大海打电话。可手机拿在手里，并没有打——本来约好，今天晚上要和江大海一起去赴葛萍萍的招宴的。江大海已经把那批黑石头拉回来了，确实不少，也确实不知道是什么宝贝，现在就堆放在江大海的乐晶轩里。江大海喜欢存些石头，而且存放的石头都获了利，不知道这批黑石头会不会给他带来好运气。不过让他放心的是，这批黑石头是葛萍萍白送的，等于一分钱都没花。葛萍萍今天招宴，当然不是为这批石头了，只听她说要有重大事情宣布。什么重大事情？她还卖了个关子。现在，史丽娟心里突然多了这层事，葛萍萍的招宴恐怕是去不成了。即便去了，有这一百万不知是喜是忧的事，去了也不会安心，说不定还会破坏了葛萍萍的好心情。

史丽娟对着面前的纸箱，一时呆傻起来。

再说葛萍萍请客，一是要给史丽娟放松一下情绪，史丽娟这几天太辛苦，心累身也累。二是补三天前吃小龙虾时的缺憾——那天吃小龙虾，刚开吃，史丽娟就接到电话走了。葛萍萍没有走。没有走不是心疼没吃完的小龙虾，而是她从史丽娟的表情中，感觉到陈文飞的情况不妙。在这种情况下，外人显然不便参与。还有一点，就是她的伤腿行动不便，自己还需要别人帮助的人，去了也帮不上忙，弄不好还会添乱，索性一心一意吃吃小龙虾吧。更为关键的是，她还约了一个人，这个人就是董小七。她没有透露董小七也要来吃小龙虾，是想给史丽娟和江大海一个惊喜的。其实董小七能赴她的约请，已经惊喜到她了。她原以为董小七见过大世面，吃过大馆子，怎么会到路边小吃摊上剥小龙虾呢？史丽娟和江大海前脚走，董小七后脚就来了。没想到董小七是如此亲和，和她齐心协力，把小龙虾给吃光了。柏士驹被公安局带走的消息，就是董小七告诉她的，是在第一时间，电话告诉她的。这太让她激动了。更让她激动的是，最先告诉她这个消息的，不是她亲近的朋友或同行，而是久未联系的董小七。董小七的电话，让她至少有两个惊奇，一是这个神龙见首不见尾的董小七怎么会打这个电话？显然他知道柏士驹和她之间的恩怨了。二是听话听音，董小七显然是站在她这一边的，而董小七自己换了几次手机，别人都找不到他，他的手机里会存有别人的号码吗？在这些号码里，有她的手机号码，这让她不是激动，而是感动了。所以，她就决定了这顿龙虾宴，她是先请了董小七，才又请了史丽娟和江大海的。史和江走后，面对这一大盆红红火火的小龙虾，她的心里也像小龙虾一样的火红。董小七来了后，她为董小七要了几瓶啤酒。董小七一个人慢慢喝，不多会儿便喝了三瓶啤酒。她腿上有伤，又打了一下午吊水，啤酒是不能喝的了。她看着董小七喝，嘴也馋，想喝，只好倒半杯，不时地端起来闻闻，这样她吃龙虾时才感觉心安理得，觉得才没有辜负这些美味。而董小七也很善谈，谈话内容先是和柏士驹有关，主要是重新描述柏士驹被抓走时的现场状态。从话音里，她听出来，董小七已经知道她欠了柏士驹的高利贷而把厂子都抵了，董因此觉得柏这个人太贪，不可交。由于她和董小七多年前也只是一般朋友，现在也不能因为这次谈话加上小龙虾宴就亲近得不得了。她和柏士驹在民间借贷方面的纠葛便不便于和他说得太细，至少，现在还不是说的时候，何况她也不知道董小七对柏士驹的真实态度，有些话只是点到为止而已。紧接着就聊了许多他在外国的生活。董小七也是点到为止，却让她极为开心，因为他说到的那些事，并不像传说的那么冒险、刺激和充满传奇，相反，她仿佛也和他一起经历似的，或者是一次共同的放松而自在的旅行，甚至在他说到那些原始森林里的各种动物和大山深处的花草树木时,她也如亲临其境般地感受到自然之美和探险之乐。董小七的做派和讲述,也改变了她对这些传奇人物的一贯认知,原来她认为董小七这类人不是凶狠、霸道、阔绰,就是动作夸张、满嘴脏话、咄咄逼人。而面前的董小七,似乎还有些斯文,有些书生气,有些腼腆,虽然四十多岁了,或者快五十了,他还是有着和谐的面容,这让她对他产生了好感。好感这个东西是说不清道不明的。她知道这种好感有些冒失,有些无根无绊,有些像浮萍,便强烈地收敛自己,把平时大大咧咧的作风收藏了起来。这样,一盆小龙虾居然被他俩风卷残云般地吃完了,她面前的半杯啤酒,也在每次湿湿嘴唇中,消耗了一半。吃完小龙虾,夜色已深,分手时,董小七发现她的腿有问题,支不起来,迈不开步。董小七没开车,或者说没有车,便打的送她回了家,还半扶半抱着把她弄进了电梯,一直送她进了家门。她本想邀请他进家坐坐,又有些不好意思。但他还是体贴地发现她第二天上班是个问题,便试探地问,要不要明天来接她?她一下子不知如何说话,因为她每天都是自己开车上班下班的,现在她受伤了,车子停在厂子里,她也可以请办公室人把车子送过来。但她却突然紧张起来,一时语塞。他也善解人意地笑笑,和她告辞了。没想到的是,他第二天不但来接她了,还给她带来早餐。她因为减肥,好久没吃早餐了。何况晶都的早餐无非是凉粉、大饼、豆浆一类的,她并不爱吃。但他没有买这些大路货,却土洋结合,买来了面包、烤肠、热牛奶和煮棒子(玉米)。这时,经过一夜的休息,她腿上的疼痛感已经减轻多了,如果心里不去想、不去感觉这种疼痛,她都感受不到疼了。可在他搀扶下,伤口那里又疼了起来,不自觉地又瘸了,几乎是依偎着他走进电梯的。这种依偎让她怦然心动,她第一次觉得这个男人挺可靠,满满的老暖男风格。这一来二去让她也特别娇弱起来,竟然连续两天都是董小七接送她的。在接送过程中,他们的交流更宽广起来,更自然起来,涉及了很多话题,甚至点到为止地说起了各人的情感经历和情感问题,昨天晚上还泡了一次罗马假日,喝了一杯黑咖啡,吃了一份牛排。这天已经是第三天了,她实在不好意思让董小七接送了,而且自己也基本能活动自如了,没有理由再麻烦他——虽然她非常想继续麻烦。就在她对他说不用再"麻烦"他时,他也说正巧要去上海办个事,有几天才回。虽然不再"麻烦"董小七,葛萍萍自己的心里却添了许多的"麻烦",她要找一个地方"发泄"。所以,便在一早就邀请史丽娟和江大海吃晚饭了,理由除了上述因素外,自己要大吃一顿也是绝好的理由——她的心情大好也是两个方面的:一是柏士驹终于把自己作进去了,所谓不作不死,说的就是他;二是凭空出现了董小七,简直就是个大意外,这个意外,她目前还不能与别人分享,还有许多不确定因素,但那种暗喜和激动,那种在正确的道路上发展,还是时不时地让她克制不住,她愿意把自己的好心情拿来与好朋友史丽娟和江大海分享,顺便也透露她的下一步打算——她确实是有打算了。到了下午四点多了,葛萍萍正想着给史丽娟和江大海再打个电话确定饭局时,史丽娟的电话先打来了。

"萍萍跟你说啊,我和大海要说点事,晚上的饭就不吃了,谢谢啊。"史丽娟说。

"哎呀,我都安排好了——没别的事,就是聚聚——你和大海说事就说呗,说什么事也不能不吃饭啊,不怕我听就跟我也说说。"葛萍萍说,"那天的小龙虾没吃成,怎么说我也得弥补一下啊。"

"改天吧。我们真有事。"史丽娟的口气有些重。

"不行!"葛萍萍坚定地说,"怎么回事你们两口子?怕我把你们拆散啦?我可是有自知之明的,我永远也拆不散你们了。你看这样行吧,你和大海先去谈事,现在才四点多,咱们六点半开吃,或者七点,七点半也行。总之,等你们谈好了再过来,反正我今天见你们是见定了。好不好?"

史丽娟听葛萍萍如此的口气,看来不去是不行了,便说:"好的好的。在哪里吃?"

"罗马假日,换大厨了,挺不错的,烤牛排真香啊。"葛萍萍差点就把昨天晚上和董小七一起在罗马假日喝咖啡的事说出来了。

"你是不是最近有喜事啦?"史丽娟敏感地发现了她的异常。

"什么叫最近啊,姐一直有喜事好不好?哈哈哈,不开玩笑了,等你啊!"

和史丽娟通完电话,葛萍萍对史丽娟的犹犹豫豫还耿耿于怀。但想到今天去上海办事的董小七又发来短信,说事情很顺利,明天就可回来了,心里又美滋滋起来,又莫名地期待起来。她把董小七早上发的短信又看一遍,让美滋滋的感觉再次发酵,再次充溢着她的心间。

她早早就前往罗马假日了。

罗马假日的小包间永远都透着异域的风情,古罗马斗兽场的元素当然和那部电影密不可分了,一对神仙似的伴侣在斗兽场的灿烂笑容和牵手游走,总会让人想入非非。葛萍萍盯着女主人甜美的笑容看,仿佛自己取代了女主人,而那个一身西装的男主人,也变换成了董小七,他们甚至还从古罗马斗兽场走了出去,一直走进了南美的深山密林里。

还是在订包间时,葛萍萍没有选择别的包间,而是选择昨天和董小七喝咖啡的同一个包间,就是想让自己的好运气延续,让自己的幻想延续。这种幻想真是一味良方,可以治愈好多病症,特别是葛萍萍这种大龄青年。

就在葛萍萍的思想游走在古罗马斗兽场的灿烂阳光下时,史丽娟和江大海到了——他俩没有那么晚才来,而是刚过六点就到了。

"你们两个,"甫一照面,葛萍萍就责怪地说,"这么难请,推三阻四的,不就是吃个饭嘛,又不是借钱……嘻嘻嘻,瞧我这嘴,可不是,我欠的两笔款,都是你们的。好了好了,不说了,说说你们吧,什么事这么推三阻四的?"

史丽娟不想说一百万的事,不想说借条的事。她把江大海叫到了自己家,一起研究了那张字据,研究了它的合法性,还一起去找了一个在司法界工作的朋友,认为史丽娟有权继承陈文飞留下的一百万元,不仅是他们共同育有一个儿子,还因为这个字据是他们离婚前的财产。稍有麻烦的是,柏士驹现在被公安局带走了,要么他们去公安局主动说明情况,要么等柏士驹有了处理结论再说。后者是被动的,前者是主动的。离开司法界的朋友那儿,史丽娟和江大海合计决定,明天就去公安局讲明情况。做出这个决定之后,这才赶来和葛萍萍聚会。

"这不来了吗?"史丽娟说。

"别介意,我不是怪你们啊,就是……就是想你们了。"葛萍萍拿过菜单,说,"看看点些什么,别为我省钱啊!"

"好像大家都发财似的。"史丽娟的话一语双关,一方面是说自己获得一笔意外之财,另一方面也是说葛萍萍的大方。但她还没有忘形,因为那一百万毕竟还没有到她的手里。她把菜单又递给了江大海,说:"我吃海鲜煲仔饭。"

"说了别替我省钱,不行,点大餐!"

"海鲜煲仔饭就是我的大餐。"

"大海,给你叫份牛排!"葛萍萍自作主张地说,"七成熟可以吧?"

"我不吃牛排。我也……来份煲仔饭吧,来份什锦煲仔饭。"

"你们都替我省吧,算了算了,我也来份煲仔饭得了。"

最终,他们三人都很实在,各自选了爱吃的煲仔饭。为了搞点气氛,还每人加了杯自酿葡萄酒。

葛萍萍是东道主,又实实在在地开心,话自然最多,从厂里积极向好的生产形势,说到回款率,说到巩固了几家大客户,说到她大腿上的伤,说伤口很痒,说到体重,说到减肥,还假设自己要是个男人,也要像董小七那样,出去闯世界。还说到陈文飞的死。说到陈文飞的死,她也面露难过之色,略有哽咽,感叹岁月无情人生无常,表示要好好珍惜当下,过好每一天,享受每一天之类的话,最后不知哪根筋搭错了,沉吟半响后,突然大声宣布:"江大海,史丽娟,我有个大决定,不想欠你们的了……我不是欠你们总共一百万吗?这个厂子值不值一百万?肯定超值了,我把它还给你们!你们别推啊,我真是这样想的,当初大海把厂子转给我时,也是亏了不少,现在还给你虽然加了点钱,也算是我还了人情。不过前提是大海又重操旧业了……哈哈哈,我可不想逼你重操旧业,多一个竞争对手啊。不过我预感到,开发区的厂子马上就要回到我的手上了,我怕我忙不过来,我可不想再闲置了。如果一定要转让厂子,我能转让给谁?我对谁都不放心,我只想转让给大海了。大海,我喜欢和你竞争,喜欢看你重操旧业的样子,反正在你面前,我是人生大输家,再输一次也不怕丢人,好不好?"

她的话,让江大海和史丽娟一愣一愣的。

"好不好?"她又提高了嗓门。

"什么好不好?发烧了吧?尽是胡话。"史丽娟说。

"开发区的厂子叫柏士驹糟蹋得不成样子了,到处都是建筑材料。好消息是,柏士驹的工程停工了。我路过时看到工地上一个人都没有了。"江大海没有接葛萍萍的话,他觉得她前半部分的话太信口开河了,他怎么能要她的厂子?而柏士驹大张旗鼓改造的厂房的停工,也是值得再说一遍的好事,毕竟,停工了,就存在变数。葛萍萍说厂子要回到她的手上,也并非空穴来风,感觉就是这样的节奏。

"不怕,建筑材料正好让我重建厂房用——我可以在他那半拉子工程上,直接改建成大厂房,那可真是超大的厂房啊,可以装十多条石英砂流水线,我昨天和……"葛萍萍差点把她和董小七去工地的事说出来,话到嘴边虽然克制住了,那隐瞒不了的喜悦,还是洋溢在脸上眼里和嘴唇上乃至于语感中。顿了顿,她才说:"对了,那些黑乎乎的石头,到底是什么东西啊?你们拿没拿走啊?"

江大海这才想起来,他们拿走石头时,没有告诉她,也忙晕头了。

"忘了吧？不要紧，你们随时去取。不取也行，反正那厂子我准备还给你了——大海你到底想不想重操旧业？史丽娟说过你是个没用处的人，没用处的人除了好好过日子，还能干什么？史丽娟你说没说过？哈哈，不承认就是默认了——大海你才多大？就想过休闲小日月啦？丽娟你就这样甘心让他在家待着？男人就要去闯。男人的一生就是闯荡的一生，闯荡才是真男人，是不是？我都决定要闯了。"

江大海只是笑。史丽娟也是笑。葛萍萍的话太密集了，她的话也并不需要回答。史丽娟半是玩笑半是认真地损她道："你是好了伤疤忘了疼，开始作了吧？"

葛萍萍只顾开心地乐了。

10

　　当落叶飘落在晶都的街道上时，冬天来了。
　　冬天阳光的味道总是带有些奇妙的香味。温暖而带有阳光的香味也是史丽娟能够感受得到的，触摸得到的，这让她总是想在阳光里走走，在阳光里想想事，在阳光里温暖着阳光。落叶很干净，可能是不久前的第一场冬雨，把树叶上的尘垢洗刷掉了。史丽娟的心里也很干净、很阳光。她信步走着，不时踢一脚脚下的落叶，树叶的"沙沙"声像是在跟她问好，跟她窃窃私语。她听不懂落叶的话，却听得懂自己心里的声音——她是开心的。就这么走着走着，太阳渐渐西坠，也渐渐走到晶都博物馆的广场附近，她听到有弹唱声。是吉他弹唱，乡村民谣的风格，很好听。她循声走过去。在傍晚的夕阳下，这个抱着吉他坐在台阶上的青年看样子已经坐了多时，他并不像乞讨者，应该是一个流浪歌手吧？史丽娟多看他一眼，觉得他有点像陈文飞。他当然不是陈文飞了,他有长头发,络腮胡子。但他的神情有点像。史丽娟心里"咯噔"一声,怎么会有这种想法?在弹唱的间隙,青年也淡漠地瞥她一眼,整理一下琴,酝酿一下情绪,歌声再次响起:

> 有一天夜晚
> 我行走在钢铁路上
> 经过当年的水晶制品厂
> 只是早就看不见
> 那些磨项链的好姑娘
> 我家住在果园北
> 天桥前边是105矿
> 那些年经常一起喝酒的兄弟啊
> 你们如今在何方
> 谁还会在牛山路上
> 等待一场洁白的雪
> 谁还会在曾经的工人文化宫露天球场
> 唱轮回的歌
> 谁还会在穿城而过的陇海线上
> 听遥远的汽笛声
> 谁还会在寂寥的西双湖畔
> 仰望最初的星空
> 我家住在牛山街
> 果园北面的105矿
> 那些年经常喝酒的兄弟啊
> 你们如今在何方

他咬字很清晰，音质并不美好，略有点喑哑，像是从遥远的地方缓缓地飘来，又好似恋恋地离去，唤起故园往事的复活。他唱完后并没有停下来，而是反复弹唱，一遍又一遍，循环往复。音乐的旋律很有节奏，也很好听，同时，伴着一点点忧伤，淡淡的忧伤。他是哪里人？从哪里来？为什么要在这里弹唱。从歌词中能听出来，他是晶都人。可以他的年龄来讲，他并不记得歌声里所唱的故事内容啊？她突然想起来了，这是老师苗运涛写过的诗，对，没错，她听过老师的朗诵。听着青年的反复吟唱，她心生感动，甚至泪湿眼眶。"我家住在牛山街，果园北边的105矿"，她也跟着唱起来，打着旋的泪水涌出眼眶流在脸上……

江大海在加班。他天天加班，或者说天天在厂子里。

史丽娟真想江大海也能听到这首歌。

史丽娟不忍离开歌唱的青年。但青年的歌声停不下来，她不能不离开了。

她是去开发区的。她可以开车去，也可以坐公交车去，但她喜欢步行。最近晶都流行一种健身方法，暴走。几乎每个人的手腕上都戴有一个计步器，晶都的马路上，随时可以看到健步如飞的男女。史丽娟的手腕上也有一个计步器。她今天才走三千多步，离她预设的两万步还差很远，所以她要步行去开发区，去江大海的厂子。那是葛萍萍的厂子，曾经是。现在是江大海的厂子了。江大海把厂子改了个名字，一个听起来"高大上"的名字：晶都国际精细硅微粉责任有限公司。关于葛萍萍的故事，晶都到处流传，说她跟董小七私奔了。董小七在国外有儿有女，有洋房有别墅,还有几个水晶矿,他回晶都玩了几天,就几天,就把葛萍萍给拐跑了。说过话的人,总要有一番评论。评论大体分两种,一是站在董小七一边的,他们说董小七真是花眼了,怎么会看上葛萍萍这只大肥猪?不,她简直就是大肥象,猪的体量太小了,只有大象的体量才可形容她,才可和她匹配。董小七肯定是喝了迷魂汤,鬼迷心窍,要么就是被葛萍萍的肉体压扁了脑袋,总之是不正常,才被葛萍萍顺势拿下的。为了出国,为了跟定董小七,葛萍萍真是不择手段啊。另一种评论是站在葛萍萍这边的,说葛萍萍怎么会上了董小七的当?那么聪明的葛萍萍会看不穿董小七的骗局?董小七什么人啊?行走江湖多年,阅人无数,骗人无数,谁都知道的,他在国内就离过婚,在国外的情况更是复杂,她跟董小七走,算是小三还是小四呢?怕是最终连尸体都没地方寻找了。也有第三种声音,比较冷静和客观,是说葛萍萍这些年沉沉浮浮,腻了,不要说董小七,任何一个人,只要能带她出国,她都会义无反顾地离开的。

只有史丽娟和江大海知道葛萍萍的底细。

还是在公安局刚刚退回了被柏士驹非法侵占的厂子后,葛萍萍就郑重其事地找到了江大海和史丽娟,要把厂子送给他俩,而且不是一个厂子,是两个厂子,条件是,她欠江大海和葛萍萍的钱一笔勾销了。葛萍萍不像是开玩笑。尽管葛萍萍的个性,开玩笑像足了开玩笑,说真话也像是开玩笑。但这回不是。江大海听出来了,史丽娟也听出来了。葛萍萍是认真的。"如果你们觉得赚了,就算我送给你们的结婚礼物了。如果你们觉得赔了,也算你们对我的照顾了。"葛萍萍又说,"我要出国了,不是一个人,还有董小七,对,就是董小七——下巴惊掉了吧?就是这个董小七，我还要和他结婚。婚礼在巴西举行，如果你俩不怕路远，欢迎参加哦。"

经历过那么多，江大海和史丽娟对什么事也不再惊奇了。

"提前请我们喝顿喜酒吧。"史丽娟说，"不不不，我来请，我和大海来请。"

"不吃了，以后有的是机会。"没想到葛萍萍是那么决绝。

手续办起来很简单。现在的办事效率真是好，原以为很复杂很烦琐的事，办起来是那么的简单，只用不到半天时间，两家厂子，还有债权债务，全部过户给江大海和史丽娟了。史丽娟是法人，而江大海成了总经理——这是葛萍萍的主意。葛萍萍对江大海说，我不能惯着你，要让丽娟变成枷锁，牢牢控制着你。办完手续的第二天，他们就飞走了。从白塔埠机场取道上海浦东国际机场飞往巴西。江大海和史丽娟一起送他俩到了白塔埠机场。在候机厅外，他们并没有表现出难分难舍的状态，倒像是一次自然的旅行分别。只是在这时候，史丽娟才有机会仔细看了看董小七。史丽娟对董小七的印象不错，可以说很好，如果不是董小七的年龄大了些，堪称完美。只是葛萍萍的体量太大了，反倒是亏了董小七似的。必须要安检了。葛萍萍这才有些伤感，她紧紧抱住史丽娟。只有这时候，她才觉得，这一别，也许天涯海角从此不再相见了，风急雨骤只有自己领略了。葛萍萍强忍泪水，又抱了抱江大海，这是她第一次如此结结实实地拥抱江大海，却是另一番滋味了。

在回程的路上，江大海和史丽娟都没有说话。到了晶都城区，江大海感叹一声，说葛萍萍是个奇异的人，以前都小看她了。史丽娟在心里说，谁不是呢？后悔了吧？后悔也追不上了。

史丽娟拉了拉江大海的衣袖，她觉得江大海很真实，真想靠在他的肩上。史丽娟说："为了葛萍萍，咱们要把厂子搞好。"

"我们能搞好！"江大海平静的口气中，带着少有的坚定，像是一种誓言。

也正如江大海所说的，三个月来，他一心扑在工厂里了。而史丽娟也不再经营小作家培训班了，成了不折不扣的董事长了，专门管理江大海的董事长了。现在，史丽娟就是去找江大海的。

步行的好处大家都知道。大家不知道的是，史丽娟的步行还有一个目的，她怀孕了，她要让自己的身体每天都在运动中，运动有利于胎儿的发育和成长。

但她走到厂里时，还是吓着了江大海。

"真走着来的？"

"真的呀！"

"你怎么能走着来呢？我以为你说着玩玩的。"江大海睁大眼睛，盯着她的肚子。

史丽娟挺了挺小腹，那里其实还是平的，还没有隆起。

江大海在她小腹上轻抚着，嘻嘻嘻嘻地傻乐。

"我去接你呀。"江大海说。

"那多没劲，"史丽娟也傻傻地乐，"两万步，以后每天都要走两万步。"

"来来来，姑奶奶，真是服你了，沙发上坐坐啊。"江大海把史丽娟牵到沙发上坐下了。

坐下来的史丽娟，看到了他宽大的办公桌上的那头大象了，那是他亲手雕刻的一件水晶工艺品，早在初夏时，就卖给了李章鱼，怎么会回到江大海的桌子上呢？是李章鱼良心发现送回来啦？还是葛萍萍花大价钱买回来送给江大海的？现在的情形，两者都有可能。柏士驹的案子结了，他主动退赔了不法收入，后被判处有期徒刑一年半，缓刑两年。李章鱼和柏士驹是好朋友，他低价收购江大海的水晶雕件，本没有错，但总之他良心不安，退给了江大海。第二种可能也很大，葛萍萍得到了一批赔款（主要是多付的利息），加上卖厂子得到的钱（史丽娟把退还的一百万作为购厂补贴付给了她）和其他进项，一下子成了土豪，把这头战象赎回来物归原主也在情理之中。何况这头战象的意象就是暗指葛萍萍呢，你看它那健壮而肥硕的身躯，浑圆而有动感的屁股，甚至那抬腿的姿态，也像极了葛萍萍，特别是从屁股方向看，和葛萍萍更是惟妙惟肖。史丽娟心里那股傻乐劲瞬间消失了。

"你瞧……这头战象，又回来了。"江大海看到史丽娟嫉妒的眼神了，赶紧圆场，"它给我带来好运，和上玻的长期战略协作伙伴关系签字仪式，后天举行，他们是一个副董事长带队，非常有诚意，你可以出席哦，你是董事长啊，咱们接待要对等，你还要发表重要讲话呢。"

"别作害我了……我这黄脸婆……要是把我替换成葛萍萍就称你心了，上玻的关系也是她留下的，我算个屁啊！"

"你看你看……"

"看什么？说错啦？这头大胖象，是葛萍萍送你的吧？"

"不是。"

"真不是？"

"真不是……不过，李章鱼送来时，说是葛萍萍出了钱。"

"那还是的，是就是了……"

"李章鱼那种人，不会少要钱的。"

史丽娟从沙发上站起来，她明显带有情绪地说："跟李章鱼没关系，他不过是个跑腿的，葛萍萍不出钱，他才不会送给你了。我要回家了。"

"走这么多路，累坏了都。"江大海赶快扶她，安抚道，"你呀，我们都是大人了，好不好？我跟葛萍萍可没有联系——她电话一直打不通，还有董小七，就像失踪了一样。"

"要是能打通呢？"

"事实就是打不通嘛。"

"那你还是打了。"

"打了一次……可那是为了谈工作——除了要感谢她替我赎回战象，不是要和上玻合作了嘛，另外呢，咱们缺钱——我是想跟葛萍萍借点钱的——她也许没有钱，可董小七有啊。"

"借钱？亏你想得出来，葛萍萍因为钱，折腾成什么样子啦？你还要借！"

"也不一定借，我是想啊，有多少资金做多少事，等上玻的人来了再说，说不定他们有大办法呢。我已经做了一个方案，看能不能让他们注资。"

"不用了，还有一个好消息要告诉你，咱们申请的技改项目的资金，批下来了，三百万，技改成功后，可增加年产量五百万吨，谁都不用求了。"史丽娟说。

"太好啦，老婆，我说你这几天忙里忙外的，原来干大事去啦！"

史丽娟嘟嘟着嘴，还是一脸不高兴地说："你要答应我，从此后，不许你再和葛萍萍联系了，还有董小七。"

"好，你是董事长，听你的。"

"做企业你也做这些年了，人家说吃堑长智，你是越做越糊涂，眼面前的镜子你不去照照，还要借钱扩大生产。咱不去贪大好不好？商量好的技术改造，你说不想去求那些当官的。能通过技改增加产能，为什么要盲目扩建工厂呢？你不去见当官的我去见，他们都是很随和的，对咱们的报告特别重视，来厂里调研了四次，他们还夸你配合得好呢，这不，批了。大海，以后啊，咱们有多少钱做多少钱的买卖，不去无限度扩张。我算悟出道理来了，人这一辈子，都和经济有关，所有的生活，都是经济生活，人生就是经济，关键就在于核算，在于做账，我不准备写诗了，我学会计，要钻研记账法。你知道有几种记账法吗？你知道账是怎么记的吗？不管是加减，不管是借贷，不管是收付，只要借方和贷方两边平衡了，就不会出错，只要不平衡，肯定错了。明白我的意思吗？"

"明白……"

"我怎么看你不像是明白的样子呢？"

"老婆，我真的明白了。就说这次技改项目，我开始真没抱多大的希望，那些来调研的人，我也以为他们只是做做样子，最后还是不批，没想被你跑下来了！"

"谁叫我是你老婆啊……嘻嘻，咱们婚礼还没办呢？"史丽娟的气早已消了，"我临来时在朋友圈推送了一首诗，你去点个赞，为了平息借贷关系，还要给我发个红包，大红包！"

2017年6月16日晚21时初稿写毕于燕郊张营村
2017年8月18日晨修改定稿

跋：识破人心法则　绘制世相风云

李惊涛

东海县有水晶，正如作家中有陈武。

东海水晶甲天下，或拜郯鲁断裂带所赐。它形成于亿万年前，先于生命细胞结体，按六方锥体发育生长，或阳刚，或温婉，晶莹剔透，包蕴异彩，蛰伏地下，沉默如金，期待着亿万年后与东海人相遇。

陈武，东海人。他没有辜负那份地老天荒的期待。他知道生于斯、长于斯的水晶与东海人亿万年一遇；知道东海人爱水晶，懂水晶，开采，加工，售卖，收藏，打造为产业，集散成规模，将大自然恩赐的水晶缘分光大到极致，让县城成为"水晶之都"，让居民成为"晶都人"。但是，陈武与水晶发生的关系和故乡人不同。他没选择经济媒介，他选择了文学。作为中国当代实

跋：识破人心法则　绘制世相风云

力作家，他从小说角度观照水晶，用文字为"晶都人"绘制历史画卷，书写世相风云。长篇小说《晶都人》，不仅展示了"水晶之都"在时代大潮中创造的非凡业绩，演绎了"晶都人"在滚滚红尘中的生死歌哭，而且从文学维度上，对芸芸众生的生存法则，做了全新解读和深刻表达，从而使作品成为当代文坛的可喜收获。

　　文坛都知道，陈武是作家中的故事达人。日常生活日升月落，平实如水，但到了陈武笔下，一定会日光和月色纠缠，新波与旧澜奔涌。在《晶都人》中，陈武将擅写故事的秉赋又推向新境。小说开篇的布局不露声色：陷入高利贷危机的葛萍萍，让闺蜜史丽娟请她的初恋江大海到"罗马假日"吃饭，就此将男女主人公拖入人生过山车，让他们无休止地经历悲欢离合，见证生死疲劳。作品中波澜起伏的浮世绘也自此展开，并用多条蛇行线索引诱读者走进"晶都人"的九字连环阵——

　　江大海初恋史丽娟，因而屏蔽了葛萍萍的追慕；但史丽娟错嫁陈文飞，终因同床异梦离异；陈文飞与旧好昌晶晶坠入爱河，偏偏被曹小玲尾随不休；而曹小玲妒忌的昌晶晶，与陈文飞原是苦命鸳鸯，却匪夷所思地雌伏于骚扰她的李章鱼；本以为替此人生娃就可养尊处优，不料在她珠胎暗结报喜时，竟被商界大鳄扫地出门；原来李章鱼结扎在先，在包养昌晶晶前已设险礁，并顺手赐了偷情者陈文飞一个植物人噩梦；史丽娟有情有义接前夫回家照料，做家政的曹小玲正好有了吐槽宣泄的机会；放高利贷的"吸钱兽"柏士驹陷葛萍萍于灭顶之灾，但多行不义而自毙，终让葛萍萍拨云见日，意外迎来人生春天；长期被传为骗子的水晶贩子董小七，其实是个温文尔雅的富商，他带着葛萍萍

325

"私奔"巴西，使后者有了对初恋江大海表情达意的契机，还一送一给出两个厂子；与董小七有关的陈文飞虽然也曾受益，却私心膨胀毁掉婚姻，走上讨债喽啰和植物人的不归路；当然，史丽娟在前夫死后不仅与江大海终成眷属，还因为董小七"小奖励"给陈文飞的100万，让自己有了抚养儿子小胖的经济后援……

爱·摩·福斯特曾说，故事是小说的基本面，也是小说中最高的文学元素。陈武深谙个中三昧。从故事层面看，《晶都人》至少有三个观察点很见叙事功力：一是故事布局与人物关系虽然盘根错节，如前所述，却编织完美；二是在线索穿梭如麻时，陈武会及时绾结，令纲举目张，如苗运涛从马岛归国后众人在他家的"雅集"，如在曹小玲打工饭馆男女主人公巧遇"大卡车"，不仅得知躲债的葛萍萍信息，还得以目睹陈文飞横陈街头；三是伏笔埋设草蛇灰线，阅读过程不令觉察，收官时却不啻清流注入，让人心神顿爽，如富商董小七行状。永远不要低估讲故事的文学效应。陈武的叙事艺术，是对"人是一切社会关系的总和"理念的深刻认知与精湛表达，是一个优秀作家面对读者的虔诚姿态，也是文学在传播学意义上使受众不离不弃的重要元素。

当然，优秀的故事之所以是小说基本面，主要缘于它是人物活动平台。陈武在《晶都人》中结构复杂故事的目的，即为了在这个平台上展示他所创造的众多人物。在这个意义上，作品显然出色完成了任务，为当代文坛贡献了许多有血有肉的鲜活形象，特别是一批性格鲜明、韵致丰盈的女性。这里不说《晶都人》中老奸巨滑的李章鱼、贪婪冷酷的柏士驹和迷雾笼罩的董小七如何令人印象深刻，也不说心机表浅的陈文飞和善良执着的江大海如何令人感慨系之，单说史丽娟、葛萍萍、昌晶晶和曹小玲等女性角色,在文学层面上是如何令人动容和喜爱。

我曾经说过,江苏作家中,苏童和陈武都是擅长塑造女性角色的作家。陈武笔下的女性形象,淡妆浓抹总相宜,令人过目难忘。细察起来,他在《晶都人》中塑造女性角色使用的手法,无论浓抹淡妆,彰显的都是"陈武画风"。先看让人物左右为难,陷其于纠结、犹豫和变化中"两难法"。女主角史丽娟,才情高洁,矜持傲娇;但同时,她也有善良、脆弱乃至无助的一面,如面对陈文飞的莫名离婚和江大海的温暖胸怀,她都会禁不住泪奔。置身于葛萍萍与江大海之间,她会耍一点小心眼,施一点小心机,暴露出女人身上普遍存在的"女性"性。"女性"性是少妇的共性。而史丽娟的文学魅力在于,她一直被陈武的"两难法"矛盾着:不赞成江大海借钱给葛萍萍,后来却与江大海合力借出巨款,且占比最多;与陈文飞本是油、水关系,却又在前夫成为植物人后尽心救治;一直不接受江大海示爱,最终却投入初恋的怀抱。正是在这种矛盾和变化中,陈武揭示了史丽娟行为动机的全部必然性,使人物性格丰满起来。然则她的美好结局,便是上帝(作家)对她的眷顾了。

葛萍萍也获得了同样眷顾。这里姑且拿她来说"陈武画风"中第二种方法:"抑扬法"。这个女老板,出场即处于被揶揄处境:容颜一般,心宽体胖,甚至有点"二"(柏士驹语)。但随着情节演进,读者渐渐便发现,葛萍萍做事认真,为人守信,即使有些心机,也"二"得可爱:躲债时"大隐隐于市",化妆成工人潜伏车间干活儿;劫后余生,还能笑谈种种受辱细节。特别是,当看到她对江大海既竞争又托底,既求助又赠予,表现出不让须眉的气度,你就不能不对这样的巾帼以手加额了。

相对而言，昌晶晶的命运就没有史丽娟、葛萍那样美满；正所谓月有阴晴圆缺，此事古难全。但富有兴味的是，她却可能是陈武在作品中塑造得最令人动容的女性。相信不只是在陈文飞眼里，即使在读者心目中，昌晶晶白天鹅般优雅的外貌和疑似洁癖的心理，也能获得深度认同。她抗拒李章鱼性骚扰时不停地洗手的细节，她憧憬陈文飞真爱的矛盾心理，她受辱后所发泄的无名火，甚至她接受陈文飞偷欢时对自身的施暴，都足以触痛读者的交感神经。这个雌伏于李章鱼后又被踢出豪门的女性，自绘的不啻一幅当代红颜薄命图，令人唏嘘扼腕。昌晶晶的行状，看似前后矛盾，实则有充分的合理性：与艾丽萨贝特－鲁西相似，她甘愿委身换来的，是自己一家人命运的改变。看到这里，相信任何人想要指责她的那份理直气壮，都要打些折扣。而"陈武画风"在她身上令人击节的表现，是那块水晶镇纸构成的"物喻法"，可列为第三种。昌晶晶固然是李章鱼手中的玩物，但陈文飞不停把玩心爱之物水晶镇纸的潜意识，让昌晶晶在心理、意识、情感和精神上不可避免地推物及人，反应过激，难以接受。毫无疑问，这是《晶都人》足可光照同侪的文字桥段，是写作过程中的神来之笔。

曹小玲，是《晶都人》中意外生动起来的女孩。不过对于擅长塑造女性人物的陈武来说，这毫不意外。虽然她只是个饭店服务员，但在作家笔下，她勤快、伶俐、活泼、俏皮、爱美、表浅，在结识陈文飞后也有了自己的心事，并因此付诸行动。她跟踪盯梢，窥视偷拍，传递情报，在自己跌落于无望的情感河流后，只能顺流而下，不知道为谁辛苦为谁忙。即使只是个穿针引线的小角色，曹小玲在作品中一样拥有不少精彩笔墨。特别她对植物人陈文飞那段长篇独白，如果可以命名为"陈武画风"的第四种手法——"独白法"，应该是一件有意趣的事情。小说作为叙事艺术，人物语言一向不好写；对话不易，独白更难。但深谙人物语言艺术技巧的陈武，将曹小玲那种有因无果、有愿无望的心理，通过一番近乎变态的宣泄，给读者带来了喜感十足的审美愉悦。因为曹小玲和陈文飞的情感桥段，始自离婚男的落寞消遣，终于植物人的无语凝噎，在令人感喟的同时，也让人释然。毕竟在"晶都人"中，曹小玲想要与陈文飞"在一起"，从一开始就是不可能的事情。

在中国实力作家中，"陈武画风"的形成意味着他叙事技巧的娴熟，也表征着他小说艺术的风格化。因而在《晶都人》中，他塑造人物形象的手段，决非前述四种手法可以囊括。他营造情境、描绘情态、分析心理、点染环境、运用细节的手法，丰富而老道。甚至有人说，陈武的小说写得太顺了。顺，既是对叙述艺术熟稔的自信，也是表达时的从容，还可能是陈武叙事艺术即将嬗变的前兆，因而文坛或可产生新的期待。归根结底，创作的要义是发现，是创造。正是在这个意义上，《晶都人》在文学维度上新的建树才格外引人注目，那就是，作家对我们感同身受的日常与蛰伏其间的义理，做了富有新意的解读与表达。

2017年10年21日，陈武在江苏常熟出席作家作品研讨会，曾与笔者茶晤。说起即将付梓的长篇小说《晶都人》，陈武告诉我，在万丈红尘掩映的大千世界中，一定存在着某种生存法则，使人类存在的状态达至平衡。状态失衡，则不稳；不稳，则倾斜。而倾斜，可想而知，必然导致跌落、倾轧、争斗、崩坏乃至解构；需要经过新的聚散与整合，才能重新达至平衡。但是，究竟是什么动因，使人类社会千百年来不断上演这种"平衡—失衡—再平衡"的"人间喜剧"？陈武发现，人与人、人与族群、人与组织、人与社会、人与自然、人与自我的关系中，潜存着某种无法回避的铁律，与财务会计做账时的借贷、加减与收付现象，惊人暗合，因此可以将人类生存的这种潜在法则，命名为"记账法"。

倘若读者展读《晶都人》时对作家用财会术语为小说章节命名不解，相信读完全篇一定会有所颖悟。由于作品付印前我曾有幸拜读，已经恍然明白小说三章的命名为什么正是借贷、加减和收付，所以对陈武的上述说法，深以为然。的确，《晶都人》里众多人物的升沉起伏、爱恨情仇与生死歌哭的成因，若从经济视角打量，无一不与金钱相关，此其一；其二，细察作品中每个人物的生存状况与命运走向，无论如何变化和反转，均与会计事务中的借贷、加减与收付等三种现象契合——

葛萍萍向江大海、史丽娟借贷，向"吸钱兽"柏士驹借贷，向一切能借贷的人与机构借贷，这种借贷关系正是她与他人和社会构建的基本关系。这样的关系在作品中衍射或铺展后，小说人物的七情六欲遂成为加减的驱动力，使人际关系呈现出几何裂变：有人打错了算盘，有人算小账不算大账，有人将自己的人生算成一笔糊涂账，致使悲欢离合、生离死别次第出现，并最终进入各自的收付状态。柏士驹自作孽、不可活，"进去"了；葛萍萍浮出苦海的同时拥有了董小七的爱情，继而把两个厂子慨然归送江大海；对江大海而言，不仅厂子回来，成立了"晶都国际精细硅微粉责任有限公司"，初恋也回到身边，有情人终成眷属。男女主人公的人生账目至此收付平衡。小说结尾，史丽娟、江大海与葛萍萍再次聚会时,三人均已春光无限。史丽娟感慨地说:"人这一辈子,都和经济有关,所有的生活,都是经济生活,人生就是经济,关键在就在于核算,在于做账,我不准备写诗了,我学会计,要钻研记账法。"之所以生出这样的新打算,是因为她有了新感悟:"不管是加减,不管是借贷,不管是收付,只要借方和贷方两边平衡了,就不会出错,只要不平衡,肯定错了。"读者当然欣慰于她与江大海新生活的开始。只是,缘于作家对生存法则的发现所带来的启示,让人忍不住要问一句:未来的日子里,男女主人公的人生借贷、加减与收付,会一直"平衡"吗?……

长篇小说《晶都人》,据悉是连云港市委宣传部扶持的重点创作项目。这是时代赋予的作家在社会生活场域中以文学方式走得更远的动力,符合春种秋收的创作规律。在中国东海成为"水晶之都"后,这应当是陈武为"晶都人"创作的第三部长篇小说,也是一部富有文学新质的佳作,因为它是作家破解人心法则、感应时代潮汐后绘制的世相图谱,必将成为当代文坛的重要收获。

2017.10.26 于钱塘江畔云水苑

(作者系中国作家协会会员,中国计量大学中国文化研究中心主任)